FRANCISCO AYALA

Der Kopf des Lammes

Erzählungen

Aus dem Spanischen übersetzt
und mit einem Nachwort
von Erna Brandenberger

MANESSE VERLAG
ZÜRICH

Der Hahn in der Passionsgeschichte

Die Zunge des brennenden Holzstoßes – hüpfendes Kind – hatte am Himmel geleckt. Gemolken goß er – weiß schon mit bläulichen Adern – Morgenröte herab. Das Feuer leerte sich, verblaßte, gleich wie der Himmel dem Morgenlicht entgegenbleichte.

Abwehrend drehte Petrus die Hände, hielt sie wie einen Schutzschild vor die Brust – verneinte entrüstet. Er? Er? Bei Jahwe! Er nicht! Er kannte ihn nicht einmal.

Gebärde eines armen Juden: Er hielt die Handflächen hin, nach außen gekehrt, dem Verhör der Feuerzungen preisgegeben. Und auf dem abgewendeten Gesicht (armer Jude: Er nicht. Bei Jahwe!) zeichnete sich ein Anflug von Reue ab.

Die römischen Soldaten – stolz auf ihre metallenen Brustpanzer und die roten Rockschöße – schlugen mit den Speerenden auf den Boden, um die Kälte zu verscheuchen. Sie spielten Karten. Und lachten über Petrus.

Schon glitt die Morgenröte – getautes Eis – an der Mauer herab und ergoß sich – schlecht spiegelndes Wasser – in den Hof. Schon schwamm der Mond, welk, auf dem Wasserbecken. Schon zitterten die kristallfunkelnden, kohlschwarz gesäumten tiefroten Rockschöße der römischen Soldaten.

Der Hahn – der aus der Nacht auferstandene Lazarus – stolzierte um Petrus herum: stolzierte mit feierlich langen und langsamen Schritten. (Sehr gockelhaft benahm sich der Hahn in der Passionsgeschichte; ganz und gar eingenommen von seiner historischen Rolle.)

Schließlich stellte er sich vor Petrus hin. Das Lid umwölkte sein stechendes, funkelndes Auge, machte den plötzlichen Hieb seines neuen Blicks noch zorniger. Alle Halsfedern luden sich elektrisch auf. Seine elastische Brust blähte sich auf. Er streckte seinen gebogenen Hals, blies ihn prall auf wie einen Fahrradschlauch und schleuderte Petrus drei scharfe, metallblitzende Pfeile entgegen.

Petrus sprang auf, hielt sich die Hände vor das Gesicht. Er schaute Christus an, der hohläugig, bleich dastand. Und nahm den zittrigen Blick in sich auf, der sich ihm in der Tiefe seines Brunnenschachts darbot.

Dann erst erinnerte sich der Apostel. Die Morgenröte schnürte ihm wie ein Wollschal die Kehle zu; dort staken nachfedernd die drei Pfeile des Hahnschreis fest.

Seine ganze Liebe durchfuhr ihn als heftiger Schauer. Die Zeit der Reue war gekommen. Die

Zerknirschung nahm Gestalt an. Die drei Pfeile staken nun in seinem Herzen. Die Pein würgte in seinem Schlund wie Sprudelwasser in der Flasche. Er konnte nicht mehr.

Er unterdrückte mit den Zähnen ein Lachen und entschuldigte sich. «Verzeihung, meine Herrschaften. Ich muß einen Augenblick hinausgehen. Es ist ein dringendes Bedürfnis. Verzeihung! Ja? Nur einen kleinen Augenblick! Ich bin gleich wieder zurück.»

Kaum auf der Straße, quollen zwei Bäche aus seinen Augen. Er wusch seine Schuld in zwei klaren Quellen. Und – wie vorauszusehen war – Gott vergab ihm.

Susanna steigt aus dem Bade

Die beiden Nickelhähne – seltsame Vögel, die festgeklammert an der glatten Haut der Badewanne hockten – schauten, nachdenklich, nun ohne warmes und kaltes Wasser, auf die dramatische Leere ihres Kopfes. Des Kopfes mit den grünroten Algen, die im gewölbten Porzellan davonschwammen und entkamen.

Das Wasser sang, nicht ganz heiß und nicht ganz kalt, in ihren rosafarbenen zarten Ohrmuscheln, sang ein quecksilbriges Lied. Es zitterte in der Wanne, um ihre Formen umzulenken; es vervielfachte jeden Umriß zu flüssigen Schwingungen und umwand ihren Hals mit einem grünen Band: Der Kopf, tot – tot die Augen in einem Meerestraum! – auf kristallenem Tablett.

Eine Minute, dehnbar gegenwärtig.

Ein Arm stieg empor, wie ein Zeichen. Aderndurchfurcht und triefend. (Die fünf Finger, fünf Wurzeln, verklammert im nassen Schwamm.) Die Hand öffnete sich, und der Schwamm – ein blonder Stern – trieb schiffbrüchig in einem lauen Morgenrot aus Fleisch und Porzellan.

Die Hand schmiegte ihre feuchte Liebkosung der Rundung ihrer Umgebung an. Auf der hellen Weltkarte wuchs eine Schulter zur Insel empor. Und, metallen, der Hals. Über der Brust – Blatt einer Meereskarte – zwei zitternd nasse, karminrote Halbkugeln. Der Bauch schräg gewinkelt, die Knie nebeneinander …

Susanna trat mit dem Fuß ins Wasser, schwang mit wagemutiger Gebärde wie ein Radfahrer ein Bein über den Rand, um den bläulich geröteten Fuß auf die nachgiebige Kokosmatte, ohne Farbe oder auch Wärme, zu stellen.

Hoch aufgerichtet und ruhig nun (während das Wasser von der Kette befreit beim Hinunterstürzen in den Orgelpfeifen seine Verdammnis besang) ließ sie sich vom Spiegel im ovalen Zelluloidgehege bewundern; vom welligen Waschbekken, wo gelangweilt eine schwarze Seife lag, und vom runden und pflanzlichen Sitz.

Sie bedeckte sich mit langen weißen Falten. Oben, der Kopf: nasse, tragische Meduse. Unten, die Füße, im spitzen Dreieck.

Der Spiegel lächelte, wie ein Fenster über dem gläsernen Tisch.

Jasminduft
Huldigung an Espronceda

Mit wieviel Jahren muß sich ein Mann alt fühlen? Mit wieviel Jahren ist man, was man einen Greis nennt?

Dies ging mir heute morgen beim Rasieren durch den Kopf, als ich auf einmal daraufkam, daß die undeutlich aus einem Radio in der Nachbarschaft herübertönenden Musikfetzen, auf die ich nur mit halbem Ohr hingehört hatte, zu dem Bolero gehörten, den sie gern als «unsern» bezeichnete. Es hatte eine Zeitlang gedauert, bis ich ihn wiedererkannt hatte; schon eine Weile hatte er um meine Aufmerksamkeit gerungen wie ein hartnäckiges schüchternes Kind, und ich hatte ihn einfach nicht erkannt. Aber natürlich, es war «Jasminduft» – *«Fragancia de jazmines»,* unser Bolero. Damals hatte dieses Stück in der Luft gelegen, und sie hatte es für ihr Leben gern; wer weiß, was für zarte Saiten ihrer Seele es anzusprechen vermochte. Gern sang sie mir (und sah mich dabei neckisch von der Seite an) dessen Tremoloversprechen ewiger Liebe vor – niemals, niemals, niemals! – *jamás, jamás, jamás* –; und ich spottete liebevoll, und sie gab vor, mir wegen meiner gespielten Ungläubigkeit zu grollen.

Jetzt hört man unseren Bolero schon fast nie mehr, niemand singt ihn mehr, er ist längst aus der Mode, es gibt andere Melodien, und alles ist schon so gut wie vergessen. Und als heute morgen – während ich beim Rasieren vor dem Spiegel meine Gedanken kreisen ließ – seine süßliche Melodie unvermutet wieder an mein Ohr dringen wollte, kostete es mich einige Mühe, darin die geliebte Stimme wiederzuerkennen, so sehr ähneln sich all diese Melodien mit ihrem immer gleichen sentimentalen Pathos …!

Mit wieviel Jahren ist man ein Greis? Meinen schweifenden Gedanken nachhängend, spürte ich auf einmal den bittersüßen Stachel in mir: «Niemals, Liebste, vergesse ich dich! – *Jamás, mi amor, jamás te olvidaré*»; und von diesem Augenblick an stürzten die Poltergeister unserer Vergangenheit, ein Echo deines unschuldigen Schelmenlächelns, die weiße Gardenie auf deinem scharlachroten Seidenkleid, die vollen schwarzen Locken, die dir wie schwere Trauben auf die glatte weiße Stirn fielen, die selbstvergessene Sorgfalt, mit der du deine Fingernägel feiltest, wenn du aufgebracht warst und es nicht zeigen wolltest, und so viele weitere Szenen unserer heimlichen Gepflogenheiten in Scharen auf mein Gedächtnis ein. Mit wieviel Jahren ist man alt? «Du bist ja gar nicht alt; ich verbiete dir, es noch einmal zu sagen», glaubte ich dich abermals erwidern zu hören mit spaßig gerunzelter Stirn und einer süßen Strenge in deinen liebreizenden blauen Augen.

Aber seitdem sind wieder fünf Jahre verflossen; wieder fünf Jahre sind seitdem verflossen. Zu meiner Überraschung habe ich heute morgen festgestellt, als das ironische *«jamás, jamás»* eines Radios aus der Nachbarschaft diese schlummernden Erinnerungen wachrief und ich anfing nachzurechnen und Jahreszahlen durchzugehen, daß es ausgerechnet heute (was für ein Zufall: ausgerechnet heute!) fünf Jahre her ist, daß wir uns getrennt haben. Ein Tag wie heute war es, vor fünf Jahren, jawohl, heute ist der Jahrestag ... Wo du wohl sein magst, mein Lämmchen? Ich nannte sie Lämmchen trotz ihrer blauen Augen, denn sie waren – sind – so kugelrund und so lebhaft und so sanft wie Lammaugen; ihre Stirn war breit und eigensinnig; ihr Körper eher klein, voll, warm, anmutig. Mein armes Lämmchen! Ich frage mich, ob sie wohl heute auch an diesen Jahrestag denkt; ob sie nicht irgendeine Melodie an unsere Stunden der Hingabe, der Liebe und Zärtlichkeit im Gedächtnis hat, irgendein Schlagerlied aus jener Zeit, vielleicht sogar dieses *«Fragancia de jazmines»,* warum eigentlich nicht?; oder irgend etwas sonst, wer weiß: hallende Schritte auf der Straße, ein plötzlicher Regenguß wie jener vor fünf Jahren in dem Augenblick, da sie ins Auto stieg und für immer von mir ging, ohne auch nur einmal zurückzuschauen.

Sie ging, ohne auch nur den Kopf gewandt zu haben. Gut gemacht! War denn etwa die Sache nicht abgetan? Also: eine abgetane Sache! Sicher haßte sie die ganze Welt, als sie abfuhr, und womöglich haßte sie auch mich, weil ich zu der Welt gehörte, die sie haßte. Oder vielleicht schnürte ihr der Schmerz die Kehle zu wie mir, und sie wagte es nicht, mir einen letzten Abschiedsblick zuzuwerfen, bevor sie ins Auto stieg, da sie genau wußte, daß ich ihr beim Abfahren zuschauen würde und diesen letzten Blick – obwohl ich ihn auch fürchtete – ersehnte. Oder der heftige Platzregen verbot ihr einfach, an etwas anderes zu denken, als unter Dach zu kommen. So blieb ich untröstlich zurück trotz der Angst, daß noch ein Blick zu noch einer Umarmung führen könnte, und diese Umarmung würde bedeuten (und hätte bedeutet: wozu sich betrügen?), den grausamen Entschluß rückgängig zu machen, den zu fassen uns so viel Mühe gekostet hatte. Denn Tatsache ist: Wir waren am äußersten Punkt angelangt und durften einfach nicht noch einmal darauf zurückkommen; es war die letzte Möglichkeit: Wenn ich am folgenden Tag nicht allein ins Flugzeug steigen würde, müßten wir gemeinsam auf und davon, müßten mit allem brechen. Die Frist war abgelaufen. Unser Geheimnis war durchgesickert. Es war sehr leicht aus den vielsagenden Blicken aller Bekannten in unserem Umkreis abzulesen. Selbst ihr Othello begann sich aufzubäumen, ihre Täuschungskünste vermochten ihn nicht zu beschwichtigen.

«*Er,* weißt du, mein Schatz?» Sie nannte ihn immer *er;* so nannte mein Lämmchen immer den, den ich meinerseits als *dein Othello* zu bezeichnen pflegte. «*Er,* weißt du, fängt an, unausstehlich zu werden. Manchmal, glaub mir, könnte ich ihn umbringen; und manchmal wieder bringt er mich dazu, daß er mir leid tut. Er tut mir leid, der Arme, denn er ist ein guter Mensch, und er liebt mich. Wenn er mich nicht so sehr liebte, wie könnte er dies aushalten? Schon seit mehr als drei Monaten lasse ich ihn nicht mehr zu mir, zuerst unter irgendeinem Vorwand, und dann, als es mit den Kopfschmerzen nicht mehr ging, sagte ich ihm schließlich wörtlich, und du weißt sehr wohl, daß ich es ihm gesagt habe, daß ich wahrhaftig nicht mehr kann, weil ... ich bedaure es sehr, aber ich liebe ihn nicht mehr, nein, nein, und nochmals nein.»

«Er wird dich fragen, warum du ihn nicht mehr liebst.»

«Ja, natürlich; aber das ist doch eine dumme Frage. Man liebt jemanden einfach nicht mehr; dazu braucht es doch keinen Grund.»

«Ich bin demnach kein Grund?»

«Dummkopf!» lachte sie.

«Und sage mir, Lämmchen, schöpft er keinen Verdacht? Er wird doch Verdacht schöpfen, daß irgend etwas los ist.»

«Er hat Verdacht geschöpft, sicher. Und ob. Ich sage zu ihm: ‹Du wirst mir doch wohl nicht mit Eifersucht kommen. Also, auf wen bist du eifersüchtig?› sage ich zu ihm. So fordere ich ihn heraus; und er antwortet nicht; er seufzt und antwortet nicht; er getraut sich nicht. Er wird sich schämen einzugestehen, daß er eifersüchtig ist. Er macht Augen wie ein geschlachteter Widder, und dann bekomme ich noch mehr Lust, ihn mit einem Stock auf den Kopf zu schlagen.»

«Zwischen die Hörner, wie?»

«Sei doch nicht so; sei nicht so boshaft, Liebling. Sag nicht solche Sachen. Der Arme tut mir wirklich leid. Und Tatsache ist, weißt du, er liebt mich mehr als du.»

Ob er sie mehr liebte als ich oder nicht, das weiß ich nicht. Ich weiß, daß er, ihr Othello, jung und ein netter Kerl war; daß er eine brillante Karriere vor sich hatte, und auch, daß er ihr mit seinen damaligen Einkünften einen Lebensstandard von Bequemlichkeit und Luxus ermöglichte, wie ich ihn ihr nie hätte bieten können. Und da die Dinge so lagen, gab ich mir Mühe, sie alles im kalten Lichte der Vernunft sehen zu lassen, jedesmal, wenn wir im Begriff waren, eine Verrücktheit zu begehen, den Kopf in den Sand zu stecken, um den Preis eines ungeheuerlichen Skandals alles zu zerschlagen, was sich als Hindernis der vollkommenen Glückseligkeit unserer großen Liebe entgegenstellte – nicht, um sie davon abzubringen oder sie zu entmutigen, sondern damit der Schritt, falls wir so weit kämen, ihn zu tun, mit klarer Kenntnis all seiner Folgen getan würde und wir entschlossen wären, die unvermeidlichen Opfer auf uns zu nehmen.

«Für mich, Lämmchen, das kannst du dir ja vorstellen, gibt es dabei nichts als Vorteile. Was könnte mich mehr gelüsten, als dich Tag und Nacht um mich zu haben, immer, immer, Tag und Nacht beisammen, mein liebstes Lämmchen und ich? Nichts verliere ich, und gewinne alles. Aber du, du mußt es dir sehr genau überlegen, bevor du dich entschließt. Dein schön eingerichtetes Haus, an dem du so hängst, die Möbel, die du vor deiner Heirat mit so viel Illusionen ausgesucht hast – und mit Stolz erfüllt es dich, sie von deinen Gästen bewundert und dich darum beneidet zu sehen –, deine prächtige Hi-Fi-Anlage, der Diaprojektor, all das ... davon müßtest du Abschied nehmen, Abschied für immer! Du müßtest es zurücklassen, und du müßtest auch den Freundeskreis zurücklassen, die jungen Ehepaare, die Kollegen deines Othello und deren Frauen, den Kreis gemeinsamer gesellschaftlicher Beziehungen, um wie ein räudiges Schaf, allein mit mir, abseits in einem Winkel zu stehen.»

Ich wußte, wieviel ihr all das bedeutete. Und es war nur natürlich, daß es ihr viel bedeutete. Ihr Leben war voller Annehmlichkeiten, es war das, was man ein rundweg gelungenes Leben nennt, als ich auftauchte und in ihre Sphäre eindrang. Ich erinnere mich an den Anlaß, als wir uns das erste Mal begegneten: Jemand nahm mich in ihr Haus mit, wo irgendeine der halb geselligen, halb beruflichen Partys im Gange war (ich glaube, um irgendeine jüngst erfolgte Beförderung Othellos, den ich noch nicht kannte, zu feiern), und da platzte ich nun als Fremder in einen von den Getränken schon ziemlich erhitzten Freundeskreis hinein, ein Mann, dem man allein seiner Jahre wegen eine gewisse Zuvorkommenheit zollte und der, auf der Durchreise in diesem Land, eine gewisse neugierige Aufmerksamkeit auf sich zog. Ich sagte der reizenden Hausherrin einige Komplimente und sah sie vor Freude erröten. Als jungverheiratete Ehefrau genoß sie – wem wäre es nicht aufgefallen – ihr schönes Haus, ihre Rolle als Hausherrin und Gastgeberin, die anwesenden Freunde mit unverhohlener Freude, sogar die unverhoffte Gegenwart des Fremden, den einer von ihnen ins Haus gebracht hatte: mich; diesen Herrn, der in jenem Augenblick der Begrüßung ihre Hand ein klein wenig länger hielt, die glückliche Begebenheit hervorhob und die große Ehre unterstrich und so fort. Jetzt mit mir durchbrennen, wenige Monate, nachdem wir uns kennengelernt hatten, mit dem fremden Herrn, der sie vor Glück hatte erröten lassen, als er den Geschmack lobte, mit dem sie ihr Haus eingerichtet hatte, hieße nichts Geringeres, als dieses Haus verlassen und alles, was dieses Haus bedeutete, und die Welt hinter sich lassen, in der sie bis dahin glücklich gewesen war. Und was tauschte sie dagegen ein? Nun, ein bescheidenes und unstetes Leben, das manchen Leuten sogar schäbig vorkommen mochte, immer in Unterkünften, die nicht viel anders waren als das Zimmer in jener Pension, wo sie mich zwei- oder dreimal, sogar bis viermal wöchentlich besuchen kam: ein Zimmer mit nichts als einem Bett, einem Tischchen, auf dem meine wenigen Bücher aufgetürmt waren, und einem Schrank mit meinen Kleidern auf drei Bügeln. Das und nicht viel mehr, bedeutete ich ihr, konnte sie von mir erwarten; das war alles, was sie sich von einem Leben mit mir versprechen konnte. Hatte sie es sich gut überlegt? War sie sich darüber im klaren?

«Ja, es wird wohl wahr sein; aber an deiner Seite leben!» gab sie zu bedenken und drückte den Kopf auf meine Brust, und ich genoß es, mit meinen Fingern durch ihre prächtigen Locken zu streichen. «An deiner Seite, so», gab sie zu bedenken, «so, für immer.»

«Für immer? Nicht einmal das, Geliebte; für ein paar Jahre; sehr wenige. Nach einigen wenigen Jahren, aus! Denkst du, mein Lämmchen, denn gar nicht an den Altersunterschied, der uns trennt?»

«Du sollst dieses Wort nicht aussprechen! Nichts trennt uns; nichts wird mich je von dir abbringen», rief sie heftig aus. Und eigensinnig drückte sie ihre nackte Stirn auf meine Brust.

Aber ich fuhr beharrlich fort: «Deine Freundinnen werden sich bekreuzigen, das weißt du ganz genau: so eine Verrücktheit! Und mit einem Greis!»

«Ich verbiete dir, hörst du, dies noch mal zu sagen», widersprach sie fast schreiend. «Es ist nicht wahr. Ich will es nicht mehr hören. Du bist kein Greis.»

«Für deine liebenden Augen vielleicht nicht; aber sag mir, wie müssen mich die fremden übelwollenden Augen sehen? Klingen dir nicht die Ohren von ihrem Getuschel? Stell dir einmal die Kommentare vor.»

«Und was geht das mich an? Was geht das mich an?»

Aber wie sollte es sie denn nichts angehen? Sie schwieg still, und nach einer Weile spürte ich Tränen auf meiner Brust gegen die Seite hinunterfließen. Armes Lämmchen! Sicher war ihr Gemüt von meinen Bedenken gepeinigt, und sie malte sich das düstere Bild einer trostlosen Zukunft aus, in der sich zum Gram über ein der Liebe geopfertes Leben die unvermeidlichen Gebresten des Alters gesellen müßten.

«Warum sagst du mir solches Zeug? Immer nimmst du die unseligsten Dinge vorweg, du Unglücksvogel, als ob man jemals im voraus wissen könnte ... Oder ist es etwa so, daß du mit mir Schluß machen willst? Wenn du das wolltest, wäre es offen gestanden besser, wenn ...»

Ich hielt ihr den Mund zu. Unschuldiges Lämmchen! Aber sie zog den Kopf zurück und fuhr fort: «Komm, sag schon: Wolltest du nicht eigentlich Mönch werden? Wirklich, du solltest hinausgehen und predigen: Du bist so gut darin.»

Wie gewöhnlich lösten sich unsere bitteren Reden auch diesmal in Gelächter auf. Aber ich war tatsächlich nicht geneigt, die Verantwortung für eine solche Verrücktheit auf mich zu laden, und deswegen hielt ich ihr schonungslos all die unvermeidlichen Folgen vor Augen, die, ach, nur allzu leicht vorhersehbar waren. Wir waren am Ende der Sackgasse angelangt, wir waren in der Klemme. Der Skandal war absehbar: Er war unausbleiblich, stand unmittelbar bevor. Entweder galt es, die Explosion möglichst schnell herbeizuführen und uns zugleich schleunigst aus deren Reichweite zu begeben, oder ich mußte dorthin verschwinden, woher ich gekommen war, und vielleicht verzog sich das Gewitter auf diese Weise wieder, ohne sich über unseren Köpfen zu entladen.

«Du machst mir kein bißchen Mut. Du bist wie eine kalte Dusche. Du willst dich nur nicht mit mir belasten. Du überdenkst alles, alles unterwirfst du deiner berechnenden Art», hielt sie mir vor. «Wenn du mich wirklich liebtest, wie ich dich liebe ...»

«Nur zu gut weißt du, wie sehr ich dich liebe. Ich liebe dich vielleicht mehr als du mich; bestimmt mehr. Aber eben, ich liebe dich natürlich auf meine Art. Du wirst doch wohl verstehen, was für eine Art dies sein kann. Vergiß nicht, daß ich nicht mehr...»

Jetzt hielt sie mir mit einem Ausdruck des Schmerzes im Gesicht, als wollte sie gleich weinen, den Mund zu: «Nein!»

Aber schließlich mußte sie sich der Vernunft beugen. Ich hätte sie nur ein kleines bißchen aufzumuntern brauchen ... Sie mußte sich der Vernunft beugen, und wir entschieden, Schluß zu machen.

Bei unserem letzten Zusammensein, unserem Abschied, schenkte ich ihr ein granatbesetztes Kreuzchen: Sie schwor mir, es bis zu ihrem Tode am Hals zu tragen, und wenn sie tausend Jahre alt würde. «Wie ein Gelübde», sagte sie.

An jenem Tag schmeckten ihre Küsse salzig von den Tränen, und ihre Seufzer drückten mehr Pein als Genuß aus. Als ich schließlich sah, daß sie sich nach einem betrübten Blick auf die Uhr mit zerstreuten Gewohnheitsbewegungen anzuziehen begann, da begriff ich selbst nicht, wie es mir gelang, meine Beklemmung zu unterdrücken. Einige Male hatte ich im fröhlichen Treiben am Badestrand aus der Ferne diesen geliebten Körper beobachtet, der heimlich mein war; jetzt, im Halbdunkel meines Zimmers, sah ich, wie er sich verhüllte, sich von mir entfernte, sich losmachte, mir fremd wurde; und schon in wenigen Augenblicken würde er sich für immer aus meinem Leben davonmachen.

Schmerzlicher Riß! Weitere fünf Jahre sind seither verflogen, wieder fünf Jahre: heute ist Jahrestag. Zufällig bin ich durch ein Musikstückchen daran erinnert worden, das längst wieder aus der Mode ist: unsern Bolero *«Fragancia de jazmines»* – «Jasminduft» ... Die Amputation war scheußlich, aber – zugegeben – nötig. Heute schmerzt die Wunde schon nicht mehr. Die grausame Operation beseitigte – darüber besteht kein Zweifel – das drohende Geschwür eines enttäuschten Alters und bescherte uns – jedenfalls mir und vermutlich auch ihr – anstatt trauriger Andenken an verlorene Genüsse eine herbsüße Erinnerung an sehr glückliche Tage.

Der Bernini-Engel, mein Engel

Der Bernini-Engel! Wie oft hatte ich zu seinen Füßen innegehalten, dort auf der Tiberbrücke, versunken in den Anblick seiner pathetischen Unschuld, die sich strahlend weiß vom blauen Himmel abhob, und hingerissen von den kecken und treuherzigen Augen unter der mit schweren Lokken belasteten Stirn. Als ich sie eines Tages unvermutet traf, in einer Stadt fernab von Rom, erkannte ich in ihrem Blick sofort den des Engels wieder, dem meine Bewunderung galt, und gleich dachte ich bei mir, was ich ihr erst viel später sagte; ich dachte bei mir: «Du, liebliches Geschöpf, bist der Bernini-Engel; du bist mein Bernini-Engel.»

Und wirklich, je länger ich sie betrachtete, desto mehr war sie es. Ihre eher weichen Züge, die sanfte Rundung ihres noch kindlich fülligen Gesichts, dazu die Pracht eines Körpers, der ebensogut hätte zwitterhaft erscheinen können ohne die kräftige Wölbung ihrer Brüste, wirkten auf mich, als ob der bewunderte Marmor auf dem hohen Sockel, den meine Hände bisher nie hatten erreichen können, sich beseele und mir nahe rücke.

Jetzt endlich hatte ich ihn hier, lebendig warm, unter meinen Augen. Ich neigte mich, ihre Stirn zu küssen, und: «Du, holdes Kind», sagte ich zu ihr, «bist der Bernini-Engel. Sag, hast du jenen Passionsengel schon einmal gesehen? Du hast ihn nie gesehen? Auch nicht auf einer Fotografie?» Sie hatte ihn noch nie gesehen. Ich versuchte ihr zu erklären, wie es dem Künstler gelungen war, vor Jahrhunderten schon ihre fleischliche Gestalt vorwegzunehmen; wie er sie vorausgeahnt und erraten und mir angekündigt hatte, so daß ich mich in Zukunft nie wieder in Rom aufhalten könne, ohne die Bernini-Figur auf dem Ponte Sant' Angelo anschauen zu gehen; aber sie war keineswegs begierig darauf, das sie vorwegnehmende Abbild, durch das ich sie lieben gelernt hatte, lange bevor sie mir persönlich begegnet war, auch nur auf einer Fotografie zu betrachten …

Ihre Augen waren halb geschlossen und ihre Lippen zitterten. «Was murmelst du?» fragte ich sie. «Ein Gebet. Ich bete immer vor dem Einschlafen. Willst du nicht mitbeten? Sag nicht nein. Und du sprichst meine Worte nach, nicht wahr? Sag: Schutzengel, holder Gefährte mein, wollest Tag und Nacht mein Begleiter sein.» Ich sprach nach, wie konnte ich anders. Und sofort kam ich wieder darauf zurück: «Einmal muß ich dich nach Rom mitnehmen, damit du dich im Bernini-Engel erkennen kannst.» Sie erwiderte: «Ja ja»; wußte sie wohl damals schon mit dem ihr eigenen geheimnisvoll melancholischen Wissen, daß dieser Wunsch nicht in Erfüllung gehen würde? Auch der Blick ihrer menschlichen Augen schien geschaffen, die Wasser des ewigen Tiber vorbeifließen zu sehen.

Wir sind nie nach Rom gekommen. Und jetzt ist sie nicht mehr bei mir und wird es nie wieder sein. Beim Abschied legte ich ihr eine Kette mit einem Kreuz um den Hals, zur Erinnerung an unsere Passion, und sie versprach mir, es jeden Tag nach ihrem Schutzengelgebet zu küssen («... Tag und Nacht mein Begleiter sein»). Jetzt ist sie nicht mehr bei mir. Und vielleicht werde ich wieder einmal auf der Tiberbrücke innehalten und zu dem strahlenden Antlitz emporblicken, und meine liebkosenden Hände werden es nicht erreichen.

Eine Affengeschichte

I

Sollte ich mich doch noch entschließen (zu etwas Besserem bin ich ja ohnehin nicht zu gebrauchen), mich der überflüssigen Aufgabe zu stellen und die Bürde auf mich zu nehmen, das Leben in unserer Kolonie zu besingen – in Anflügen schwarzen Humors habe ich mir schon überlegt, es im Purpurgewande «Königlicher Achtzeiler» zu tun, den Strophen der alten Heldenlieder –, so müßte ich jenes Bankett als eines der Hauptereignisse unseres öffentlichen Lebens präsentieren. Als denkwürdig, wahrhaft denkwürdig stellte sich jenes Abschiedsfest in der Tat aus mehrererlei Gründen heraus; in diesem Fall war nicht einmal der üblicherweise schwulstige Bericht im Lokalblättchen übertrieben, und auch die Gespreiztheit nicht, womit der unsagbare Toñito Azucena im Radio das gesellschaftliche Ereignis würdigte. Allein schon der Umstand, daß die Häupter der Kolonie sich versammelten – also wir –, um einen der Unseren anläßlich seiner «Rückkehr in die Zivilisation» zu verabschieden, war Grund genug zum Feiern – übergenug; dies war ja für sich schon eine richtige

Sternstunde im öden Sumpf unseres Daseins, selbst wenn sich nicht dahinter verborgen hätte, was sich dahinter verbarg, wenn nicht zum Vorschein gekommen wäre, was zum Vorschein kam, und wenn es nicht die Folgen gehabt hätte, die es dann hatte. Das Abschiedsbankett wies nämlich von Anfang an einige Besonderheiten auf. Zuvorderst: Der Direktor für «Versand und Verladung» lud höchstpersönlich zum Festbankett ein, statt sich einladen zu lassen. Er hatte auf seinem Wunsch bestanden, um sich so für die unzähligen Aufmerksamkeiten erkenntlich zu zeigen, die während seines «Afrika-Unternehmens» sowohl er, Robert, als auch ganz besonders seine Gattin von uns hatte entgegennehmen dürfen.

Die Reaktionen, die dieses in jeder Hinsicht ausgefallene Ansinnen in Anbetracht der Vorgeschichte bei jedem von uns auslösen mußte, brauchen kaum erwähnt zu werden. Wie leicht vorauszusehen war, versorgte es die Spötter mit Nahrung für ihre Witzeleien, und besonders der Generalinspektor der Verwaltung, Ruiz Abarca, tat sich im Schutze seines Ranges hervor; er war seit jeher unfähig gewesen, sich böswillige und bissige Bemerkungen zu verkneifen und nicht aus dem Rahmen zu fallen – eng war dieser ohnehin nicht, denn wir lebten in einer Kolonie – zum Teufel, mindestens innerhalb des Rahmens, den die Würde des Amtes auferlegte. Weit gefehlt (es paßte einfach nicht zu seiner Art), er war so unverschämt, aus lauter Hohn eine höchst manierliche Auseinandersetzung mit Robert darüber anzuzetteln und in die Länge zu ziehen, wer wen einladen müsse; in deren Verlauf wurde er nicht müde, mit Seitenblicken auf die belustigte Zuhörerschaft Sätze fallenzulassen wie: «Mitnichten, mein lieber Freund Robert! Wir haben unsererseits eine geradezu verschwenderische Fülle an Aufmerksamkeiten von Ihnen erfahren, und ganz im Besonderen seitens Ihrer Gattin. Ich glaube, in unser aller Namen bestätigen zu dürfen, daß unsere Doña Rosa ein Geschenk des Himmels für dieses ungastliche Land gewesen ist. So sehr, daß ich nicht weiß, wie wir von jetzt an ohne sie zurechtkommen werden. Sie, verehrter Kollege, können sich bestimmt nicht vorstellen, wie sehr wir sie vermissen werden» – dergleichen geziertes Gerede hörte sich der Direktor für Versand und Verladung mit halbem Ohr an, beifällig im Grunde oder herablassend, bisweilen pflichtete er mit dem Whiskyglas in der Faust bei, bisweilen wagte er einen Einspruch gegen die gefällige Übertreibung seines lieben Freundes. Er versicherte trotzdem – den Zuhörern, die rundherum versammelt waren, lachten die Augen –, er versicherte ganz im Ernst – einige platzten fast vor Lachen –, nein, nein, dem sei nicht so, der Umgang habe durchaus beiden Seiten Vorteile gebracht, das gebe er gerne zu, aber sie beide, seine Gattin und er, hätten entschieden mehr dabei gewonnen; somit möge doch, bitte!, niemand versuchen, ihnen dieses Vergnügen zu nehmen; kein Wort mehr über diese Angelegenheit: ein für allemal, er bestreite das Abschiedsfest ... Ruiz Abarca gab also vor, sich in der Auseinandersetzung, wenn auch nur unter Protest, für besiegt zu erklären. Toñito Azucena, der beruflich in die Sache verwickelt war, wagte eine launige Bemerkung, fand aber wenig Anklang; niemand achtete auf ihn, und selbst Robert schaute ihn an, als habe er eine Kröte vor sich. Die übrigen genossen innerlich schon die Aussicht auf amüsante Anspielungen und viel Gelächter; wobei wohl der eine oder andere unter ihnen – so vermute ich – in einem Anflug alter Ritterlichkeit seine Abneigung vor der Unterwürfigkeit kaum verbergen konnte und in Vorahnung dessen, was er für ein «doch zu starkes Stück» hielt, vielleicht sogar Schamröte und moralische Entrüstung aufsteigen spürte. Was mich betrifft, ich schaute dem allem in unbeteiligter Haltung zu (ich hatte meine Gründe, mich bis zu einem gewissen Grad als unbeteiligt zu betrachten), aber ich war verwundert und fragte mich, weshalb bloß dieser Robert, über den man vieles sagen konnte, aber sicher nicht, daß er ein einfältiger oder sonstwie armer Tropf war, den schwelenden Brand in seinem Umkreis nicht bemerkte. Es war schon eine starkes Stück, daß er über ein Jahr lang nichts bemerkt haben sollte. Zu Recht heißt es, daß die Ehemänner immer die letzten sind, die etwas mitbekommen, obwohl ich von mir sagen kann … Allzu sehr darauf versessen, in jeder nur erdenklichen Weise Geld zu scheffeln, vielleicht auch allzu eingenommen von sich selbst – er war nämlich eitel und selbstgefällig wie selten einer –, als daß ihm auch nur im entferntesten die Möglichkeit in den Sinn kommen konnte, jemand würde es wagen, seine Ehre anzutasten und das Heiligtum seiner Ehe zu entwürdigen, war der Direktor für Versand und Verladung in diesem Augenblick erst recht außerstande wahrzunehmen, was sich um ihn herum an Arglist zusammenbraute. Ich betrachtete ihn und wurde nicht klug aus ihm. Obwohl der Mensch ein verschlossenes Gesicht hatte, meinte ich bisweilen, in seinen Zügen etwas Verspanntes und Derbes, irgendwie Ironisches oder auch Trauriges zu entdecken. Wie dem auch sei, sein hölzernes Gesicht wirkte etwas bleich. Oder vielleicht waren dies auch nur die Mutmaßungen eines unbeteiligten Beobachters.

Der Festtag war gekommen. Ich machte es mir in meiner Zuschauerrolle an einer Tischecke bequem (meine Stellung in der Handelsgesellschaft ist eher eine bescheidene, und ich gehöre auch nicht zu denen, die um jeden Preis auffallen wollen) und nahm mir fest vor, hier im Halbdunkel alles mitzuerleben, während sich die Blicke aufs Tischende richteten, welches selbstverständlich der Statthalter einnahm, mit der Festkönigin zu seiner Rechten, und gleich daneben – das war nun gar nicht selbstverständlich, sondern im Gegenteil ganz und gar unerhört und geschmacklos – diese Marionette von Toño Azucena, einem Radiosprecher! Auf der gegenüberliegenden Seite waltete unser Gastgeber und Direktor für Versand und Verladung, und beiderseits des Tisches saßen ohne bestimmte Rangordnung die bedeutenden Persönlichkeiten der Kolonie.

Als einzige Frau war Roberts Gattin anwesend. Das Fest war als Abendessen «nur für Männer» angekündigt worden, zu welchem das Ehepaar in den «Country Club» geladen hatte, bevor es sich tags darauf nach Europa einschiffen würde. Eine weitere ausgefallene Idee, wenn man so will; aber bei genauerem Hinsehen stellte es sich als das Taktvollste heraus. Selbstverständlich wußte Robert die Gegebenheiten, die er fein gesponnen und gewoben hatte, zu nutzen; da seine «Einladung an Herren» gerichtet war, schaltete er von vornherein viele Fragen aus. Man vergesse nicht, daß in der Kolonie die häuslichen Verhältnisse fast aller Leute außergewöhnlich sind. Der größte Teil der Beamten, welche die Handelsgesellschaft hierher versetzt, nimmt wohl nur im äußersten Notfall dieses Exil im tropischen Afrika auf sich, und darum kommen sie allein; aber obwohl die meisten von uns ihr Fell schließlich hier lassen, so meint doch jeder und rechnet damit, daß sein «Afrika-Unternehmen» nur von kurzer Dauer sei, ein vorübergehendes Opfer, nur gerade so lange, um ein bißchen Geld zusammenzukratzen und der Mühsal wieder zu entrinnen und sich ein neues Leben aufzubauen. Aber die Monate vergehen und die Jahre, die Briefe nach Hause werden spärlicher, die Geldüberweisungen auch, und unterdessen – ohne daß es so weit kommen muß wie bei Martín, diesem seltsamen, in der Negerei versumpften Dulder – sprießt in der Kolonie eine Mischlingsschar an der Seite mehr oder weniger dauerhafter Beziehungen, die allerdings nie anerkannt und nie gutgeheißen werden. Kurzum: Die meisten von uns hier sind «alleinstehende Männer». Umgekehrt entwickeln die Frauen jener wenigen, die zu ihrem Heil oder Unheil ihre Familie mitgebracht haben, hier in Afrika, die Nichtswürdigen, einen unerträglichen Hochmut, der um so lächerlicher wirkt, wenn man die Nöte und Ängste bedenkt, welche diese Königinnen des Exils durchgemacht haben und noch immer durchmachen bis hin zu geringfügigen Stilfehlern in Sprache, Geschmack oder Verhalten, welche vielleicht die würdevolle Gattin eines hochangesehenen Schlendrians entlarven. So ergab es sich denn, daß mit diesem Hühnerhof blasierter Damen unsere bezaubernde Direktorin für Versand und Verladung, Señora Doña Rosa G. de Robert, in keine allzugute Gesellschaft geraten war, nicht nur, weil sie um ihre guten Kleider, ihre Schönheit, ihre Weltläufigkeit und so weiter beneidet wurde, sondern auch – warum es nicht zugeben? –, weil die Sache ruchbar wurde, und was liegt dann dem Neid näher, als irgendeine Möglichkeit zu finden, um sich mit tugendhafter Entrüstung Wert und Würde zu verschaffen ...? Nur Männer einzuladen, schützte jedenfalls vor Ärger und Komplikationen oder schränkte diese wenigstens auf den unvermeidbaren Rest ein; es war eine kluge Vorkehrung.

Im übrigen ließ sich die bezaubernde Rosa vom Getuschel und Gerede der Leute nur wenig beeindrucken. «Was werden die Leute sagen?» kümmerte sie nicht; für ihre furchtlose Verachtung anderer Leute Meinung hatte sie genügend Beweise geliefert. Hier saß sie nun, lächelnd und glücklich, so frisch wie die sprichwörtliche Rose, deren Namen sie trug; bewundernswert ihr Selbstbewußtsein am Tischende zur Rechten des Statthalters! Von der würdevollen Barttracht seiner Exzellenz ermächtigt, erstrahlte sie in gänzlicher Beherrschung der Lage lächelnd und glücklich in unserer Mitte. Es läßt sich nicht leugnen, daß es ein ergreifender Augenblick war, sogar für jemanden wie mich, der in der absonderlichen Komödie kaum mehr als eine Statisten- und Zuschauerrolle hatte. Es war schon dunkel geworden, und die erfrischend kühle Feuchte senkte sich herab, die uns wenigstens in der Nacht einigermaßen atmen und leben ließ – nach den grausamen, quälend langen Sonnenstunden. Barfuß und kaum sichtbar in der Dunkelheit gingen die Bediensteten des Clubs auf der Terrasse hin und her, und unten auf dem Platz ahnte man die schlafende Herde der Autos in Reih und Glied. Aus dem Urwald drangen manchmal gellende Affenschreie durch das vielstimmige Froschgequake, während sich seitwärts, in nächster Nähe, über unsern Köpfen sozusagen, die schwarze Masse der «Victoria II.» im Hafen abzeichnete, die in der Morgenfrühe mit Rosa und ihrem verwünschten Ehemann an Bord auslaufen würde.

Das Essen begann in aller Ruhe und Stille und verlief auch so, wohl ein bißchen gespenstisch, aber durchaus gemütlich und bis zum Nachtisch ohne irgendwelche Besonderheiten, indes nicht ohne stetig anwachsende erwartungsvolle Spannung. Wir saßen im Halbdunkel; um die lästigen Insekten abzuhalten, begnügten wir uns mit dem Licht der fernen Scheinwerfer, um die herum ganze Trauben von Mücken und riesigen Nachtfaltern schwärmten. Wir aßen, sprachen wenig und leise, und man spürte so etwas wie Rührung in der Runde. Ohne Zweifel, wir alle erwarteten und ahnten irgend etwas Spektakuläres; und natürlich wünschten wir es herbei. Wir wären uns betrogen vorgekommen ohne etwas Derartiges, und so war es eine Erleichterung, daß ganz am Schluß, als schon der Kaffee aufgetragen und die Zigarren angezündet waren, die Bombe doch noch platzte – und auf welche Weise!

Man hätte wetten können, daß es dem Tölpel von Generalinspektor Ruiz Abarca vorbehalten war, den Knall zu zünden. Wir sahen, wie er mühsam vom Stuhl aufstand, das Weinglas erhob, das er während des Essens des öfteren geleert und wieder gefüllt hatte, und einen Trinkspruch stammelte, worin er nochmals mit unverschämtem Nachdruck die Gunst herausstrich, welche die Señora so verschwenderisch verschenkt hatte, und sich wieder einmal in tolpatschig gewundenen Klagen erging, wie hilflos wir alle hier ohne sie zurückbleiben würden. Robert hatte lächelnd, ein bißchen bleich und, wie es schien, zerstreut und in sich gekehrt zugehört; dann auf einmal stand er unversehens auf und hielt als Entgegnung darauf die Rede, die jenen gesellschaftlichen Anlaß so legendär machen sollte. Ich begnüge mich hier damit, ohne viele Kommentare dieses seltsame Stück Redekunst wiederzugeben; und man glaube nicht, daß die Texttreue, mit der ich es tue, alleiniges Verdienst meines Erinnerungsvermögens sei, denn obwohl mittlerweile schon einige Zeit vergangen ist, taucht die Rede noch hin und wieder in unseren Gesprächen auf, nachdem sie bereits wochen- und monatelang unseren Meinungsaustausch, unsere Auseinandersetzungen und Wortgefechte gewürzt hatte. Das Festhalten des genauen Wortlauts ist somit Gemeinschaftsleistung.

Unser Direktor für Versand und Verladung bat also mit einer gebieterischen Handbewegung um Aufmerksamkeit, und zwar so entschieden, daß das endlos sich hinziehende verworrene Gestammel des Betrunkenen jäh abbrach; er brachte sich in Stellung, ihm zu antworten; man kann sich die Spannung vorstellen. Er gönnte sich aber noch das Vergnügen, diese weiter zu erhöhen, indem er eine Pause einlegte, sich im Stehen eine Zigarre anzündete und gemächlich einige Züge rauchte; dann begann er seine Rede mit leiser Stimme, langsam und zögerlich, aber in wohlgesetzten Worten. Er sagte folgendes: «Herr Statthalter, meine Herren, meine Freunde: Wenige Stunden nur noch verbleiben uns bis zu unserer Abreise; das Schiff, das uns nach Europa zurückbringen wird, ist da und wartet mit unserm Gepäck die Morgendämmerung ab, um die Anker zu lichten. Wenn wir uns in Kürze hier verabschieden, so wird es vermutlich für immer sein, und nur vom Zufall kann man eine künftige Begegnung mit jemandem von Ihnen erhoffen, Gott weiß wo und wann, aber selbstverständlich unter ganz anderen Umständen als jetzt, so daß wir wieder wie

Fremde wären, Unbekannte sozusagen. Trotz allem: Wie eng waren doch unsere Schicksale in diesem letzten Jahr meines Afrika-Aufenthalts ineinander verflochten! Jetzt, da ich die Kolonie verlasse und mich von Ihnen verabschiede, spüre ich eine Art Riß in meinem Innern, und ich kann dem Wunsch nicht widerstehen, Ihnen meine verborgenen Gefühle mitzuteilen, obschon ich bis vor wenigen Augenblicken schwankte, ob ich sie Ihnen offenbaren oder doch lieber verschweigen und Ihnen einfach dieses bescheidene Abschiedsessen als wortlose Huldigung an Ihre Freundschaft darbieten solle. Aber dann dachte ich mir, es könnte so speziellen Freunden gegenüber als unaufrichtig erscheinen, wenn ich ein kleines Geheimnis mit mir fortnähme, ein unbedeutendes Geheimnis, womöglich nicht einmal ein Geheimnis, aber es betrifft doch unsere wechselseitigen Beziehungen; dessen Aufdeckung kann bei einigen vielleicht zur Beruhigung ihres Gewissens beitragen, und für mich wird die reine Freude an der nackten Wahrheit zumindest Trost und Stärkung bedeuten.»

Er hielt inne und zog wieder genüßlich an seiner Zigarre. Niemand wagte zu atmen; von weither, jenseits der Angestellten, die in gebührendem Abstand bei den Säulen lauschten, war das unaufhörliche heisere Gequake der Frösche und hin und wieder der gellende Schrei eines Affen zu hören.

Der Direktor für Versand und Verladung fuhr nun mit gefestigter Stimme fort, auch schwang bereits eine gewisse Note wehmütigen Behagens mit: «Gestatten Sie mir, liebe Freunde, an die Stunde meiner allerersten Ankunft in der Kolonie zu erinnern. Widrige Umstände meiner Vergangenheit hatten mich in diese Verbannung getrieben, in der ich hoffte, mich von etlichen Enttäuschungen meines Lebens erholen zu können und – warum es nicht sagen? – von etlichen finanziellen Desastern. Ja, warum es nicht frei heraus sagen unter Kameraden? Es ist nur zu menschlich, und es hat nichts Ehrenrühriges; wir alle, ohne selbst den Herrn Statthalter auszunehmen – ungeachtet seiner höheren Bürden und Verantwortlichkeiten erlaube ich mir, ihn hiervon nicht auszuschließen», fügte er mit einem Blick freundschaftlicher Herausforderung hinzu, was der Amtsinhaber wohlwollend aufnahm, «wir alle, sage ich, sogar er, müssen wir den Verlust der Heimat verschmerzen, die Fieberanfälle ertragen, die Wolkenbrüche, das Mißtrauen der Einheimischen, die marternde Sonne, die Tsetsefliegen, kurz, alles, was uns tagtäglich Anlaß zur Klage gibt, vor allem aber die erbarmungslose Verausgabung, über die wir uns nie beklagen, um nicht andauernd daran zu denken; wir halten dem allem stand, und warum? Nun, weil dafür das Geld hier reichlich fließt, scheinbar reichlich, nur scheinbar; denn genau besehen ist es eine dürftige Entschädigung für unser Leben – wir vergeuden nämlich hier unser Leben, weil wir es im Grunde genommen geringschätzen, ja sogar glauben, ein gutes Geschäft zu machen, und wir bilden uns obendrein noch ein, großzügig entlohnt zu werden ... besser so; zum Wohle aller ... Doch, meine Herren, ich bitte um Verzeihung, ich schweife ab. Ich sagte, daß ich mich bei meiner Ankunft hier mit Ihnen allen im gleichen Boot wähnte. In gewisser Weise lebten wir hier alle in der Verbannung und hatten Heimweh nach dem ‹Anderen› – aus Heimatliebe sind wir in diesen Sumpf gestürzt, haben unsern Leib im Urwald begraben, und unsere Seelen verzehren sich in Sehnsucht nach dem ‹Dort›. Da dachte ich mir, was es doch für eine Wohltat für alle bedeuten könnte, Rosa hierher mitzubringen. Das hier ist kein Land für unsere Frauen, bestimmt nicht; aber sie – Sie wissen es alle – ist weder furchtsam noch trübsinnig noch griesgrämig; sie kann jedwedes Opfer mit einem Lächeln auf den Lippen auf sich nehmen; nichts schreckt sie ab ... Kurz, ich beschloß, sie auf der nächsten Reise mitzubringen; ich kehrte nach Hause zurück, schlug es ihr vor, sie willigte ein, und heute, da wir uns für die Heimreise rüsten, glaube ich, kann ich mit meinem Einfall und unserem Beschluß zufrieden sein. Sie nun Ihrerseits klagen über nichts anderes – wie man sieht – als, wie einsam und verlassen Sie sich fühlen werden, wenn dieses außergewöhnliche Geschöpf Sie hier verwaist zurückläßt. Ich verstehe es, meine Herren Freunde; ich verstehe es nur zu gut. Denken Sie nicht, ich wüßte nicht, was sie Ihnen allen in diesem Jahr bedeutet hat; die Vorstellung, ich hätte nichts von alldem gewußt, ruft bei mir solche Beklemmung hervor wie bei Ihnen wahrscheinlich Freude – vielleicht auch Scham über sich selbst. Aber nein, zum Glück weiß ich es, und ich sehe auch keinen Anlaß, es zu bedauern. Ich weiß sehr genau, welches die besonderen Gunstbezeugungen gewesen sind, die Rosa jedem von Ihnen gewährt hat, und nicht weniger genau bin ich über die großzügigen Zuwendungen unterrichtet, die sie von Ihnen dafür entgegennehmen durfte. Wie sollte ich nicht darüber unterrichtet sein, wo sie es sich doch zur Gewohnheit gemacht hat, die Wahrnehmung all ihrer Interessen, der materiellen wie der geistigen, in meine Hände zu legen …? An diesem Punkt angelangt, wäre es meinerseits ein Verstoß gegen die Ritterlichkeit, der Selbstlosigkeit, mit der Sie dieser wunderbaren Frau ihre Gunstbezeugungen zu danken wußten, nicht den gebührenden Tribut zu zollen. In einigen Fällen – ich muß es sagen – war die Selbstlosigkeit sogar übertrieben. Daß der Herr Statthalter, welcher – seinem Rang entsprechend – als erster unser bescheidenes Heim mit seinen Aufmerksamkeiten beehrte und die Frau, an deren Busen ihm gegeben war, die erdrückende Verantwortung seines Amtes ein wenig zu vergessen, mit Geschenken geradezu überhäufen wollte – nun gut. Aber, meine Freunde, es gab da auch fürstliche Geschenke, die selbst diesen Rahmen sprengten, sofern das möglich ist; und ich fühle mich verpflichtet, es öffentlich bekanntzumachen. Rührend ist zum Beispiel der Fall einiger Kollegen, die ich hier ungenannt lasse, um ihre noble Zurückhaltung nicht zu verletzen, welche dann, als sie an die Reihe kamen und damit Gelegenheit erhielten, sich auf der Höhe ihrer Vorgesetzten zu zeigen, keine Opfer scheuten und nicht einmal zurückschreckten, ihre Habe zu verpfänden und Schulden zu machen, damit ihr Name unserem Gedächtnis in goldenen Lettern eingeprägt bleibe. Rosa, deren Herz von der Beschaffenheit eben dieses Edelmetalls ist, ließ sich von mir nur mit Müh und Not überzeugen, daß es als Beleidigung hätte gewertet werden können, etwas von den Geschenken, die ihr mit solcher Ergebenheit und Opferbereitschaft überreicht worden waren, an die Eigentümer zurückzugeben ...»

Man kann sich ausrechnen, was für eine Verblüffung diese Rede – die so zögerlich begonnen hatte und nun mit unverhohlener Verve und eindeutig hämischen Seitenhieben daherkam – bei den Zuhörern auslöste. Solcher Zynismus war unerhört; niemand wußte, wie das alles aufzufassen war. Die beiden Anspielungen auf seine Exzellenz, beide gleich waghalsig, waren meisterhaft berechnete Schläge, um uns erstarren zu lassen. Sofort hatte das Gesicht des Herrn Statthalters alle Blicke auf sich gezogen, sie fanden aber die seinen nicht, denn die Augen seiner Exzellenz, die sonst unschuldig lebhaft, heiter und in gewisser Weise jungenhaft aus seinem bärtigen Gesicht blickten, hefteten sich jetzt starr auf die Obstschale in der Mitte des Tisches. Niemand wußte, wie das alles aufzufassen war. Im übrigen war allgemein bekannt, wessen Gehalt gepfändet war und warum; die Schuld oder das Pfand anzusprechen hieß, sie bloßstellen. Es gab Getuschel, vereinzelte Lacher; das erregte Getuschel an verschiedenen Plätzen am Tisch wurde immer lauter und wäre beinahe in einen Aufruhr ausgeartet; aber der Redner ergriff nach seiner Pause rechtzeitig das Wort wieder und schloß unschuldig-liebenswürdig und gutmütig mit einer Feuerwerksgarbe, die uns alle betäubte. Dies waren seine abschließenden Worte: «Selbstverständlich», sagte er, «auf die gleiche Weise, wie es mir über die – ach, ach! – unendlich lange Zeitspanne hinweg gelungen ist, Sorglosigkeit und Unachtsamkeit vorzutäuschen, so haben auch Sie allesamt Feingefühl bewiesen, indem Sie mich glauben ließen, Sie hielten diese Frau nach wie vor für meine Gattin, denn als solche hatte ich mir erlaubt, sie Ihnen bei meiner Ankunft vorzustellen und mich damit einer kleinen List zu bedienen. Einer harmlosen kleinen List ohne Folgen; denn ich bin sicher, als Sie sie näher kennenlernten und ihre Umgangsformen bemerkten, ihr Geschick und ihre Erfahrung, ihr Gespür für die Gepflogenheiten und ihr strenges Einhalten der Rangordnungen – was ja samt und sonders meilenweit entfernt ist von der geistlosen Beliebigkeit und Farblosigkeit unserer unbedarften kleinbürgerlichen Ehefrauen –, da hätten Sie sogleich dahinterkommen müssen, wer sie in Wahrheit eigentlich war: eine erstklassige und im traditionellen Sinne mustergültige Berufskurtisane. Nichts anderes als das ist, meine Herren, das kleine Geheimnis, das ich – obwohl Sie es sicher schon längst erraten haben – mich verpflichtet fühlte, Ihnen zu eröffnen. Eine lange und gestrenge Ausbildung hatte unsere Freundin», und er zeigte mit der Zigarre auf Rosa, «auf diese schwierige Aufgabe vorbereitet, als ich ihr vor etwas mehr als einem Jahr vorschlug, sich mir anzuschließen und das Tropenabenteuer zu wagen, dessen Krönung und glücklichen Abschluß wir heute feiern. So bleibt mir nur noch, geschätzte Kollegen, Ihnen im Auftrag unserer lieben Rosa mitzuteilen, daß sie die Absicht hat, mit ihren Ersparnissen – denn ihre strahlende Jugend ist nicht für ein geruhsames Rentnerdasein geschaffen – eine galante Vergnügungsstätte zu eröffnen, und ich bin sicher, es wird ein Musterbetrieb der Sparte werden; dort wird man Sie, falls Sie einmal den Wunsch verspüren sollten, diese zu besuchen, selbstverständlich wie in Ihrem eigenen Heim empfangen. Bis dahin möge Sie der Herr mit Glück und Wohlstand segnen.» Das war's. Er machte ein Verbeugung und setzte sich.

Welche Konfusion, mein Gott! Das war ein richtiger Keulenschlag. Niemand wußte, was denken, was sagen, was tun. Rosa lächelte bezaubernd, geheimnisvoll geistesabwesend, entrückt, saß würdig und unbeirrt an ihrem Platz. Man mußte sich die Augen reiben, um so etwas zu glauben!

Wieder war es Abarca, unser leicht erregbarer Generalinspektor der Verwaltung, der sich bei dieser schmachvollen Verhöhnung von der ersten Empörung hinreißen ließ, zornesrot seine Faust hob und sie auf den Tisch knallte, während seine tiefe Stimme bedrohlich dunkel losdröhnte: «Ha! Eine riesengroße –!» Die Beschimpfung war, als schleudere er einen Felsbrocken ins Gesicht der völlig gefaßt dasitzenden Nymphe. Stumm harrten wir der Dinge, die da kommen mußten ... Was bis dahin geschehen war, hatte etwas seltsam Unwirkliches, Wahnhaftes, etwas, das Schwindel verursachte. Aber was dann geschah ... Ohne ihre Anmut im geringsten preiszugeben oder ihren Gesichtsausdruck zu verändern, antwortete die Dame auf die Beleidigung jener Bestie einfach, indem sie ihm neckisch den steifen Mittelfinger der rechten Hand entgegenstreckte und langsam und sanft in der Luft tänzeln ließ, derweil die edelsteinfunkelnde linke Hand auf dem Unterarm abgestützt dalag. Das war ihre ... ganz und gar unerwartete Antwort. Die obszöne Geste – wenn es ihr bei aller derben Entschlossenheit auch nicht an Eleganz mangelte – zerbrach nun endgültig das Bild, das wir uns im Laufe eines Jahres von der vornehmen, wenn auch leichtlebigen Señora de Robert gemacht hatten.

Trotzdem mußten wir ein weiteres Mal klein beigeben und ihr Geschick anerkennen und sie aufs neue bewundern, als wir später mit kühlem Kopf über das Vorkommnis sprachen. Hätte sie einem Stockbesoffenen etwa eine nüchternere und schlagkräftigere Antwort auf seine Unverschämtheit geben können als das wortlose, aber unwiderlegliche Zeichen, das zudem den kurz zuvor mündlich abgegebenen Bericht des Direktors für Versand und Verladung bekräftigte und beglaubigte und darüber hinaus noch zweifelsfrei bestätigte, wer sie war und was für ein Gewerbe sie betrieb? Jener – welche Geschicklichkeit bewies doch dieser Mann! – wußte das Schlimmste zu verhindern; er brachte es zustande, daß das Gewitter sich verzog, ohne sich zu entladen, und nachdem er sich persönlich von jedem einzelnen von uns verabschiedet hatte, vom Statthalter angefangen bis zum letzten hinunter und auch Ruiz Abarca nicht ausließ («Komm, Rosa, der Herr Generalinspektor möchte dir die Hand küssen, und es ist jetzt nicht der Augenblick, Groll zu hegen»), hob er die Tafel auf und ließ uns verwirrt und ratlos zurück, in Grüppchen aufgeteilt und unempfänglich für die Worte der anderen, indes das Paar sich aufs Schiff begab, um bereits die Nacht an Bord zu verbringen.

II

Ein Keulenschlag, der einen Ochsen hätte betäuben können, das war Roberts Eröffnung gewesen. Seine aufsehenerregende Ansprache hatte uns um den Verstand gebracht. Jeder von uns fühlte sich durch den plumpen Scherz vor den Kopf gestoßen, und bald, sehr bald würde als Folge davon die schwellende Beule wie ein Hautausschlag an der Oberfläche sichtbar werden; denn wer bekam nicht – der eine mehr, der andere weniger – Verdauungsbeschwerden vom Nachtisch, den wir bei jenem Essen hinunterschlucken mußten? Als am andern Morgen beim Aufwachen die Verblüffung ein wenig gewichen war und die Alkoholdämpfe sich verflüchtigt hatten, die das Hirn so sehr benebeln, kam vielen unglaubhaft vor, was sie gesehen und gehört hatten; wir drückten uns alle ganz verwirrt und verschreckt herum, mit eingezogenem Schwanz. Den ganzen Morgen redeten wir um den heißen Brei herum, tasteten uns vor, machten Anspielungen, und erst gegen Abend kamen die Ereignisse richtig zur Sprache; aber was für wunderliches Zeug bekam man da zu hören! Fürs erste fiel auf, und das mag erstaunen (ich jedenfalls hatte Angst vor geschmacklosen Entgleisungen), daß die Wutausbrüche gegen die Frau weitgehend ausblieben, und dies, obwohl Ruiz Abarca unmittelbar danach das erste drastische Beispiel lieferte. Man hätte meinen sollen, daß sie zur vorherbestimmten Zielscheibe gröbster Beleidigungen, daß sie der Gegenstand gehässigster Schmähungen werden würde; aber dem war nicht so. Die weibliche Arglist – das bestätigte sich wieder einmal in recht beklemmender Weise – gab weniger Anlaß zur Empörung als der Hundsfott von Robert mit seinem Bubenstreich, und der lachte uns nun sicherlich aus vollem Halse aus, dachten wir, denn bekanntlich lacht am besten, wer zuletzt lacht. Über Monate und Monate hatte er uns im Glauben gelassen, daß wir ihn hintergingen, und dabei waren wir die Hintergangenen: Das brachte uns aus der Fassung, ja, viele liefen rot an vor Zorn. Denn ehrlich gesagt, das Benehmen des Herrn Direktors für Versand und Verladung stellte sich als jener Brocken heraus, der am allerschwersten zu verdauen war; der Gedanke, daß er seine Enthüllungen mit so unerhörter Selbstverständlichkeit – genauer noch: mit kaltblütiger, widerwärtiger Heimtücke – wie ein gemeiner Aufschneider, Kuppler, Zuhälter verkündet hatte, peitschte Wellen von Empörung und späten Heldenmuts empor, vielleicht nicht einmal so sehr wegen der Tat an sich, sondern wegen der Kränkung durch das Schelmenstück. Herr Direktor für Versand und Verladung! Was für ein herrliches Stück Verladung und Versand haben sie uns da gebastelt! Mehrere schon, und ihre Zahl wuchs, behaupteten, sie hätten etwas in der Art geahnt, aber aus Vorsicht den einen oder andern Verdacht oder Argwohn verschwiegen, sie hätten sogar etwas Derartiges vorausgesagt – es gebe Zeugen dafür. Andere, nicht weniger Gewitzte, befleißigten sich – zu spät! –, sinnlose Pläne zur Schadensbegrenzung zu schmieden; es waren auch Stimmen zu hören, die dem Statthalter Laschheit vorwarfen, denn er hätte diesem Betrügerpaar («Betrüger niedrigster Art») nicht so ohne weiteres die Einschiffung gestatten sollen, nämlich nicht ohne daß sie bekommen hätten, was sie verdienten, oder zumindest das Geld ausspuckten, das Rosa eingesackt hatte, indem sie gutgläubige Leute ausnutzte.

Immerhin muß gesagt werden, daß die Stimme der Vernunft solche Ausbrüche mit Vorbehalt oder sogar mit Hohn beantwortete, daß im Gegenteil sogar eine gewisse allgemeine Erleichterung spürbar wurde, als Toño seine Nachrichtensendung um halb sechs Uhr mit der geheiligten Formel schloß: «... und Ihr Sprecher, Toñito Azucena, wünscht Ihnen einen guten Abend», ohne den Vorfall, der alle Köpfe beschäftigte und alle Gespräche beherrschte, auch nur mit einem Wort erwähnt zu haben. Das «Echo der Kolonie» hatte die Nachricht an diesem Morgen nämlich in einer höchst beunruhigenden Art gebracht. «Gestern abend fand wie angekündigt», meldete die Zeitung, «auf der eleganten Terrasse des ‹Country Clubs› das Bankett zu Ehren des scheidenden Direktors für Versand und Verladung, Don J. M. Robert, und seiner ehrenwerten Gattin, Señora Rosa G. de Robert, statt. Wir nehmen diese Mitteilung vorweg, denn bei Redaktionsschluß lagen die Einzelheiten der interessanten Vorkommnisse während des denkwürdigen Anlasses noch nicht vor. In unserer morgigen Ausgabe wird der Leser einen ausführlicheren Bericht und die eingehende Würdigung der prickelnden Ereignisse vorfinden.» Mehr nicht!

«Es wäre zu viel des Guten», sagte ich mir an jenem Morgen, als ich die hinterlistigen Anspielungen in der Zeitung las, während mein Kaffee kalt wurde, «es wäre zu viel des Guten, wenn wir nach dem Platzregen auch noch in den Sumpf eines unnötigen Skandals geraten würden!» Was meine Person angeht, so kümmerte mich das wenig. Den Statthalter schon eher, den Polizeichef auch, den Regierungssekretär und sicher Ruiz Abarca selbst, den doch so hochbedeutenden Generalinspektor der Verwaltung; außer diesen verantwortlichen Amtsträgern ging es einige wenige höhere und niedrigere Angestellte an, die ihre Familien hier hatten. Mir konnte es im Grunde gleichgültig sein. Das heißt aber nicht, daß mich die Angelegenheit kalt ließ, ganz und gar nicht; sie interessierte mich selbstverständlich, auch wenn ich kaum in sie verwickelt war und sie deshalb eher als Zuschauer erlebte. Ich erinnere mich, daß ich mir noch in der gleichen Nacht einen Traum gesponnen hatte, der bestimmt meinem erhitzten Hirn entsprungen und so abwegig war wie alle Träume, aber doch meinen Eindruck vom Bankett widerspiegelte. Ich träumte, daß ich anwesend war, als Rosa genau wie in Wirklichkeit oben am Tischende saß, neben dem Statthalter. Das Essen zog sich hin, und ich war wegen der bevorstehenden Abreise unserer Freundin etwas wehmütig gestimmt, als der Generalinspektor Abarca, der im Traum neben mir saß, in Wirklichkeit aber ein gutes Stück entfernt gewesen war, sich unvermittelt zu mir herüberbeugte und mir vertraulich ins Ohr flüsterte: «Schauen Sie, Kamerad, wie verblüht Rosa aussieht. Sie meinte, taufrisch von hier wegzufahren; aber, Freund, die Tropen ...» Ich schaute sie daraufhin an und stellte mit Schrecken fest, daß ihr Gesicht so verrunzelt war, daß die Schminke es kaum verdecken konnte; sie hatte Tränensäcke unter den matten Augen, die Konturen ihrer Lippen waren nachgezogen und die Mundwinkel betont, ihre Schultern hingen schlaff herab: ein einziges Wrack. Ruiz Abarca flüsterte ich nur die Bemerkung ins behaarte Ohr: «Freund Abarca, es sind die Tropen; hier kann niemand den Kopf hoch tragen ...»

«Ein leicht zu deutender Traum», überlegte ich mir, während ich meinen Frühstückskaffee schlürfte, «der körperliche Verfall des Objekts unserer Begierde darin bedeutet, das ist nicht schwer zu durchschauen, den plötzlichen Zusammenbruch ihres gesellschaftlichen Ansehens – vor unser aller Augen. Außerdem war es ein geflügeltes Wort in der Kolonie – und niemand weiß besser, wie zutreffend es ist –, daß die Tropen Männer wie Frauen auslaugen, sie zerquetschen, zermalmen und auffressen ...

Weniger zum Arbeiten aufgelegt als begierig zu hören, was über die Sache geredet wurde, trank ich den letzten Schluck Kaffee und machte mich auf den Weg in mein Büro. Es liegt im Untergeschoß des Regierungsgebäudes am Hauptplatz; dorthin ging ich. Es war ein angenehmer heller Vormittag, und noch flimmerte die Luft nicht so unerträglich wie in den Mittagsstunden. Ich hielt mich am Rand der schlecht gepflasterten Gasse, schob manchmal die um die Hütten wuselnden nackten Kinder weg, wich den Abfallhaufen und Fliegenschwärmen aus und ging wie üblich zur Hauptstraße, der Avenida Imperial, bis zum großen Platz (ich durchquerte lieber den dreckigen, aber schmalen Zwischenbezirk, als den Umweg zu machen und dafür verschwitzt anzukommen); schon war ich an Martín vorübergegangen, hatte ihm wie üblich «Guten Morgen» gewünscht, und er hatte aus seiner ewigen Hängematte heraus mit seiner gewohnten Kombination aus Gebrummel und einer angedeuteten Handbewegung geantwortet, als ich erfahren wollte – es war ein spontaner Einfall von mir –, ob die Ereignisse der letzten Nacht schon über den kleinen Kreis der sogenannten «offiziellen» Kolonie hinaus durchgesickert waren und in welcher Tönung. Martín gehörte zur offiziellen Kolonie und gehörte es auch nicht; er schwebte in einem unbestimmbaren Zwischenreich. Ohne Zweifel war er von allen Europäern schon am längsten hier. Wir alle hatten ihn bei unserer Ankunft schon in der Hängematte liegen sehen – jeder von uns, ohne Ausnahme ... Ja, er gehörte schon seit eh und je in dieses lotterige grüne Bretterhüttchen, und natürlich wurde er von der Handelsgesellschaft bezahlt, wenn auch sehr schlecht, stand auf der Lohnliste unter der Berufsbezeichnung «Koordinations-Adjutant», die früher ihre Bedeutung gehabt haben mochte, jetzt aber war die Stelle des

Koordinators verschwunden, und seine Aufgabe bestand sichtlich nur noch darin, in der Hängematte, die wie ein weißliches Spinnennetz zwischen den Stützpfosten unter dem Zinkdach hing, hin und her zu schaukeln. Ich blieb also stehen, trat vorsichtig einen Schritt zurück, stützte meine Hand auf das wurmstichige Geländer und fragte ihn, ob er vom Skandal der vergangenen Nacht etwas gehört habe.

«Gestern nacht?» fragte er ausdruckslos mit der Pfeife im Mund.

Ich fügte klärend hinzu: «Gestern, beim Abschiedsessen für den Direktor für Versand und Verladung.»

Er richtete sich auf und sagte dann ganz langsam: «Etwas habe ich da drinnen erzählen hören; aber ich weiß nichts Genaueres.»

«Da drinnen» meinte die düstere Hütte, aus der brodelnd eine unbestimmbare Sippschaft herausquoll – die geschäftige Alte mit Riesenfüßen, hellen Fersen und den Brustwarzen über dem Bauch, Buben und Mädchen aller Altersstufen, aus deren schwarzen Gesichtern unversehens Martíns blaue Augen herausleuchteten, oder wo sein angegrauter, einst rötlicher Haarschopf jetzt in den krausen Locken eines lebhaften Kindes neu erblühte ... Er habe es nicht so genau mitbekommen! Wo hatte wohl das Unschuldslamm seine Gedanken? Als er mit der Pfeife zwischen den Zähnen in seiner

Hängematte gedöst hatte, mochte wohl nur undeutlich bis zu ihm durchgedrungen sein, was Freunde und Bekannte seiner Familie in ihrer Sprache miteinander redeten, was vielleicht ein Bediensteter vom Club, der frühmorgens am Geländer lehnte, der Alten zu berichten wußte, während sie zwischen den üppigen Bananenstauden am Waschen war. Er hatte es wohl nicht so ganz mitbekommen, und offenbar wollte er es auch gar nicht mitbekommen, denn er stellte auch mir keinerlei Fragen, obwohl ich stehengeblieben war, um mit ihm ein Gespräch darüber anzufangen. Ein schrulliger Mensch! Da stand ich vor ihm, und er sagte nichts. Die Lust überkam mich, ihm den Rücken zu kehren und meiner Wege zu gehen; aber ich fühlte ihm noch weiter auf den Zahn: «Und was sagen Sie zu unserm Direktor für Versand und Verladung, wie er die Katze aus dem Sack ließ?»

Da setzt er doch an und antwortet mir: «Armer Mensch!» So zusammenhangslos war seine Antwort.

Ich warf ihm einen Blick zu und – was soll man da tun? «Also dann, Martín, auf Wiedersehen!» Ich ging weiter. Nicht von dieser Welt …!

Ich ging weiter, kam aber nicht bis zum Büro, denn als ich bei Marios Kantinentür am Hauptplatz vorbeiging, sah ich zwischen Flaschenreihen und Konservendosentürmen den Gutteil meiner

Arbeitskollegen beisammensitzen. Die Nähe der Kantine war eine dauerhafte Versuchung für die Beamten im Regierungsgebäude, und heute war natürlich Großversammlung. Um herauszufinden, was man sich so erzählte, trat ich ein und gesellte mich zur Gruppe; die Arbeit im Büro konnte warten; es war nichts Eiliges zu erledigen. Als ich mich zu meinen Kollegen setzte, hatte gerade die Ulkfigur von Bruno Salvador das Wort ergriffen und sprach mit Augenzwinkern und Grimassieren übers ganze Gesicht – von der runzligen Glatze bis zum zitternden Spitzkinn – über – was sonst? – die Auswirkungen von Roberts Rede; er bemühte sich, die Zuhörer davon zu überzeugen, daß er, Bruno Salvador, herausgefunden habe, welche Kragenweite Robert habe und daß er den Direktor für Versand und Verladung durchschaut habe, «denn hier müssen wir gegenseitig die Geheimnisse wahren, wenn wir miteinander auskommen wollen, das ist klar; aber, Donnerwetter, wer Augen im Kopf hat und sehen und beobachten kann und sich keinen Bären aufbinden läßt ...»

«Dann wußtest du also, was gespielt wurde, ja?» unterbrach ihn Smith und kniff hinterlistig seine Ochsenaugen zu, denn als Buchhalter verstand er etwas von Zahlungen, Vorschüssen und Darlehen und kannte die außerordentlichen Geldgeschäfte dieses Betrügers und Wichtigtuers bis ins kleinste.

Der aber verzog keine Miene. «Ich kann dir nur sagen», antwortete er, «daß ich nicht so überrascht war wie andere, die aus dem Nest gepurzelt sind. Ich kannte doch diesen Herrn Robert.» Seine lebhaften Großvateräuglein saßen ganz verdeckt hinter den dichten Wimpern, als er uns nach einer Kunstpause schließlich anvertraute, wie er, Bruno, einmal bei einer günstigen Gelegenheit dem Herrn Gehörnt unter vier Augen zu verstehen gegeben habe, daß es mit ihm kein Versteckspiel gebe, «denn, meine Herren», schloß er ganz ernst, «ein einziger Blick genügt manchmal, um zu wissen, woran man ist».

Wir taten, als glaubten wir die Aufschneiderei und ließen die Überhebung gelten; Smith Matías wiegte mißvergnügt den Kopf hin und her, räsonierte: «Ja, tatsächlich, ich meinte zu beobachten, daß der Direktor für Versand und Verladung dir mit besonderer Zuvorkommenheit begegnete. Das war es also, klar: Er hatte Angst vor dir ... Aber in diesem Fall», fügte er nach längerem Nachdenken in vorwurfsvollem Ton hinzu, und seine neckischen Ochsenaugen drückten Niedergeschlagenheit aus, «dann also, Bruno, verzeih, daß ich es dir offen sage, dann bist du also sein Hehler ... Nein; in diesem Fall hast du dich uns gegenüber mies benommen, Bruno Salvador; du hast zugelassen, daß wir gerupft werden, und hast uns nicht einmal gewarnt ...»

«Wissen Sie», warf ich ein, um dem Spott ein wenig die Spitze zu nehmen und den armen Spaßvogel zu erlösen, denn solche Dinge machen mich traurig, «ich wette, daß Sie nicht erraten», sagte ich, «was unser geschätzter Kollege Martín dazu gesagt hat, als er erfuhr, wie hundsföttisch uns dieser Robert mitgespielt hat.» Und ich erzählte ihnen, daß das einzige, was das pittoreske Geschöpf mit seiner Backpfeife und seinem Bettlerbart gesagt hatte, «Armer Mensch!» war, sonst nichts.

«Arm?» lachte einer heraus. «Ausgerechnet er!» Und wieder stieg der Zorn auf beim Gedanken, daß sein Amt sicher keinen geringen Ertrag abgeworfen und er sich trotzdem nicht gescheut hatte, seine Kameraden auszurauben und sich so sein Einkommen aufzubessern. «‹Armer Mensch› hat er gesagt? Dieser Martín faselt von mal zu mal mehr.»

«Er ist nicht ganz bei Verstand, lebt in einer Traumwelt», sagte ich und ergänzte: «Mich erstaunt vor allem, wie schnell sich Nachrichten verbreiten. Da hockt der Alte inmitten seiner Negerschar und wälzt sich im Dreck, und trotzdem ist er viel besser auf dem laufenden, als es den Anschein hatte; sie sind nicht so primitiv und nicht so dumm, wie wir meinen; wir spielen ihnen eine kurzweilige Komödie vor; Tausende von Augen spähen uns in der Dunkelheit aus. Vielleicht haben die Neger von Anfang an das Spiel durchschaut und haben sich krummgelacht, als Robert uns den Finger in den Rachen steckte – und niemand merkte etwas.»

«Bruno Salvador hat es gemerkt», berichtigte spöttisch Smith Matías. «‹Armer Mensch!› – Das ist allerdings witzig. Genau in dem Augenblick, da er mit dem Geld und dem schmucken Mägdelein verduftet.»

«Gauner!»

«Armer Mensch!» zischelte Matías mit spitzem Mund und verdrehten Augen.

Mit solchen und ähnlichen Lappalien brachten wir den Vormittag zu – zur Freude des Wirtes Mario, der Ehre und Gewinn, Vergnügen und Einkünfte daraus zog; er hörte zu, bediente und ließ es sich nicht nehmen, sich einzumischen, wenn ihn die Lust dazu ankam. Mehrere blieben gleich zum Mittagessen dort; andere gingen nach Hause. Ich entschied mich für den «Country Club»; ich war ja Mitglied, und da wird man verstehen, daß ich nicht in der Kantine zu Mittag essen wollte. Der Jahresbeitrag ist zugegebenermaßen für meinen Geldbeutel ziemlich hoch, denn meine Stellung bietet wenig Möglichkeiten für zusätzliche Einkünfte; aber alles in allem lohnt es sich, denn der Club hat seine Vorteile. Da saßen sie schon, die Hauptdarsteller des Possenspiels, als ich eintrat. Der unausstehliche Ruiz Abarca hatte schon sein Rednerpult bestiegen und zerpflückte mit einem fast feierlichen Schwall von Grobheiten den Namen der «zauberhaften Demoiselle» oder, wie sie früher schon einige genannt hatten, der «wankelmütigen Nymphe» (ich kann nur mit Unbehagen daran denken, daß ich selbst – oh, Literat, der ich bin! – diesen Spitznamen in Umlauf gebracht hatte). Im übrigen sei noch erwähnt, daß es uns stets Mühe gekostet hatte, einen Namen für sie zu finden, seit Beginn des Abenteuers, als sie in die Kolonie gekommen war und als Señora de Robert bezeichnet wurde oder, je nachdem, auch als Direktorin für Versand und Verladung («Haben Sie Señora de Robert schon kennengelernt?» oder: «Was sagen Sie zur Direktorin?»). Aber wie sollte man sie jetzt nennen? Eine knifflige Frage, wenn man bedenkt, wie sich die Art der Beziehungen geändert hatte, die um sie herum gewoben worden waren seit dem ersten Getuschel, dem viele keinen Glauben schenkten: Sie sei mit dem Statthalter vertraut; wenn man nur bedenkt, wie diffus und facettenreich ihre Stellung als Respektsperson in der Gesellschaft war, je nach äußeren Umständen, Zeitpunkt und Personenkreis. Der Titel «Doña» – Doña Rosa – war eine Ehrenbezeugung, trotzdem erlaubte er eine Anspielung und hielt sich allein aus diesem Grunde lange als allgemein anerkannte ungeschriebene Übereinkunft. Aber auch dieser wurde unbrauchbar, als dann, nachdem der faule Zauber aufgeflogen war, sich jede

Spöttelei sogleich gegen uns als hintergangene Hintergeher richtete und wir uns, so unglaublich es scheinen mag – Rätsel des menschlichen Wesens –, durch Rosas Abreise nach und nach hilflos und heimatlos fühlten; es war, als habe Rosas Abwesenheit für uns schlimmere Folgen als die erlittene Schmach. Seitdem wurde es zur Gewohnheit, ihren Namen wegzulassen und nur noch «sie» zu sagen, womit durchs Verschweigen der Rang bezeichnet war, den ihre Person in unserem öden Dasein erlangt hatte.

Jetzt allerdings prasselten die Beschimpfungen dieses Berserkers wie Trümmer eines zerschlagenen Denkmals auf das zarte Haupt der Frau nieder – sein hohes Amt wirkte sich keineswegs mäßigend auf seine Redeweise aus, im Gegenteil: Sie wurde immer hemmungsloser und unflätiger – und da sie ja bereits abgereist war, konnte sie sich nicht einmal mehr mit der schlagfertigen Geste von gestern abend dagegen zur Wehr setzen; somit konnte Abarca aus sicherem Hinterhalt abfeuern, und er tat es in so rasender Leidenschaft und Grausamkeit, daß man sich schon beim Zuhören schämen mußte. Man hätte meinen können, ihm allein sei ein Ärgernis widerfahren und nur er habe Anlaß zu Groll. In Wahrheit waren wir alle Opfer desselben Betrugs, alle hatte sie uns zum Narren gehalten.

In einer Stimmung allgemeiner Verstörung und

mit mehr oder weniger vernünftigen Wortmeldungen zogen sich die Gespräche über mehrere Stunden hin, Galgenhumor und heftiger Zorn wechselten einander ab, bis hinten im Winkel, wo Radiomusik und lustlose Werbedurchsagen weitergelaufen waren, Toño Azucena mit seiner unverwechselbaren Stimme zur täglichen Sendung mit internationalen und lokalen Nachrichten ansetzte. Jemand drehte den Apparat auf volle Lautstärke, und augenblicklich verstummten alle Gespräche; wir setzten uns hin und hörten zu. Aber Toñito – ich habe es schon vorweggenommen – machte in dieser Sendung keine einzige Bemerkung zum Vorfall; keinen Mucks; nicht einmal einen Schnaufer. Das Radio wurde wieder auf leise Hintergrundmusik mit eingestreuten Werbedurchsagen zurückgedreht, und jetzt kreisten die Gespräche um die Gründe für dieses Verschweigen. Es war ausgeschlossen, daß der brillante junge Sprecher irgend etwas von Belang tat ohne die ausdrückliche Eingebung der göttlichen Vorsehung, das heißt das explizite oder stillschweigende Geheiß des Statthalters, der in Toño ein treu ergebenes Hündchen zum Schützling hatte – vielleicht einen unehelichen Sohn, wie manche Neunmalkluge glaubten, die gerne lose Enden miteinander verknüpften. Wie dem auch sei, niemand bezweifelte, daß dieses Verschweigen den hohen und geheimen Weisungen des Allmächtigen zuzuschreiben war; die Frage war nur: Was war der Grund? Wie immer in solchen Fällen wurden allerlei Vermutungen in die Welt gesetzt, von der einfachsten und einleuchtendsten (daß man wünschte, und das war logisch, Gras darüber wachsen zu lassen, damit sich das Vorkommnis nicht zum Skandal entwickle; man darf ja nicht vergessen, daß der Statthalter selbst das Schlamassel ausgelöst hatte) bis hin zu den abstrusesten und böswilligsten von der Art: Der alte Satrap habe sich allen Ernstes in die «zauberhafte Demoiselle» verliebt; oder auch: Seine Exzellenz sei Mitwisser des Gaunerstreichs gewesen, den das Abenteurerpaar heimtückisch ausgeheckt hatte, denn wie wäre es sonst zu erklären, daß ...? – und so weiter.

Als dann aber der stets beflissene und höfliche Azucena aus seinem himmelblauen Kleinwagen ausstieg und auf den Eingang des Clubs zuschritt, hielten wir es für klüger, das Gesprächsthema zu wechseln – etliche verachteten ihn nämlich, weil er als Ausplauderer galt –, und es entstand eine kleine Pause, bis ich ihn ganz unbefangen fragte, was es denn Neues gebe. Der schlaue Fuchs wußte von der allgemeinen Neugierde, und er machte sich gerne wichtig; er gab zwei oder drei Sätze von sich, die sibyllinisch sein sollten, spielte Unwissenheit vor, um uns vermuten zu lassen, er wisse doch etwas, und überzeugte uns so – ich spreche für mich –, daß er so wenig Ahnung hatte wie alle andern, nur daß er vermutlich Anweisung hatte, den Mund zu halten, keinen Laut von sich zu geben, den Vorfall nicht einmal zu erwähnen, ins Gewebe seiner Abendnachrichten fürs erste keinerlei Glossen und Bemerkungen einzuflechten.

III

Es folgten Tage, an denen ereignete sich überhaupt nichts Neues. Zwei volle Tage vergingen, drei, eine ganze Woche, nichts! Aber was hätte man denn auch erwarten können? Die Leute waren gespannt, verwirrt, als wären sie aus dem Schlaf geschreckt worden. Nicht umsonst hatten wir uns kopfüber in den Tanz gestürzt und ein ganzes Jahr lang mitgetanzt. Jetzt war Schluß damit; eine Zeitlang herrschte Benommenheit und dann – vorbei. Die Vögel waren davongeflogen. Wo mochten sie jetzt sein? Was würden sie danach tun? Stiegen sie wohl in Lissabon aus oder erst in Southampton? Es brachte nichts, ins Leere zu spähen. Wir ließen es bald bleiben, mußten es bleibenlassen, mußten uns an die Vergangenheit halten; wir machten uns ans Wiederkäuen – bis uns übel wurde.

Wie schwierig ist es doch manchmal, die Wahrheit der Dinge auszuloten! Man glaubt, sie fest in Händen zu halten – ach wo! –, sie lacht uns schon aus einer anderen Ecke entgegen. Sogar ich – zu meinem Glück oder Unglück gestattet mir meine Stellung, alles genauer zu durchschauen, nüchterner und gelassener zu beurteilen – muß mich immer wieder durch nebelhafte Schleier hindurchkämpfen. Die Tropen können Hirnerweichung verursachen. Ich gebe wieder, was ich selbst gesehen und erlebt habe, und obwohl ich nie aus den Steigbügeln gerutscht bin – was bestimmt nicht viele von sich behaupten können –, bin ich voller Zweifel; wieviel mehr über alles sonst, was ich nur aus zweiter Hand weiß … was habe ich eigentlich selbst gesehen und erlebt? Ach, ich armer Kerl! Die Dinge sind alles andere als klar, nicht einmal im Hinblick darauf, mir selbst Genugtuung und Ansehen zu verschaffen; aber was soll's! Ich bin entschlossen, es hier zu erzählen, um wenigstens ein unmittelbares Zeugnis beizusteuern, das die Geheimnisse des gutfrequentierten Schlafzimmers ein bißchen ans Licht der Öffentlichkeit bringen kann.

Die Sache ist nämlich die, daß schließlich auch ich an die Reihe kam: Ich mußte im Reigen mittanzen und meine Pirouetten drehen. Ich war an der Reihe, jawohl; ich war dran. Es ist lächerlich, und es war kaum zu glauben; sie hatte den Reigen genau nach Protokoll mit den obersten Behörden der Kolonie beginnen lassen, die ehrfurchtgebietenden Bärte machten allerdings bald dem nicht so zeremoniengewandten und zugleich weniger verschwiegenen obersten Polizeichef Platz; sogleich folgte der Regierungssekretär, und so ging es weiter die Amtsränge hinab, stets in so strenger Ordnung, daß man jedesmal, wenn die nächste Szene erwartet wurde, mit den Fingern auf den mutmaßlich Auserwählten für den folgenden Tag zeigte. So peinlich genau wurde in diesem Punkt das Protokoll eingehalten und so hoch war ihre Treffsicherheit, daß man meinen konnte, sie werde vom Personalchef der Handelsgesellschaft persönlich beraten. Die Ungeduldigen wußte sie in die Schranken zu weisen, und den Schüchternen oder Zurückhaltenden gab sie zur rechten Zeit ein ermunterndes Zeichen, einen Schritt vorwärts zu tun. Amüsant war es, als zu gegebener Zeit auf Toño Azucena Wetten abgeschlossen wurden, denn seine offizielle Stellung in der Rangordnung war alles andere als eindeutig: Aufgrund seines Einkommens und vor allem seines Einflusses gehörte er in die obersten Kreise, was aber gar nicht zu seinem Verwaltungsposten paßte. Über die vielen Dummheiten, die begangen wurden, und all den Unsinn, der dabei herauskam, will ich gar nicht berichten; wichtig ist, daß schließlich auch meine Stunde geschlagen hatte und ich meine Pflicht tun mußte. Man klopfte mir auf die Schultern, ich war Zielscheibe von allerlei Schabernack, man beglückwünschte mich, man spornte mich an. Eigentlich wäre es gar nicht nötig gewesen, mir einen Stoß zu geben. Ich weiß schon, wann ich etwas tun muß, und ich wollte ja auch gar nicht zurückstehen, um in der Folge zum Gespött zu werden. Es galt als selbstverständlich, daß ich, wie so viele andere Alleinstehende in der Kolonie, mich hin und wieder mit irgendeiner Eingeborenen schadlos hielt, die hier herumlungerten – eine bequeme Lösung; es stimmt, daß ich auf zwei oder drei nette Negermädchen aus der Umgebung ein Auge geworfen hatte für den Fall, daß mich die Schwermut in diesem verdammten Tropenklima einmal nicht gar so arg bedrückte ... Aber jetzt handelte es sich nicht um die dumpfen Geschöpfe, die einen mit trägen leeren Ziegenaugen anglotzten, sondern um ein pralles Weib, eine fein parfümierte richtige Señora mit funkelnden Augen. Kurz, ich hatte so beunruhigt wie begierig meinen Tag herankommen sehen, und wie hätte ich es rechtfertigen sollen, ihn nicht zu nutzen?

Ich war also, überflüssig, es zu sagen, fest entschlossen; und selbstverständlich etwas aufgeregt überlegte ich, wie den Feldzug führen, als sie mir die Mühe abnahm und mich anläßlich einer Tombola zugunsten tuberkulosekranker Eingeborenenkinder ungewöhnlich herzlich begrüßte. Wir plauderten miteinander; sie beklagte sich bei mir über die Langeweile, zu der sie in dieser fürchterlichen Kolonie verdammt war, über die Ungastlichkeit der Leute («mürrische Stinktiere seid Ihr alle miteinander»), und schließlich lud sie mich ein, sie doch einmal zu besuchen, «an irgendeinem Nachmittag einmal; morgen zum Beispiel, wenn Sie wollen», um eine Tasse Tee mit ihr zu trinken und ihr dafür ein Plauderstündchen zu gewähren. «Also gut, ich erwarte Sie morgen nachmittag, um fünf Uhr», verfügte sie, als wir auseinandergingen. Es war also abgemacht; Smith Matías mit seinem Lächeln und seinen kurzsichtigen Augen musterte mich von weitem; Bruno Salvador klopfte mir keck und mit herzlichem Glückwunsch auf die Schulter. Es war also abgemacht, und ich will nicht leugnen, daß sich mir eine seltsame Mattigkeit in die Magengrube schlich, meinen Körper gleichzeitig aber ein ermutigendes Feuer durchströmte. In jener Nacht schlief ich schlecht; aber am nächsten Morgen erwachte ich mit dem festen Vorsatz, mich von den Nerven nicht unterkriegen zu lassen; das Schlimmste in solchen Abenteuern sind die Nerven; wer sich befangen fühlt, ist verloren.

Ich versuchte den ganzen Tag, jeden beunruhigenden Gedanken von mir fernzuhalten, und als ich, um Punkt fünf Uhr, an ihrer Tür klingelte, öffnete sie höchstpersönlich und empfing mich mit herzlicher Unbefangenheit; für sie schien alles ganz einfach. Ich streckte ihr eine Hand entgegen, sie ergriff gleich beide und ließ mich wissen, daß ihr mein Besuch höchst gelegen komme; sie habe nämlich wieder einmal – «kein Spleen von mir, ich Ärmste», wiegelte sie ab, «dafür bin ich viel zu gewöhnlich» – einen rabenschwarzen Tag und halte die Einsamkeit einfach nicht mehr aus: Sie würde am liebsten losheulen. Aber statt dessen plauderte sie ziemlich munter und aufgeräumt weiter und musterte mich dabei insgeheim. Ich gelte in unseren Breiten als belesen; es war reine Koketterie von ihrer Seite, sich der Gewöhnlichkeit zu bezichtigen, gleichzeitig traute die Ärmste dem «Spleen» zu, daß doch alles im rechten Licht erscheine. Ich lächelte, zeigte, daß ich ihren Worten aufmerksam zuhörte. Während ich mir meine Antwort zurechtlegte, beschäftigte mich innerlich ihr hochgeschlossenes Klosterschülerinnenkleid, das sie beliebt hatte zu meinem Empfang anzuziehen, und ich überlegte mir, wie wohl die unendlich lange Reihe von Knöpfen am besten aufzukriegen wäre. Eingehüllt in eine Wolke ihres Parfüms und ihrer Blicke saß ich bei ihr, und schon spürte ich meine Kehle trocken werden, meine Hände zitterten, ich fühlte mich matt und schläfrig, eine Bewegtheit überkam mich, die – da bin ich mir fast sicher – in ihrem Übermaß immer wieder Hauptursache meines Versagens ist. Es sah aus, als lese sie meine Gedanken, denn auf einmal faßte sie sich ein wenig verwirrt mit der Hand an den Hals und spielte mit ihren überzarten Fingern an einem Knopf herum; vielleicht empfand sie meine Art, sie anzuschauen, als zu aufdringlich, und das irritierte sie. Ich wusste nun nicht mehr, wohin mit meinen Blicken. Ich fühlte mich mit einem Mal entmutigt und wünschte beinah sehnlich, das Abenteuer möglichst rasch zu beenden. Aber sie durchschaute meine Verwirrung offenbar (heute begreife ich ihre Vorgehensweise ganz klar), beschleunigte die Sache und eröffnete zu rasch und unvermittelt das Kapitel der Vertraulichkeiten: Unumwunden beklagte sie sich, wie sehr sie ihr Gemahl vernachlässige – in bestem rhetorischen Stil zwar, aber man hätte ihn beim besten Willen nicht als taktvoll bezeichnen können –, und schloß sogleich die Frage an: «Verdiene ich denn so etwas?», worauf eine verneinende Antwort gewiß ist. Aber so und nicht anders sah gleichwohl die traurige Wirklichkeit ihres Daseins aus! Dieser Mann, nicht zufrieden damit, seinen Egoismus großspurig und gewissenlos auszuleben – als ob es eine Kleinigkeit wäre, sie dazu zu verdammen, in diesem fürchterlichen Urwaldloch zu hocken, verlassen und vergessen und allein –, in seinem beispiellosen Geiz versagte er ihr sogar noch (es war hart, sich in die Niederungen solcher Einzelheiten hinabbegeben zu müssen), ja, er versagte ihr selbst die kleinen Freuden der Eitelkeit, Gelüste und Begierden, wie sie jede Frau hegt und deren Erfüllung nichts weiter als eine lumpige Gegenleistung für ihr Opfer bedeuten würde.

Auf diese Weise bürdete sie mir Packen um Packen ehelicher Kränkungen auf, und die Last wurde so schwer, daß ich nicht gleich wußte, was ich anderes damit machen sollte, als ihren Standpunkt nachdrücklich zu bestätigen und eine entsprechende Miene aufzusetzen. Außer sich in ihrem herzzerreißenden Elend legte sie eine ihrer schönen Hände auf mein Knie und überschüttete mich zugleich mit einer neue Woge von Fragen (lauter rhetorischen natürlich, denn was hätte ich ihr auch für eine Antwort geben können?) zu ihrem ungerechten Schicksal. So hielt ich es für angezeigt, diese Hand zu ergreifen und sie wie ein aufgeschrecktes Vögelchen mit meinen beiden Händen zu umschließen und gleichzeitig inbrünstig zu beteuern – im Grunde genommen sogar überzeugt davon –, für wie berechtigt ich ihre Anklage halte.

Sagen wir es doch einfach und ungeschönt heraus: Ihre Taktik zahlte sich auf der ganzen Linie aus. Feierlich vereinbarten wir ein Freundschaftsbündnis, verschoben allerdings die Unterzeichnung auf den folgenden Tag, wenn ich ihr einen großen Teil meiner Ersparnisse übergeben hätte; damit sollte es dann auch vollumfänglich in Kraft treten. Ich tat es, aber im übrigen – auch das muß ich gestehen – habe ich das Geld umsonst ausgegeben. Es war meine Schuld, denn ich versteige mich trotz aller Rückschläge immer wieder in aussichtslose Abenteuer. Und dabei wäre ich doch so glücklich, wenn ich wenigstens einmal, nur ein einziges Mal, mir selbst beweisen könnte, daß es da nichts gibt, was endgültig und nicht irgendwie wiedergutzumachen wäre; es ist nur, und da bin ich sicher, eine Art Nervenschwäche, deren Ursachen mir ebenfalls nicht verborgen sind. Aber fahren wir fort! Die Sache ist nicht mehr zu retten. Ich habe mein Geld umsonst weggegeben, das ist alles. Auf jeden Fall aber muß ich einräumen, auch heute noch, daß diese Frau, die so in Grund und Boden verdammt wird, sich mir gegenüber aufs liebenswürdigste benommen hat, sowohl an diesem ersten Nachmittag als auch bei der peinlichen Unterredung am andern Tag, als unsere übertriebenen Vorsichtsmaßnahmen und die hohe Summe, die ich ihr in einem unscheinbaren Wildlederbeutel schenkte, nur dazu angetan waren, mich der Lächerlichkeit preiszugeben – und die nichtige Eitelkeit meiner galanten Bestrebungen offen zu legen. Kein gereiztes Wort, keine spöttische Anspielung, nicht einmal vielsagende Blicke, wie ich sie gleich einem gemaßregelten Kind befürchtete. Im Gegenteil: Sie nahm meine Entschuldigung mit soviel Verständnis entgegen, spielte die Sache so liebenswürdig und fast zärtlich herunter, daß ich gerührt, erschüttert, wie von Sinnen die Finger ihrer Hand, womit sie mir zerstreut die Schläfen streichelte, nahm und küßte – feucht wie sie vom

Schweiß meiner Stirn waren. Mehr noch: Wie ich das erschrockene Befremden in ihren Augen sah, als sie in den meinigen Tränen entdeckte, öffnete ich ihr mein Herz und verriet ihr den Grund meiner Dankbarkeit; sie streichle mir sanft die Schläfen, sagte ich zu ihr, wo eine andere in ihrem Eigendünkel große Dame ein Paar prächtige Hörner hingepflanzt hatte, nachdem sie mich wacker angestachelt, durchgeschüttelt und auf Kosten meiner Not, meiner schwachen Nerven, oder was auch immer, gequält hatte. Genau diesen Ausdruck gebrauchte ich: «ein Paar prächtige Hörner»; erst nachdem er mir entschlüpft war, wurde ich gewahr, daß ja auch sie, wie wir alle damals glaubten, ihren Gemahl hinterging. Ich hatte meine Selbstbeherrschung verloren. Ich erzählte ihr all meine betrüblichen, meine absonderlichen Eheerlebnisse, ich schüttete ihr mein Herz aus. Nie zuvor hatte ich mich jemandem anvertraut, und ich beabsichtige auch nicht, es in Zukunft je wieder zu tun. Das war eine Beichte, wie sie im Buche steht, eine Generalbeichte seit meiner Verlobung und Hochzeit (immer noch werde ich wütend beim Gedanken an die hämischen Sticheleien meiner Umgebung über die Mißheirat – ja – ja: «Mißheirat», welche Ironie!), bis ich mich schließlich, gedemütigt und verlacht, in die Verbannung dieses Postens rettete, den mir zu meiner noch größeren Schmach mein eitler, großspuriger Schwiegervater verschafft hatte. Rosa, diese gute Seele, hörte mir aufmerksam und teilnahmsvoll zu; sie versuchte, mich zu beruhigen und vertraute mir ihrerseits – ein Beweis für ihre Feinfühligkeit – eine weitere Ladung häuslicher Kümmernisse an, welche – heute ist mir das klar – reine Erfindungen waren, um mich abzulenken und zu trösten. Trotzdem frage ich mich: Gibt es da nicht doch ein Körnchen Wahrheit in all dem, wenn auch vielleicht in entstellter Form? Tatsache ist nämlich, daß es in der Zeit, da sie nichts mehr von mir erwartete und ich nichts mehr von ihr, als beiderseits alle Ränkespiele abgetan waren, wir in gelassener (unterschwellig allerdings gereizter) Freundschaft ausgiebig miteinander redeten, und da war ihr Tonfall aufrichtig oder schien es zumindest; sie hatte ihre Waffen und ihr Mißtrauen abgelegt, wirkte eher niedergeschlagen und ein bißchen traurig. Wir trennten uns in bestem beiderseitigen Einvernehmen, und ich glaube, auch später noch war es für uns beide ein Vergnügen, einander zu begegnen und ein paar Worte zu wechseln.

Ich will nun zusammengefaßt wiedergeben, was Rosa mir damals anvertraute, denn das ist für unsere Geschichte wichtiger als meine persönlichen Enttäuschungen. Kurzum – ich lasse die sentimentalen Fallstricke und Abschweifungen jeglicher Art weg –, sie beschrieb mir ihren Gatten, das heißt Robert, als einen kaltherzigen Menschen, für den es auf der Welt nichts außer Geld gab. Schroff wie die Felsen, wortkarg, immer auf seinen Vorteil aus – für eine feinfühlige Frau war es schwierig, an seiner Seite zu leben. Durfte ich denn glauben, daß dieser Griesgram nie, wirklich nie ein freundliches Wort für sie übrig hatte – eines der Sätzchen, die nichts kosten und doch immer wieder soviel Freude bereiten? Sie setzten sich zu Tisch, und es waren wortlose Mahlzeiten; es war vergebliche Liebesmüh, sein Schweigen aufbrechen, seine düstere mißlaunige Einsilbigkeit, für die auch sie keine Erklärung fand, überwinden zu wollen, denn, «Señor», gelang ihm denn nicht alles, was er sich vornahm, liefen denn nicht all seine Pläne wie am Schnürchen? Andererseits – und das war die Kehrseite der Medaille, natürlich – andererseits war da, um die Sache noch verzwickter zu machen, der lästige Ruiz Abarca, der Generalinspektor, der sie in unmäßiger Weise bedrängte ... Wie man sich an einen alten Freund und Ratgeber wendet, vertraute mir Rosa ihre Sorgen an. Wahrheit oder Lüge (Frauen haben immer einen Tränenvorrat in Reserve, um ihre Aussagen gebührend zu begießen), sie erzählte mir, daß Abarca, dem sie Gefälligkeiten gewährt hatte, die sie nun bereue, sie unbedingt dazu bringen wolle, Robert zu verlassen und mit ihm in irgendeinen Winkel der Erde zu fliehen, gleichgültig wohin, wohin sie am liebsten wolle, um dort glücklich zu sein. «Offensichtlich», erklärte Rosa, «ist ihm eine wilde Leidenschaft in den Leib gefahren, eine Anwandlung, was auch immer; der Dämon Mensch ist ein Strudel, und wäre ich ihm nur ein wenig entgegengekommen, hätte er sich mit mir in ein solches Abenteuer gestürzt, und wer weiß, welches Ende es genommen hätte.» Das erzählte sie mir, halb geschmeichelt, halb verängstigt. Wenn die Ärmste wüßte, daß der schmachtend ergebene Bewunderer sie jetzt in Fetzen reißt und gar nicht genug schändliche Beschimpfungen findet, um ihren Namen zu besudeln ... Aber die Frauen glauben es eben gern, wenn einer sich bereit erklärt, ihnen die Welt zu Füßen zu legen; sie hatte es Abarca geglaubt. «Auf ihn zu hören, bedeutete das denn nicht, ebenso verrückt zu sein wie er?» fragte sie sich und fragte irgendwie ratlos vielleicht auch mich ... Sie machte ganz und gar nicht den Eindruck zu lügen. Schon am Tag davor, bei meinem ersten Besuch, doch selbstverständlich in ganz anderem Ton, hatte sie mir Beweise dafür präsentiert, wie freigebig der Generalinspektor in seiner Begeisterung für sie war, und hatte vor meinen Augen den Solitär in ihrem Fingerring funkeln lassen, ein Geschenk von ihm. «Eine Unvorsichtigkeit, die mich kompromittiert», hatte sie dazu gesagt. Zum Glück achtete der andere (nämlich Robert) sehr wenig auf solche Dinge, und er würde es bestimmt nicht einmal merken, wenn sie den Ring in seiner Gegenwart am Finger trüge. «Ich weiß wohl, daß es nicht richtig ist», räumte sie ein, «galante Geschenke anzunehmen, aber ich bin eine Frau, und ich brauche solche Huldigungen; der andere ist selbst schuld, wenn er mich dermaßen vernachlässigt», lächelte sie und verzog den Mund. Es sollte anmutig wirken, aber offen gesagt, ich fand es gekünstelt und – ja! – eher abstoßend. Sofort hatte sie mit unverhohlener Absicht, mich zu belehren, noch hinzugefügt: «Es ist in jedem Fall unvorsichtig, einer verheirateten Frau Schmuck zu schenken; ich weiß schließlich selbst, was ich gegebenenfalls mit dem Geld machen will und wie ich es unauffällig ausgeben kann.» Natürlich nahm ich das gebührlich zur Kenntnis und handelte danach; aber als sie mir am andern Tag wieder von Abarca und seinem unsinnigen Liebeswerben erzählte, war mein Geld schon weg, sie brauchte mir keine Vorschriften mehr zu machen und erging sich statt dessen – vielleicht hatte sie die Schilderung meines Elends milder und zugänglicher gestimmt – in Auslassungen über die Männer im allgemeinen, was sie für Konflikte auslösen, wie heikel es manchmal ist, in gewissen Situationen sich zu entscheiden. «Sie geben sich als sehr vernünftige Wesen, spielen die Überlegenen, und alles scheint aufs einfachste vonstatten zu gehen; aber später zeigen sie dann, was sie im Grunde eigentlich sind: kleine Kinder, hilflose Wesen, launisch, eigensinnig, reizbar, verständnislos. Und die ganze Verantwortung fällt den Frauen zu. Warum lassen sie uns nicht in Frieden? Ist es denn nötig, mein Gott, alles noch beschwerlicher zu machen!» Zurückgelehnt in ihren Sessel wirkte sie irgendwie geistesabwesend, sprach wie zu sich selbst, schaute mich nicht an, wandte sich gar nicht an mich; von der Seite beobachtete ich, wie ihr linkes Auge mit den langen glänzenden Wimpern ein bißchen müde zwinkerte. Falls es ihre Absicht gewesen war, mich von meiner Beklemmung zu befreien, so war es ihr gelungen. Ein schöner Wesenszug, ein würdiges, rücksichtsvolles Vorgehen, wofür ich ihr immer dankbar sein werde, auch wenn ich heute weiß, wieviel Anteil daran ihr mangelndes Interesse an meiner unbedeutenden Person hatte.

Ich gab also mein Geld weg – das Geld, das ich auf die Seite gelegt hatte, um mir das dringend benötigte Auto zu kaufen (ich bin eines der ganz wenigen Mitglieder des «Country Clubs», die noch keines haben) –, ich habe es umsonst weggegeben, und trotz allem schmerzt es mich nicht. Mindestens erwarb ich mir damit das Recht, auf der Teilnehmerliste aufgeführt und am Abschiedsbankett dabeizusein, und sogar noch unbemerkt und unbehelligt, als einer von vielen – und das ist nicht wenig.

Zu guter Letzt glaube ich, der einzige in der

Kolonie zu sein, der ohne Verachtung an Rosa zu denken und sich mit Wohlwollen an sie zu erinnern vermag.

IV

Nur wer die Leere unseres Lebens hier kennt oder sich vorstellen kann, wie sich die schwülheiße verzehrende Tropenglut auf Leute auswirkt, die wie wir jeder mit seiner Geschichte auf dem Buckel und aus dem Gleichgewicht geraten nach Afrika gekommen waren, wird begreifen, in welch einem Morast wir nach dem Verschwinden der Person steckten, die unserem Dasein während eines ganzen Jahres Sinn gegeben hatte. In dieser Zeit war die Neugier stetig gewachsen, und die Erregung steigerte sich bis zum berühmten Abschiedsbankett, dem Gipfel. Das Bankett fand statt, die Bombe platzte und dann – nichts; am andern Tag – nichts, Stille. Viele ertrugen das nicht und fingen an, Dummheiten auszuhecken. Fest steht: Als das verflixte Paar sich aus dem Staub gemacht hatte, hockten wir alle zutiefst betroffen da, wir waren verstört, aus dem Gleichgewicht und aus der Bahn geworfen, fühlten uns beraubt und betrogen. So kam es, daß viele, die ihr Geld vergeudet hatten, nun eimerweise Schmähungen über die Flüchtigen ausschütteten und sich das

Hirn über deren Aufenthaltsort zermarterten. Über Mutmaßungen reden bringt nicht viel, und Geschimpfe, auch wenn es noch so bissig ist, büßt seine Wirkung ein, wenn es ins Leere geht. Als das Thema vor lauter Wiederkäuen allmählich langweilig wurde, zog Abarca eines Tages auf seine Weise einen groben Schlußstrich unter die Auseinandersetzungen: Er wiederholte kurzerhand die denkwürdige Gebärde, womit sie beim Bankett seine unverschämte Äußerung zurückwies, die er ihr in seinem Rausch entgegengeschleudert hatte: «Also dann, das ist für sie!» schrie er wütend in die Runde und reckte seine rechte Hand in die Höhe. «Und jetzt, Señores, Themawechsel.» Es war wie ein Befehl. Abgesehen von der einen oder andern zufälligen Anspielung kam niemand mehr auf die Angelegenheit zurück.

Aber ähnlich jenen Kranken, die eine Blockade nur überwinden, wenn sie andere Krankheitssymptome entwickeln, die zwar in keinem erkennbaren Zusammenhang stehen, aber im Grunde doch die genaue Entsprechung sind, so waren die vielen Dummheiten, die wie Pilze nach dem Regen überall zum Vorschein kamen, nur die Folgeerscheinung und der Beweis für die Konfusion, die in unserer Kolonie herrschte.

Natürlich stand wieder dem einzigartigen Ruiz Abarca zu, von allen Komödien und Pantomimen, die damals in Umlauf kamen, die spektakulärste auszuhecken. Abarca ist in der Tat ein unbeschreiblicher Kerl; ich räume das ein, obwohl ich ihn nicht ausstehen kann; mir schlagen Grobiane auf den Magen. Immer sucht er das Spektakel, auf die eine oder die andere Art, aber nie spielt er dabei eine besonders feine Rolle. Diesmal war es etwas ausgesprochen Abstoßendes. Es gibt hierzulande unter den Einheimischen einen rituellen Brauch, dessen Ursprung ich nicht kenne, an bestimmten Festtagen, die ungefähr mit unserer Weihnacht zusammenfallen, ein Äffchen zu opfern, zu braten und bei einem feierlichen Mahl genüßlich zu verzehren. Die Kenner betonen mit großem Nachdruck, daß es sich dabei um Überreste von Menschenfresserei handelt und daß diese armen Neger vor der Gründung der Kolonie Menschenfleisch aßen; heutzutage beschränkten sie sich aus lauter Angst auf diese vermutlich rituellen Bankette, an denen, um die Wahrheit zu sagen, noch nie jemand von uns teilgenommen hatte; trotzdem sprach man jedes Jahr um die gleiche Zeit herum wieder davon und sammelte indirekte Beweise oder Anzeichen dafür, wie zum Beispiel Funde von blank abgenagten Knochen, «Kinderknochen ähnlich, aber unfehlbar weder Kaninchen- noch Spanferkelknochen». Zur Überlieferung gehörte auch die folgende Beteuerung: Ein einziger Weißer, Martín, kenne diese widerlichen Festessen wirklich und habe schon daran teilgenommen. Es wurde erzählt, daß man ihm einmal ohne Ankündigung von dem ungewöhnlichen Braten zu kosten gegeben habe, und da ihm das Fleisch schmeckte, erklärte man ihm die Herkunft; er schaukelte weiter in seiner Hängematte, kaute dabei nachdenklich an seinem Happen herum und fand auf diese Weise unvermutet Aufnahme in die Bruderschaft. Dem armen Martín wurden ständig die ausgefallensten Abenteuer und Vorkommnisse angehängt: Es war sein Los ... Auch in diesem Jahr sollte also wieder das wohlbekannte Ereignis stattfinden, und im Umfeld erzählte man sich die gewohnten Geschichten; darunter gab es dramatische: das Verschwinden eines fünfjährigen Kindes, das ein Matrose unvorsichtigerweise mitgebracht hatte; andere waren auch amüsant: etwa die vom Gastgeschenk, das ein Negerhäuptling vor vielen Jahren einmal dem obersten Statthalter der Kolonie in aller Unschuld überreicht hatte – ein Äffchen, das im Backofen gebraten worden war und wie ein Kindchen im Sarg die Ärmchen über der Brust verschränkt hatte. Man bekam aber auch rationale Ansichten zu hören: Das ganze Getue beruhe doch nur auf Vorurteilen, denn ohne großes Aufheben davon zu machen, äßen wir doch viel ekelhaftere Tiere, Frösche, Schnecken, Schweine usw. inbegriffen; man redete, man beklatschte die sattsam bekannten schlagfertigen Bemerkungen, man lachte über die immer gleichen dummen Witze. Im Verlauf eines solchen Gesprächs kam es dann zu der berühmten Wette zwischen dem Inspektor Abarca und dem Regierungssekretär, ob sich jener wohl zutraue, Affenfleisch zu essen oder nicht.

Abarca, der wie gewohnt über den Durst getrunken hatte, versteifte sich darauf, es gebe keinen Grund, sich vor Affenfleisch zu ekeln, wenn man Schweine und Hühner esse, Tiere, die sich von den unappetitlichsten Abfällen ernähren; solange es Leute gebe, die sich die Finger leckten nach Schildkröten, Tintenfischen, Aalbrut, und solche, die in vollem Ernst Rattenfleisch für das Allerfeinste hielten, was es gibt. Warum Zicklein oder Lammfleisch dulden und Hundefleisch ablehnen? Die Indianer mästeten Hunde genauso wie wir Ferkel ... Als ihm jemand mit der Begründung kam, Affen seien eben die nächsten Verwandten der Menschen, führte er mit ungehaltenem Ergötzen an – und dabei sprangen ihm beinahe die Augen aus dem Kopf: «Aha, da drückt der Schuh. Wir alle möchten eben gern einmal Menschenfleisch kosten, und wir getrauen uns nicht. Darum so viele Geschichten und Fisimatenten um das Affenfleisch.»

«Somit würden Sie», fragte ihn der Sekretär der Regierung, «würden Sie es fertigbringen, in einen Affen zu beißen?»

«Warum denn nicht? Natürlich, Señor.»

«Aber doch nicht im Ernst!»

«Wenn ich es doch sage; natürlich, Señor.»

«Das will ich gesehen haben.»

«Was gilt die Wette?»

Es war klar: Ruiz Abarca hatte es trotz seines Zustands mit viel List und Tücke eingefädelt, den Sekretär der Regierung an der Nase herumzuführen, als er mit ihm eine unanständig hohe Wette einging; so hoch, daß der gute Mann sich später bei kühlem Kopf der Verrücktheit bewußt wurde (wann sollte er denn bei Abarca die Summe einziehen, wenn er gewann? – und wenn er verlor …?) und die Sache rückgängig machen wollte. Aber es war schon zu spät. Am andern Tag tastete er sich heran: «Also gut, Freund Abarca, glauben Sie nicht, daß ich Sie beim Wort nehmen will wegen der Sache von gestern abend; wir wollen es beim Scherz bewenden lassen», mit dem einzigen Ergebnis, daß die Wette jetzt erst recht besiegelt wurde, Ort und Zeit und alle übrigen Rahmenbedingungen festgelegt wurden – zum Ergötzen des hohen Senats, dessen Vorfreude der Inspektor ausgenützt hatte, um seinen Gegenspieler anzustacheln und zu nötigen. Abarca ist selbstverständlich ein herzloser Kerl, aber alles andere als dumm; dieser Winkelzug war ein Geniestreich. Fürs erste schlug er eine genügend lange Frist vor, denn die Neugier der ganzen Kolonie mußte Zeit zum Wachsen und Verfestigen bekommen bis zu dem sakramentalen Akt, bei dem der Generalinspektor der Verwaltung in Marios Kantine und im Beisein von uns allen ein halbes gebratenes Äffchen verspeisen würde – so lautete nämlich die Bedingung: Er mußte ein halbes Äffchen verspeisen, ohne Kopf allerdings; das war keine besonders große Menge Fleisch, versteht sich; die Makaken hierzulande sind klein und dicht behaart; gehäutet und ausgenommen wiegen sie wahrscheinlich weniger als ein Kaninchen. Solange die Frist lief, entwikkelte sich die Kantine beinahe zu einem Szenetreffpunkt und der Wirt, dessen Geschäft aufblühte, zu einer Art Heldenverweser, den man um alle möglichen Einzelheiten und Stellungnahmen anging. «Also, Mario, wie steht's mit den Vorbereitungen? Du wirst doch dem Herrn Inspektor kein altes zähes Getier vorsetzen ...» Oder: «Sag mal, es gibt doch auf dem Markt keine Affen zu kaufen. Wie willst du denn an das Fleisch kommen?» – «Er wird selbst auf die Bäume klettern und einen fangen, nicht wahr, Mario?» – «Wer weiß, vielleicht wird Affenbraten demnächst Mode.» – «Aber du, als guter Koch, wirst das Gericht doch wohl kosten müssen ...» Sichtlich geschmeichelt, eine so hochwichtige Rolle zu spielen, ließ er seine listigen Kulleräuglein genießerisch vieldeutig schweifen.

Bald wurde die Kantine zum Sammelpunkt für Wetten, einer Art Börse, wo sogar auf einer Schiefertafel, die eigens zu diesem Zweck beschafft worden war, die aktuellen Tageskurse angeschrieben waren. Wetten ist seit jeher eine Leidenschaft und ein wichtiger Zeitvertreib in dieser Kolonie gewesen; im Umkreis der Hauptwette zwischen Abarca und seinem hochstehenden Gegenspieler knüpfte sich sogleich ein ganzes Netz von Unterwetten zugunsten des einen oder des anderen, das immer dichter wurde; es bildeten sich Parteien, es kam natürlich zu Auseinandersetzungen, zu Streitereien und Handgreiflichkeiten. Die Wette war zur öffentlichen Hauptangelegenheit geworden, zum großen Diskussionsthema, und darüber geriet sogar die Geschichte mit dem Ehepaar Robert in Vergessenheit. So verwundert es nicht, daß Mario, der Kantinenwirt, ein aufgeweckter Bursche, soweit es das hier gibt, das Geschäft witterte und die Kontrolle über die Wetten auf eigene Rechnung führte; er machte sich zum Bankier des Spielhauses, und seine Anziehungskraft fegte zu dieser Zeit sogar die Stammtische des «Country Clubs» leer. Woher er das Bargeld nahm, um die Kursdifferenzen zu berappen, oder wie er über die Runden kam, weiß niemand; es gab tollkühne Ausschläge, richtige Purzelbäume, die großenteils Toñito Azucena im Radio – es muß gesagt sein – auslöste oder anstachelte. Er behandelte das schillernde Thema in seiner mittäglichen Unterhaltungssendung «Gesellschaftsplauderei» eher von der spaßigen, gefälligen Seite her, beeinflußte die angeheizte Stimmung in der Kolonie, lenkte die öffentliche Vorliebe bald in die eine, bald in die andere Richtung. Das war natürlich eine höchst verwerfliche Art, in die Wetten einzugreifen, und manche fanden es unverständlich, daß solche Machenschaften geduldet wurden. Andere erzählten boshaft, der Regierungssekretär habe dem Statthalter nahegelegt, der Angelegenheit ein für allemal ein Ende zu setzen und die ganze Wetterei zu verbieten, die er selbst – so war es, er bekenne es und stehe dazu – unvorsichtigerweise mit ausgelöst hatte. Es wurde sogar herumerzählt – als ob irgend jemand der Szene beigewohnt hätte –, daß seine Exzellenz in den Bart hineingeschmunzelt und gesagt habe: «Das sehen wir dann», ohne irgendeine Maßnahme zu ergreifen.

So verging die Zeit, und endlich war der festgesetzte Tag da, die Wette einzulösen. Das Gerücht, Abarca räume den Kampfplatz und gebe auf, die erste aufsehenerregende Meldung an diesem bewegten Tag, hatte allerdings nicht Toño in einer Radiosendung verbreitet, und die Leute erfuhren davon nicht über den Äther. Eher scheint, daß irgendeine schwatzhafte Putzfrau hatte durchsikkern lassen, unser Mann habe sich in der letzten Nacht nicht wohlgefühlt und unter Magenschmerzen und Brechreiz gelitten. Aus dem Vorzimmer des Amtsbüros konnte gegen Mittag in

Erfahrung gebracht werden, daß der Herr Generalsekretär im Laufe des Vormittags in der Tat dreimal die Toilette aufgesucht hatte und daß er sehr schlecht aussah; mehr noch: daß er eine Tasse Tee verlangt hatte. Es ist leicht vorstellbar, was für eine Panik diese Nachricht allseits auslöste und wie seine Aktien abstürzten. Mit der ersten Nachmittagsstunde wurden die Papiere zu seinen Gunsten verscherbelt, so gut es ging, und als das Wettbüro schloß, war die Katastrophe perfekt; mit unerschütterlicher Ruhe suchte Mario den Überblick zu behalten, seine dicken weißen Arme waren hinter der Registrierkasse rastlos beschäftigt, aber an seiner ganzen Gestalt war keinerlei Anzeichen einer Gemütsbewegung festzustellen, außer daß er trotz seiner geröteten Wangen vielleicht etwas blaß wirkte. Emsig, schweigsam, gleichmütig widmete er sich voll und ganz den Vorbereitungen für den feierlichen Akt des Mahls, aber Abarca hatte den ganzen Nachmittag über keinerlei Lebenszeichen gegeben.

Es blieb nur noch eine halbe Stunde, und den Angestellten in der Kantine brummte der Kopf, die hereinströmenden Neugierigen mit Getränken zu bedienen, die alle nur gekommen waren, um einen Blick auf den festlichen Tisch in einer Ecke des geräumigen Saales zu erhaschen: Er war mit schönem Tafelgeschirr gedeckt, und in der Mitte – listige Anspielung des Wirts – prangte auf einem blütenweißen Tischtuch in einer Vase eine einzelne scharlachrote Rose. Es war vereinbart worden, daß am Mahl selbst nur die Zeugen der Wette teilnehmen durften, und diesen Kreis bildeten wir Mitglieder des «Country Clubs» in Vertretung der gesamten Kolonie, die das Abenteuer natürlich gespannt verfolgte. Eine dichte Menschenmenge drängte sich auf dem Platz vor der Kantine, ein plötzliches Verstummen, dann ein Raunen zeigte Abarcas Ankunft an: Langsam rollte sein Wagen heran, Abarca, stolz und selbstsicher, steuerte ihn geschickt durch die Menge – ohne jedes Anzeichen von Unwohlsein oder Schwäche. Wie vielen, die am Vorabend noch auf seinen Sieg gesetzt hatten, rutschte nun das Herz in die Hose, als sie ihn mit Siegermiene auf das Feld der Ehre kommen sahen, und wie verwünschten sie sich doch, daß sie sich von der allgemeinen Panik hatten anstecken lassen!

Der Sekretär der Regierung genehmigte sich ein Gläschen und wartete auf seinen Gegenspieler; als er ihn hereinkommen sah, erhob er sich ein wenig blaß, um ihn ritterlich zu begrüßen. Wir andern standen im Kreis um die beiden herum. Abarca lächelte mit zufriedenem Gesicht, als wolle er zeigen, daß er sich vollkommen im Gleichgewicht fühle. «Was gibt's, Mario? Wie steht es mit dem Braten?» rief er dem Kantinenwirt mit seiner Stentorstimme zu.

«Sie werden sich die Finger lecken», versicherte ihm dieser beruhigend-vertraulich aus der Küche.

Es ist eine Dummheit und scheint vielleicht unglaubhaft, aber es lag etwas wie Rührung darin; echte Rührung, allein um des Spiels willen, unabhängig von den finanziellen Folgen, die der Ausgang für den einen und den andern hatte. Abarca setzte sich an den Tisch, rückte die Blumenvase zur Seite, goß sich ein Glas Whisky ein und leerte es in einem Zug. Natürlich sah man jetzt schon, daß er die Wette gewinnen würde; das gequälte Lächeln des Regierungssekretärs verkündete es, da blieb für Zweifel kein Raum.

«Mögen Sie eine kleine Vorspeise als Appetitanreger?» fragte Mario, als er an den Tisch trat. Der Wirt hatte sich herausgeputzt, trug eine makellos weiße Jacke.

«Nein, nein», befahl der Generalinspektor, «ich habe Hunger. Nehmen wir das Hauptgericht in Angriff; bringen Sie den Braten.»

Es wurde so still, daß man eine Fliege hätte surren hören. Mario, der nach einer Verbeugung hinausgegangen war, erschien sogleich wieder, trug mit Pomp und wichtigtuerischem Gehabe eine Platte herein, zeigte sie zuerst den Umstehenden und hielt sie dann Abarca unter die Nase. Da lag inmitten von Karotten, Perlzwiebelchen und goldbraun gerösteten Kartoffeln das gebratene Äffchen.

«Schauen Sie, wie es mit seinen Zähnchen lächelt», bemerkte Abarca. «Grüß dich, kleiner Freund! Geht es dir gut? Ich will dir gleich zeigen, wie gern dich Papa hat.» Mit in die Luft gereckten Messer und Gabel machte er sich vor den erwartungsvollen Zuschauern zum Gefecht bereit.

Aber just in diesem Augenblick nahm Mario die Platte weg. «Gestatten Sie, daß ich den Braten zerlege», forderte er entschieden, gebieterisch, unwiderruflich; er trug ihn in die Küche, um kurz darauf mit einem angerichteten Teller wieder hereinzukommen, wo angehäuft neben mehreren Fleischstücken Karotten, Perlzwiebelchen und Röstkartoffeln lagen.

Niemand wußte, wie Einspruch erheben, obwohl in vielen Blicken Unzufriedenheit zu lesen war. Auch später, in den folgenden Tagen, kam es zu keiner Übereinstimmung, ob nun Betrug vorliege oder nicht. Der gewichtigste Grund, warum vermutet wurde, es sei keine Mogelei im Spiel gewesen und der Inspektor habe tatsächlich Affenfleisch verzehrt, war folgender: Abarca bestimmte sein Tun selbst, und er hätte auf jeden Fall ziemlich viel Geld einstecken können, auch wenn er das Äffchen dann doch nicht gegessen hätte; mit dem einfachen Mittel, gegen sich selbst zu wetten, sich im letzten Augenblick geschlagen zu geben und die Wette zu verlieren, hätte er mit seiner Wette auf den Gegenspieler doch Gewinn erzielen können. Zu spät erst merkten wir, daß der ungeschlachte Kerl uns so oder anders den Finger in den Rachen gesteckt und für sich selbst ein Sümmchen ins Trockene gebracht hatte, über dessen Höhe verschiedene Berechnungen im Umlauf waren – auf jeden Fall dürfte es beträchtlich gewesen sein. Es galt als sicher, daß Toñito Azucena an den betrügerischen Machenschaften beteiligt war, und wie gewohnt wurde auch der Statthalter ins Spiel gebracht.

Obwohl es nicht zur Geschichte gehört, möchte ich noch den eigenartigen und überraschenden Schluß dieses denkwürdigen Tages erzählen. Trotz allen Maßnahmen gelang es den draußen Wartenden, die Tür aufzudrücken und in die Kantine zu stürmen, denn jemand, ich weiß nicht wer, hatte den listigen Einfall gehabt und auch gleich den Vorschlag gemacht, man könnte doch die übriggebliebene Hälfte des Affenbratens Martín als Geschenk nach Hause bringen, weil er ja im Ruf stand, das abwegige Gericht zu mögen; unter dem Vorwand, der Braten müsse im Wettbüro nochmals beglaubigt werden, beabsichtigte man – in der Art des «Habeas Corpus» – in den Besitz des Äffchens zu kommen. Der Plan wurde vom Fußvolk beklatscht und von der Versammlung gutgeheißen. Mario zögerte kurz, verschwand dann eiligst in der Küche und erschien kurz darauf mit einer Schüssel, wo einzelne Glieder und der Kopf des zerstückelten Tieres präsentiert waren. Wieder einmal hatte es der Witzbold Bruno Salvador fertiggebracht, sich in die vorderste Reihe zu drängen; er packte die Schüssel und führte die lautstarke Prozession in Richtung Negerviertel an, wo Martín wohnte. Niemand hatte erwartet, was wir dort vorfanden. Der arme Martín lag mit gefalteten Händen zwischen vier Kerzen auf dem Küchenboden und wirkte mit seinem dichten weißen Bart würdevoll und achtunggebietend. Er war an jenem Nachmittag gestorben, und eine ganze Traube von Kindern bestaunte durch das Fenster den eindrucksvollen Leichnam. Was in dem ganzen Trubel aus den Bratenresten geworden ist, weiß ich nicht.

V

Wie manch andere Albernheit aus jenen Tagen läßt sich die Geschichte mit der Wette – ich habe bereits darauf hingewiesen – als eine Art Gemeinschaftsventil auffassen, als eine Möglichkeit, sich Luft zu verschaffen, nachdem die Angelegenheit mit dem Pseudoehepaar Robert, das uns über Monate in Atem gehalten hatte, abgeschlossen und verkorkt war und keinerlei Fortsetzung in Aussicht stand. Bald stellte sich jedoch heraus, daß die Verbindung zwischen den beiden Ereignissen keineswegs nur unterschwellig, sondern ziemlich handfest war. Als nämlich Ruiz Abarca Urlaub beantragte und auch erhielt, um nach Europa zu reisen, und dann, fast ohne sich zu verabschieden, das Flugzeug bestieg, da wußten die meisten, daß er Rosa nachreiste, der apokryphen Gattin des Inspektors für Versand und Verladung. Genau zu diesem Zweck, um ihr nachzureisen, hatte er zielstrebig das Ereignis eingefädelt, das ihm die Geldmittel dazu verschaffen sollte, und in der Tat mußte ihm die Sache eine erkleckliche Summe eingebracht haben – er brauchte sie, er konnte ohne diese Frau nicht leben. Infolgedessen brachte Abarcas Reise die Angelegenheit, die wir – offensichtlich vorschnell – als erledigt angesehen hatten, wieder neu aufs Tapet.

Kurz nachdem die berühmte Wette über die Bühne gegangen war, tauchte eines Morgens Smith Matías in der Kantine auf, wo einige von uns bei einem erfrischenden Ananassaft beisammensaßen, und goß die Nachricht über unsere Köpfe aus, daß der Generalinspektor soeben Urlaub bekommen hatte und überdies, als wäre die Geldsumme, die er auf Kosten der menschlichen Dummheit eingeheimst hatte, nicht hinreichend – ergänzte der Bote –, dem Kommissar des Wohnungsamtes seinen Wagen verhökert und sich zu guter Letzt auch noch – und das war der Gipfel – bei der Buchhaltung einen sechsmonatigen Gehaltsvorschuß genommen hatte. Smith Matías zeigte sich entsetzt: Nie zuvor war ein so hohes Darlehen gewährt worden, und schon gar nicht für einen Kerl – so sagte er –, der aus der Kolonie abreist und wohl vorhat, nie mehr zurückzukommen.

«Das nicht; er kommt wieder, ganz bestimmt», meinte Bruno Salvador mit einem Augenzwinkern.

«Die Trinkgelder bei der Inspektion sind saftig», bekräftigte ein anderer.

Und ich, um auch etwas zu sagen, wagte die Bemerkung. «Nun, wer weiß.»

«Er kommt nicht mehr», erklärte daraufhin Smith rundheraus (an dieses Gespräch erinnere ich mich ganz genau; es war für mich die erste Nachricht über die neue Richtung, die die Ereignisse nahmen, oder besser, das neue Gesicht, welches die Angelegenheit zeigte). «Er kommt nicht mehr», wiederholte er nachdenklich, «außer ...»

«Was, außer? Tun Sie doch nicht so geheimnisvoll, Mann!» ermahnte ich ihn mit einer gewissen Gereiztheit, denn er hatte es in der Tat geschafft, daß wir an seinen Lippen hingen.

Er lächelte: Er wisse nichts Genaues. Gleich darauf warf er nach einigen unnötigen Randbemerkungen die Mitteilung in die Runde, Abarca sei fest entschlossen, Rosa zu finden – sogar unter der Erde – und sie zur Seinigen zu machen – koste es, was es wolle; er würde sogar Geld stehlen oder fälschen, um sein Ziel zu erreichen. Offensichtlich hatte er sich das in den Kopf gesetzt, nachdem sie sich mit der obszönen Geste gegen ihn aus dem Staub gemacht hatte; es war eine Frage der Selbstachtung, zweifellos, denn die Szene beim Bankett hatte ihn gedemütigt und blieb ein unverdaulicher Brocken für ihn. Um sich zu rächen, beabsichtigte er, die «zauberhafte Demoiselle» zurückzubringen und sie uns hier mit goldenen Ketten an seinen Triumphwagen gefesselt vorzuführen.

Während Smith Matías auf diese Weise die Neuigkeit ausschmückte und breittrat, setzte Bruno Salvador seine schelmische Miene auf und ließ an seinem Lächeln erkennen, daß er es besser wußte, und als der andere dies endlich merkte, redete er ihn harsch an: «Ist es etwa nicht so?»

Bruno hatte nur darauf gewartet und gab nun köstlicherweise seine persönliche Ansicht über die Geschehnisse zum Besten, eine Auslegung – da bin ich sicher, denn ich kenne seine Begabung –, die ihm soeben eingefallen war. «Gewiß», erklärte er mit Nachdruck, «gewiß sucht er die feige Dame; aber nicht für sich»; er schwieg: Punkt.

«Nicht für sich?» wiederholte Smith Matías immer noch herausfordernd, aber doch etwas verlegen. Wir alle hatten sogleich herausgehört, worauf die Anspielung abzielte; vielleicht wurmte es Smith Matías selbst am meisten, daß ihm eine so schöne Vermutung nicht schon vorher gekommen war. «Aber für wen denn, wenn nicht für sich? So sprich endlich!»

Bruno ließ sich Zeit mit seiner Antwort. Er beherrschte von Natur aus die Kunst, Pausen einzulegen, mit Stocken und Zögern die Spannung zu steigern, und alle möglichen sonstigen Kniffe und Spezialitäten der Schauspielerei. Dann gelang es dem Schlaumeier, einen Gesichtsausdruck aufzusetzen, der ohne Zweifel unsere oberste Amtsperson imitierte. Das war seine Antwort. Wir lachten alle laut heraus – sogar Smith Matías mußte wohl oder übel mitlachen –, während er feierlich und unerschütterlich mit seinen gespreizten Fingern den Bart seiner Exzellenz nachbildete. Bruno Salvador ist ein richtiger Hanswurst; und seine Vermutung war natürlich barer Unsinn.

«Was für ein Quatsch!» rief ich in die Runde, und Smith dankte es mir innerlich, daß ich die Auffassung seines Freundes nicht teilte.

Dieser aber war eingenommen von seinem Einfall und verteidigte ihn mit allen Mitteln, die von Verweisen auf die maßgebenden Leute («Ich weiß es aus verläßlicher Quelle; wenn ich offen reden dürfte ...») bis zu Wahrscheinlichkeitsargumenten reichten, die auf der Lasterhaftigkeit des alten Angebers aufbauten, «bei all seiner Großspurigkeit ist der Kerl halt doch ein Zuchtesel ...»

«Ein geiler Bock ist er», platzte unvermittelt

hinter unserem Rücken der Wirt heraus, der mit den Ellbogen auf der Theke zugehört hatte, ohne ein Wort zu sagen. Jetzt entschlüpft ihm das auf einmal; er verzieht sich widerwillig in die Küche, und wir sitzen sprachlos da. Was sich doch alles in solch einem Schädel zusammenbrauen kann!

So erfuhr ich, daß Abarca sich auf der Suche nach der verlorenen «Nymphe» auf die Reise gemacht hatte. Die Nachricht erschütterte mich zutiefst. Sofort kam mir etwas in den Sinn, was mir der verstorbene Martín kurz vor seinem plötzlichen Ende vage in sibyllinischen Verschleierungen mitgeteilt hatte; damals hatte ich ihm allerdings wenig Beachtung geschenkt (es war auf der Höhe des Wettfiebers), aber jetzt, in der Verbindung mit allem andern, wurde es farbig und erhielt Tiefenschärfe. Es war, ich wiederhole, in den schlimmsten Wettfiebertagen, und die Augen aller waren auf Abarca geheftet. Als ich eines Nachts vor Hitze die meinen nicht schließen konnte und mich lange im Bett hin- und hergewälzt hatte, im Zweifel, ob ich weiter unter dem Moskitonetz schmachten oder mich den stechenden Insektenrüsseln aussetzen solle, entschied ich mich, auf die Straße zu fliehen und unten am Hafen im kühlen Lüftchen meine Nerven zu besänftigen. Ohne es zu merken, schlug ich den gewohnten Weg ein und fand mich auf einmal (wie ärgerlich!) in den engen stikkigen Gäßchen mit den armseligen Negerhüttchen wieder, aus denen schwerer Atem zu dringen schien. Ich ging rascher, wollte zu den breiteren Straßen zurück, war bald an der «Grenze» bei Martíns kleiner Veranda angelangt, und zu meinem Erstaunen und Mißvergnügen schmauchte er sogar um diese Zeit an seiner ewigen Pfeife. Mein «guten Abend» hallte in der Dunkelheit wider; ich erklärte ihm, daß mich die Hitze nicht schlafen lasse, aber offenbar gehe es nicht nur mir so … Er lächelte; der Mond erhellte sein Gesicht, und es sah aus, als male er eine fröhlich-boshafte Grimasse darauf. Armer Martín! Wir redeten über dies und das, ich erinnere mich nicht mehr genau, sagten etwas und dachten an etwas ganz anderes dabei. In welchem Zusammenhang ließ er eigentlich die seltsamen Äußerungen über den Generalinspektor fallen? Sätze, die nun auf einmal bedeutungsschwer werden, nachdem der Mund, der sie ausgesprochen hat, schon längst von der Erde zugedeckt ist? Das Schlimmste ist: Ich bringe sie einfach nicht mehr vollständig zusammen. Ich meine, er wollte mir zu verstehen geben, daß Abarca von den Verführungskünsten unserer zauberhaften Rosa behext war. «Solange sie weit weg ist, die Leute schlafen und wir hier miteinander plaudern», sagte er, «vergießt er insgeheim glühend heiße Tränen.» Und dann sagte er auch noch: «Es wird eine Hochzeit geben.» Dieser letzte Satz blieb mir im Gedächtnis haften, so abstrus war er.

Er sagte auch noch, daß uns hier in der Kolonie eine Königin fehle, eine Art weiße Häuptlingsfigur, um die armen Eingeborenen zu trösten, in Schutz zu nehmen und zu retten; so etwas sagte er auch noch. Ich achtete auf keine seiner Albernheiten, armer Martín. Ihn kam niemand retten: Er konnte nun von keinem Hochzeitskuchen mehr essen, und nicht einmal vom Wettbraten hatte er kosten können. Auch vom Ergebnis der Wette erfuhr er nichts mehr: Wenige Tage später war er schon unter der Erde und die Horde Kinder wie ein Schwarm Mücken zerstoben. Aber wie hätte ich mir damals vorstellen können, daß ich den guten Martín nie mehr bei lebendigem Leib sehen würde …? Ich hatte damals kaum darauf geachtet, was er mir sagte; ich machte mich davon, ging weiter, und gleich darauf erlebte ich wieder etwas so Seltsames, daß ich das Gespräch mit ihm vergaß. Ich war auf dem menschenleeren Hauptplatz angelangt, als ich in der tiefen Stille unvermutet Türangeln quietschen hörte und stehenblieb, um zu schauen: Es war Marios Kantine, wo die Tür aufging und jemand herauskam. Wer nur, zu dieser Stunde? Aus dem dunklen Winkel, wo ich stand, sah ich eine Gestalt im Türspalt auftauchen, die ich im Mondlicht sofort erkannte: Es war Toño Azucena; Toño lachte schrill auf, sprach wirres Zeug, während der Wirt – kaum gesehen, gleich wieder verschwunden – hinter ihm langsam die

Tür zuzog. Das weckte meine Neugier. Meine Übernächtigkeit bewirkte, daß mir alles irgendwie schräg, unscharf und gespenstisch vorkam und ich ins Grübeln geriet; ich vergaß die ebenfalls wirren Sätze, die ich von Martín gehört hatte, bis mich jetzt die Neuigkeiten über Ruiz Abarca einen gewissen Sinn darin erkennen ließen. Aber es gelang mir nur mit Mühe, die Einzelteile zusammenzubringen und miteinander zu verknüpfen.

Ich wundere mich, wie der Alte, der ständig in seiner Hängematte lag, das alles wissen konnte. Er schien es zu erraten, oder die Augen und Ohren seiner Bediensteten hatten die Kolonie ausspioniert und ihn auf dem laufenden gehalten. Ob er wohl auch meine Geschichte kannte? Nun gut, er lag schon unter der Erde. Überdies war es unsinnig, übermenschliche Fähigkeiten bei ihm zu vermuten. Doch immerhin erstaunte es in jeder Hinsicht, daß er schon damals, als noch niemand daran dachte, die Wette des Generalinspektors mit dem Fall Robert zu verknüpfen, mit solcher Gewißheit prophezeite: «Es wird eine Hochzeit geben.» Später erfuhr man, daß Ruiz Abarca, wohl ein sehr mächtiger und schlauer Mann, aber gleichzeitig unfähig, seine Leidenschaften zu zügeln, sich in einem Grüppchen Vertrauter – oder solcher, die dafür gelten konnten – «aus der Fülle seines Herzens» offenbart hatte; um seine wahren Absichten zu verschleiern und als Vorwarnung hatte er seinen Plan bekanntgegeben, der Welt und ihr (damit war natürlich Rosa gemeint) zu beweisen, daß sich niemand ihm widersetzen und niemand ihn daran hindern könne, seine Liebe durchzusetzen. «Ich bin starrköpfig», habe er unter anderen Prahlereien und Drohungen verkündet, «keine Hindernisse, keine gesellschaftlichen Zwänge können mich abschrecken, und müßte ich einen Heiratsvertrag unterschreiben; ich lache über Formalitäten, Papierkram und solches Zeug», hatte er damals verlauten lassen und damit seine Berechnung als rüde Freimütigkeit maskiert. Wenn er also unsere Freundin nicht heiratete, so nicht aus mangelndem Durchsetzungsvermögen. Man sieht, er war fest entschlossen, es zu tun; und vielleicht stimmte es, daß er sie mit Anträgen, Bitten und beharrlichem Werben umlagerte, wie sie mir bei jener Gelegenheit anvertraut hatte; offensichtlich hatte sie die Wahrheit gesagt.

VI

Er heiratete sie nicht, aus dem einfachen Grund, weil sie schon verheiratet war, als er sie aufspürte.

Entgegen den Vorhersagen jener, die nicht glauben wollten, daß der Generalinspektor seinen Posten noch einmal übernehme, ist Ruiz Abarca wieder da; heute morgen ist er wieder in der Kolonie eingetroffen. Viele wunderten sich, als sie seinen massigen Leib auf dem Deck der «Victoria II.» bei ihrer Einfahrt in den Hafen ausmachten, in Windeseile verbreitete sich die Nachricht, und noch bevor er sich ausschiffen konnte, hatte sie sich überall herumgesprochen. Man kann sich leicht vorstellen, mit welcher Ungeduld wir sein Erscheinen im «Country Club» erwarteten. Natürlich tischte er uns vor allen anderen seine Neuigkeiten auf.

Wie jemand, der im Plauderton von einer Reise erzählt und beiläufig ein besonders bemerkenswertes Erlebnis erwähnt, berichtete er uns: «Ach, übrigens», der Hafer habe ihn gestochen, den Aufenthaltsort des falschen Ehepaars Robert ausfindig zu machen, «denn, wie Sie wissen», sagte er ganz plötzlich mit ernstem Nachdruck, «hatte ich noch eine Rechnung mit dem berühmten Paar offen. Aber, Señores», und hier legte er einen frostigen Lacher ein, «meine persönliche Rechnung, ebenso wie die Ihre, ist beglichen. Ich teile Ihnen allen mit, daß Sie beruhigt sein dürfen.» Er machte eine Pause, dann verzog er den Mund zu einem krampfhaften Lächeln und gab seine Überlegungen dazu preis: «Was doch das Gewissen vermag, meine Herren! Im Grunde genommen war er ein Ehrenmann, und er hat es bewiesen. Wissen Sie, daß unser geschätzter Direktor für Versand und Verladung, der allseits bekannte Señor Robert, sich die Hörner, die er uns angedreht hat, schließlich selbst aufgesetzt hat, indem er im nachhinein die ehrenwerte Señora Rosa Garner ehelichte und sie somit heute seine legitime treue Gattin ist …? Sein Verhalten», erklärte er weiter, «ähnelt dem, der einen ungedeckten Scheck ausstellt und dann auf die Bank geht und Kapital aufstockt. Wir haben ihn verleumdet, wir waren vorschnell und allzu kühn mit unserem Urteil; mit dieser Heirat hat er letztlich bewiesen, daß er doch ein anständiger Mensch ist und seine Nächsten nicht betrügen kann.»

Er machte noch andere Witze, lud die ganze Runde ein und bestand hartnäckig darauf, alles gehe auf seine Rechnung, betrank sich maßlos, verteilte im Club haufenweise Trinkgelder an die Kellner und kam erst zu einem Ende, als er stockbesoffen auf dem Sofa lag und schnarchte. Da liegt er immer noch.

Auch so ein blauer Vogel

«Schau, was für ein schöner blauer Vogel, dort, auf dem Baum, ganz oben! Was für Farben!» Du liefst zum Fenster und schriest beinahe, um mich herbeizurufen.

Wir waren eine Zeitlang still dagesessen und hatten dem Vogelgezwitscher draußen in der windigen trüben Luft zugehört. «Diese lieben Rotbrüstchen singen beharrlich weiter», hatte ich bemerkt, «auch wenn es noch so regnet und stürmt; sie singen einfach weiter und singen den versprochenen Frühling herbei.» Da erblicktest du in der Ferne etwas Großes, Blaues auf einem Ast hoch oben sich bewegen, den einzigartig schönen Vogel, und riefst mich herbei, damit ich in deine Begeisterung, deinen Jubel mit einstimme.

Aber sogleich konnten wir erkennen, daß es gar kein Vogel war. Was sich dort oben auf dem Baum bewegte und sein dunkles Blau wild flattern ließ, war kein Vogel. Möglicherweise war es ein Lappen oder ein Stoffetzen, der sich im Wind zwischen den Ästen verfangen hatte.

Um dich zu trösten, sagte ich zu dir (und meinte

es auch so): «Liebste, das ist schöner und gefällt mir viel besser, als wenn es ein richtiger Vogel wäre, denn diesen Vogel hast du geschaffen, er ist dein Werk.» Aber zur gleichen Zeit, da ich das zu dir sagte, kam mir noch ein Gedanke: Ob am Ende auch ich eine Erfindung deiner Zauberaugen bin, und eines Tages, irgendwann …

Keine Literatur

Heute habe ich das Museum für Orientalische Kunst der Universität Chicago besucht, die ich in drei Wochen verlassen werde, vielleicht für immer. In den sechs oder sieben Jahren, die ich hier verbracht habe – wer weiß, wie viele Male ich an der Museumstür vorbeigegangen bin, ohne jemals hineinzugehen. Aber jetzt verlasse ich Chicago, vielleicht für immer, und da wollte ich das Museum noch sehen.

Es ist klein, aber hervorragend; es verdient seinen Ruf wohl. Es gibt da Ausstellungsgegenstände aus Assyrien und aus Ägypten. Ich mache einen Rundgang, bleibe vor den Vitrinen stehen, bewundere Schmuckstücke, Statuen. Zuletzt verweile ich vor einer nackten Frauenmumie. Lange Zeit bin ich vor ihr stehengeblieben, habe sie betrachtet. Ihre winzig kleinen Füße. Ihre aneinandergelegten Hände, unten, zwischen den Schenkeln. Ihre Wangen. Ihren wunderschön geformten Kopf. Ihre leuchtend weißen Zahnreihen, die unteren, die oberen, und zwischen beiden Reihen die Zunge. Ihre schmalen Schultern, ihr Schlüsselbein …

Ich kann mich nicht satt sehen am Körper dieser Frau, die vor siebenundzwanzig Jahrhunderten gelebt hat. Tiefe Zärtlichkeit überwältigt mich, eine sonderbar abwegige Zärtlichkeit. Vor siebenundzwanzig Jahrhunderten hat diese Frau gelebt, und ich empfinde jetzt vor ihrem Körper Rührung und Schmerz, als stünde ich vor einer Person, die soeben in der Blüte ihrer Jugend gestorben ist. Was ich empfinde, ist nicht Verehrung, auch nicht Hochachtung vor der Urgeschichte oder Furcht oder irgend etwas dergleichen: es ist eine törichte Zärtlichkeit, die mich fast zu Tränen rührt. (Von einer geheimnisvollen Wiederbegegnung über alle Zeiten hinweg zu reden, klänge nach Literatur, ich weiß es wohl. – Genug also.)

Bevor ich hinausgehe, werfe ich noch einen letzten Blick auf den makellos schönen Kopf, den überschlanken Hals.

AN DEN PFORTEN EDENS

Wenn uns im Religionsunterricht die einzigartige Schönheit des irdischen Paradieses mit den landläufigen ungefähren Bildern beschrieben wurde, hatte ich dabei niemals den viel zu dicht bewachsenen und allzu schattigen Botanischen Garten vor Augen, auch nicht den kleinen viel zu lichten Kurpark, sondern ich stellte es mir so ähnlich vor wie unsern Wintergarten. Konnte man sich denn einen köstlicheren Aufenthaltsort ausdenken als jene eigenartige hohe verglaste Terrasse, die nur mein Großvater – vielleicht in seiner Altersverwirrung – hartnäckig «den Ofen» nannte? «Ofen» – dachten wir, «wohl weil er sich dort, wenn die Sonne scheint, so wohlig warm fühlt wie am Ofen im Wohnzimmer ...» Unser Wintergarten war voll wunderschöner Pflanzen, Farne, Hyazinthen, verschiedenster Palmen, die Mama sorgsam pflegte und immer wieder betrachtete; auch wenn der berühmte wuchtige Baum der Erkenntnis nicht dabei war, so hatten wir dafür einen Zwergorangenbaum in einem bauchigen Kübel, der uns mit leider etwas faden Früchten beschenkte, aber deswegen waren sie nicht weniger begehrt. «Diese Orangen sind zum Anschauen da, Kinder, nicht zum Essen», sagte Mama zu uns, «sie sehen so hübsch aus, wenn sie aus dem dunklen Laub hervorgucken ...!»

Auch die Fische im großen runden Becken – die Stumpfsinnigen! – waren nur zum Anschauen da. Selbst die Kanarienvögel mit den strohgelben Flügeln und schwarzen Äuglein gleich Stecknadelköpfen waren vor allem zum Anschauen da; wenn sie nämlich sangen wie verrückt, bekam Mama immer Kopfweh.

«Weißt du, Mama, die Vögel auf dem Wandschirm gefallen mir viel besser, die singen nicht», sagte ich dann ganz beklommen zu ihr ...

Im Wintergarten hatten wir nämlich einen Wandschirm mit Lackmalereien, einem Mandarin und vielen Vögeln: die einen flogen herum, andere steuerten Rastplätze an, andere saßen auf seltsamen Bäumen.

«Ja, schon, aber sie bewegen sich auch nicht», antwortete sie mir dann, «siehst du? Immer genau gleich!» Und sie betrachtete den Wandschirm lange.

Hinter dem Wandschirm bewahrte sie ihr Malereizubehör auf, die Staffelei, die Farben, die Pinsel, die Palette. Mama konnte gut malen. Wenn sie Lust hatte – fast immer am Morgen –, setzte sie sich hin und malte eine Topfpflanze oder einige

Blumen ab; alles geriet ihr wunderbar ähnlich. Für uns war es immer ein Fest, ihr beim Malen zuzuschauen. Sie kam in ihrem mit Bändern und Spitzen besetzten Morgenrock herein und verweilte lange bei den Blumen, schnitt da einen dürren Stiel ab, entfernte dort ein paar verwelkte Blätter. Dann, nach dem Frühstück – das Frühstück, Kaffee oder Schokolade, wurde uns nämlich immer im Wintergarten serviert –, holte sie manchmal die Pinsel hervor, legte die andern Sachen bereit und suchte einen Platz aus; wir beide setzten uns rechts und links neben sie, um ihr beim Malen zuzuschauen.

«Was malst du heute, Mama?»

«Das sehen wir dann», antwortete sie. Oder sie antwortete gar nicht.

Wir schauten ihr ganz hingebungsvoll zu, und doch ungeduldig; irgendwann aber wurde es uns zu langweilig; unsere Ungeduld ertrug die langsame Arbeit ihrer ruhigen Hände nicht.

«Also gut, so geht jetzt spielen. Geht in den Hof hinaus! Geht jetzt spielen, Kinder, sonst wird Mama nervös und hört auf zu malen.»

Unser Sträuben half nichts, wir mußten gehen.

Beim Herumrennen im Hof fand ich einmal ein wunderbar poliertes Brettchen aus feinem Holz; natürlich nahm ich es mit. «Wofür konnte man es brauchen?» fragte ich mich. «Was meinst du, wofür kann man es brauchen?» fragte ich

Quique. Das Brettchen war nicht nur schön, es war auch geheimnisvoll, denn man wußte nicht, wozu es gut war ... Auf einmal kam mir eine Idee. «Schau, Mama, was ich gefunden habe; schau, was für ein schönes Brettchen. Wofür ist das wohl? So schön geschnitten und so schön glatt.»

Mama drehte das Brettchen zerstreut und ein bißchen ratlos, vor allem zerstreut, um und um; sie hatte schon ihre weißen Handschuhe an, denn sie wollte ausfahren, und der Wagen stand vor der Tür bereit.

Ich suchte hinter dem Schleier unter dem breitrandigen Hut mit den großen Löchern ihr Gesicht zu ergründen und wagte endlich die Worte: «Mama, meinst du nicht, du könntest mir etwas auf dieses Brettchen malen?»

«Das sehen wir dann», antwortete sie und gab es mir wieder. Immer sagte sie: «Das sehen wir dann.»

Ich nahm dieses Sätzchen als ein Versprechen. Sobald wir den Wagen wegfahren hörten, gingen wir, Quique und ich, in den Wintergarten hinauf und überlegten hin und her, was Mama auf das schöne Brettchen malen könnte.

Am andern Morgen war es das erste, was ich sie fragte, als ich es ihr in die Hand gab. Sie schaute es genau an, als hätte sie es noch nie gesehen, derweil zitterte ich vor Bangigkeit, sie könnte sich weigern. «Nicht wahr, es ist doch sehr passend dafür?»

«Gut, wir sehen dann, was sich machen läßt.»

«Aber, Mama ... heute; heute noch, liebe Mama, jetzt gleich.»

Sie lächelte. «Sag einmal, mein Püppchen, was möchtest du denn, daß ich dir da hinmale?»

Meine Antwort stand längst fest: «Einen Vogel.»

«Einen Vogel? Was für einen denn?»

«Diesen da!» rief ich und sprang vor Freude auf, um ihr einen auf dem chinesischen Wandschirm zu zeigen: einen Sperling.

«Und ich», warf Quique sofort ein, «ich will auch ein Brett suchen, damit du mir einen Vogel malen kannst.»

Mit großer Sorgfalt befestigte Mama das Brettchen auf einem Karton, stellte den Karton auf die Staffelei und strich sogleich das Brettchen mit weißer Farbe ein; sie erklärte mir, das sei die Grundierung, damit die Ölfarbe nachher nicht eintrockne. Manchmal ließ sich Mama auf solche «technischen» Einzelheiten ein. Natürlich, fügte sie noch hinzu, könne man erst morgen beginnen, die Farben auf den weißen Grund aufzutragen ...

Ich weiß nicht mehr, wie viele Male ich an diesem Nachmittag hinaufgegangen bin, um nachzuschauen, vor lauter Angst, Mama könnte am andern Morgen befinden, die weiße Farbe auf dem Brett sei noch nicht trocken genug. Das war meine große Sorge den ganzen Tag über; und Quique suchte und suchte überall im Haus ein gleiches oder ähnliches Brettchen, damit ihm Mama auch einen Vogel darauf male. Ein gleiches fand er nicht; nur eine leere Zigarrenschachtel stöberte er auf. Er nahm den Deckel weg, zog sorgfältig alle Nägelchen heraus und legte ihn ins Wasser, damit sich die Havanna-Etikette ablöse.

So kam der andere Morgen. Als wir endlich beim Frühstück beisammensaßen, zeigte er Mama das dünne Brettchen aus duftendem Zedernholz, und sie antwortete ihm, was ich längst wußte: Dieses Holz sei zu saugfähig und außerdem brüchig; er solle ein besseres suchen, dieses sauge nur alle Farbe auf und biege sich dann womöglich auf …

Wir tranken unsern Kaffee aus. Mama richtete sich sogleich vor dem Wandschirm ein und fing unter unsern erwartungsvollen Blicken an zu malen.

Ich war sicher, daß Mama den lustigen Sperling sehr gut abmalen würde: Er sah aus, als mache er sich zum Davonhüpfen bereit. Aber trotz all meiner Gewißheit beobachtete ich sie mit ängstlicher Ungeduld: Ich wollte sie anfeuern und jeden frischen Pinselstrich beklatschen; aber erst nachdem sie schon mehr als eine Stunde gearbeitet hatte, konnte ich es mit Überzeugung tun. Von da an, ja; als sie dann schließlich sagte, der «Fleck» sei nun fertig, war meine Begeisterung ins Unsagbare gewachsen. Ich traute meinen Augen kaum: Im Vergleich zum Vogel, der auf dem Brett allmählich Gestalt annahm, war sein Vorbild auf dem Wandschirm nichtssagend, gewöhnlich, kalt. Die Farben auf dem Wandschirm glänzten und spiegelten zwar, aber sie waren kalt; die Farben, die der Pinsel auf mein Brettchen auftrug, waren so warm wie der Körper des lebendigen Vögelchens.

«Mama, das ist ja wunderschön! Viel schöner als die Vorlage, viel, viel schöner!» Ich hatte Lust, ihr die Hand zu küssen, aber ich wagte es nicht, sie in ihrem himmlischen Tun zu unterbrechen.

«Gefällt es dir?»

«Sehr gut, sehr gut; aber sag mir, Mama: Wenn die Farbe trocken ist, glänzt sie dann immer noch?» Das war meine Sorge. Am Tag zuvor hatte ich nämlich bemerkt, daß die weiße Grundierfarbe, die zuerst wunderbar geglänzt hatte, mit dem Trocknen immer matter wurde.

Sie beruhigte mich: «Schau, wenn dann alles fertig ist, streichen wir Firnis drüber, und so behält die Farbe ihren Glanz.»

Wie glücklich fühlte ich mich! Ich schwamm im Glück. Wie sollte ich es nennen? –

Rundum vollauf glücklich. Ich sehnte mich danach, das Werk in fertigem Zustand zu sehen; ein so übergroßes Glücksgefühl erdrückte mich beinahe, denn die Freuden sind nicht weniger anstrengend als die Sorgen. An diesem Abend fiel ich wie ein Bleiklumpen ins Bett.

Als ich mich am andern Morgen wieder daran erinnerte und in den Wintergarten stürmte, saßen Mama und Quique schon beim Frühstück. «Warum habt ihr mich nicht geweckt?» hielt ich Quique vor. Noch ehe ich mich an den Tisch setzte, ging ich zur Staffelei und warf einen Blick auf mein Vögelchen.

«Was hast du? Was ist mit dir, Kind?» rief meine Mutter ganz bleich und eilte zu mir. Ich weiß nicht, ob ich davor noch einen Schrei ausgestoßen hatte; aber jetzt brachte ich kein Wort mehr heraus: Ich war wie gelähmt.

Mama schaute auf die Staffelei und konnte nun sehen, was ich eben erst gesehen hatte: Ein dicker Kratzer, der von einem Nagel oder einer Punze herrührte, lief von oben auf dem Brett über den ganzen Körper meines Vögelchens. «Aber wer kann denn so etwas gemacht haben?» stieß sie mit fast tonloser Stimme hervor.

Da begann ich zu schluchzen: «Mama, Mama, Mama, Mama.» Ich erstickte beinahe an meinen Schluchzern.

Mit immer noch tonloser, verzagter Stimme, was mich in meinem Kummer sehr erstaunte, sagte sie nun: «Schau, Kind, das macht gar nichts, weißt du? Das läßt sich leicht flicken, ich werde es sofort flicken, du wirst sehen.»

«Aber es wird nie mehr wie vorher sein, Mama; es wird nie mehr wie vorher sein.»

«Doch, doch, mein Dummerchen; es wird genau so sein wie vorher, ganz gleich», sagte sie immer wieder.

Ich merkte, daß sie das nur sagte, um mich zu trösten; nein, nein, es konnte nie mehr so sein wie vorher.

War es dann wieder wie vorher? Es ist seltsam: Ich kann mich im Zusammenhang mit dem Brettchen an gar nichts mehr erinnern. Was geschah später damit? Wo ist es hingekommen? Vermutlich verlor ich dann irgendwann unversehens das Interesse daran. Meine Mutter hat das Malen später auch aufgegeben. Es kamen noch mehr Kinder, Buben und Mädchen; neue Verpflichtungen. Und von da an hatte sie nie mehr Muße und Lust zu diesem angenehmen Zeitvertreib.

Mehr über Engel

Ohne dir eine Andeutung zu machen, führte ich dich vor den Bernini-Engel. Nicht vor den strahlend weißen, der im bläulich-goldenen Licht Roms auf der Tiberbrücke triumphiert, sondern vor das im Dämmerlicht der Kirche versteckte Original. An jenem Tag hatte ich dich – wir fühlten uns glücklich und beschwingt – durch die lärmigen Gassen zur Kirche Sant' Andrea delle Frate geführt. Wir traten ein, ich drängte dich vorwärts und zeigte links vom Hochaltar auf eine Statue: «Schau, das ist der Bernini-Engel.» Wir standen vor seiner allesbeherrschenden Schönheit.

«So bist du! Bringst mich hierher, ohne mir vorher eine Andeutung zu machen», sagtest du nach langem Schweigen zu mir. Aus deinen Worten hörte ich einen Anflug von Rüge, von sanftem Vorwurf, und sogleich fühlte ich mich schuldig vor dem Himmel und der Erde.

«Sag mir, Liebste, habe ich falsch gehandelt?» flehte ich dich voller Bangigkeit an.

Du hattest gelesen, was ich über meinen Bernini-Engel geschrieben habe, und hattest darauf mit deinen stets so vernünftigen, so feinen und treffsicheren Beobachtungen entgegnet: «Man sieht», hattest du abschließend gesagt, «was dich wirklich fesselt, ist der Engel aus Stein und nicht die Frau.» Jetzt wolltest du wissen, wer die Frau hätte sein können; du fragtest es mich. Ja, in der Tat, was mich gefesselt hatte und weiterhin fesselte, war nicht die Frau, sondern das Kunstwerk. Erneut bewunderte ich jetzt an deiner Seite seine reine, makellose Schönheit, welche für eine kurze Weile im Vorüberhuschen vielleicht die körperliche Wirklichkeit eines vergänglichen Geschöpfs in Licht getaucht hatte. Jetzt betrachteten wir beide Hand in Hand, wir beide ganz allein, den wunderschönen Engel in der menschenleeren Kirche. Wir schwiegen; unterdessen lebte unsere Liebe, pulste unsere Liebe zeitloser als der Marmor. «War es ein Fehler, sie hierherzubringen?» fragte ich mich immer wieder unter Qualen, obwohl du natürlich liebevoll «nein» gesagt hättest, «nein, ganz sicher nicht». Ich spürte in meiner Hand die Wärme der deinen und in deiner Stimme das Beben deiner zarten Seele – und wußte auf einmal, daß alle Freude und alle Traurigkeit aller Engel des Himmels in deinem Namen festgeschrieben sind.

Als ich dann einmal den Mut aufbrachte, ihn laut auszusprechen, da mußten wohl alle himmlischen Heerscharen auf meinen Lippen zusammengeströmt sein.

Nachahmung und Vergeltung

Nachdem uns der Sammler die prächtigen Muster und Farben des Schmetterlings im Kästchen hat betrachten lassen, dreht er mit zarter Hand den gläsernen Sarg um: Er will uns ein weiteres Wunder zeigen. Auf der Rückseite sehen nämlich die Flügel wie dürres Herbstlaub aus: auf ockerfarbigem Grund zeichnen sich Blattrippen ab, und da sind sogar – Meisterstück der Künstlerin Natur – feine Schimmelfleckchen und Löchlein wie bei einem richtigen Baumblatt.

Bewundernswerte «Kallima Philarcus», herrliche «Spiridiva»! Lange ist es her, daß deine blühende Schönheit durch die lichten Lüfte schaukelte; jetzt bist du steif und fühllos, jetzt bist du selbst das tote Blatt, das du täuschend echt nachahmtest, um dein Leben vor den gefräßigen Vögeln zu schützen.

Der unbekannte Kollege

Reif an Jahren, massig von Statur, erfahren im Geschmackskitzel literarischer Erfolge, gewandt in der Kunst, sein Verhalten würdevoll dem wachsenden Ruhm anzupassen, immer noch ein «junger Meister» – trotz einzelner vielleicht verfrühter grauer Haare –, doch unentrinnbar dazu bestimmt, alle Ruhmesbezeugungen, Lorbeeren und Auszeichnungen einzuheimsen, womit die Gesellschaft die anerkannten Verdienste im Literaturbetrieb zu schmücken pflegt (denn er, der seit Beginn seiner Laufbahn als eigenständiger Vertreter der neuen Generation begrüßt worden war, sah seinen Namen bald jenseits der Landesgrenzen auftauchen und im amerikanischen Parnaß als einen der glanzvollsten erstrahlen, und nun genoß sein Gaumen schon seit mehr als einem Jahrzehnt die stetige Befriedigung – und die Wiederholung machte sie nicht weniger köstlich –, seinen Namen auf dem Umschlag edel gestalteter Ausgaben zusammen mit Wörtern aus fremden Sprachen wahrzunehmen, welche die Titelzeilen seiner Bücher wiedergaben); kurz, als Pepe Orozco seine

Schriftstellerpersönlichkeit schon gefestigt und seinen Ruf allerorten anerkannt sah, traf ihn ein Ereignis, das eine Zeitlang – über Wochen, sogar Monate – die glückliche und planmäßige Weiterentwicklung seines Werks ernstlich zu stören drohte und selbst die sicheren Fundamente seiner beneidenswerten Position in der literarischen Welt unangenehm ins Wanken brachte.

Vielleicht gebe ich mit dieser Ausdrucksweise ein verzerrtes Bild der tatsächlichen Bedeutung des Vorfalles. Wenn ich gesagt habe, «traf ihn ein Ereignis», hätte ich auch sagen können: «überrollte ihn», und zwar wegen der überraschenden, ausgefallenen Art der Begebenheit, nicht wegen ihrer Wucht; Wucht ging ihr nämlich gänzlich ab; sie hatte nicht die geringste Bedeutung und dementsprechend auch keinerlei weitreichende Folgen. Es war eine recht belanglose Episode, eine der durchaus komischen Art, deren Auswirkungen wir eine Zeitlang genüßlich übertreiben … Ich fange jetzt ohne weitere Umschweife mit dem Erzählen an, so wie die Dinge sich in meinem Beisein abspielten.

Sie trugen sich zu – oder, um genau zu sein: nahmen ihren Anfang – anläßlich eines Festes in der Botschaft, wo wir, Pepe und ich und ein paar weitere Freunde, uns eingefunden hatten und in einer Ecke miteinander plauderten, denn wir kannten von den anderen Gästen fast niemanden, und die allgemeine Stimmung – zu der ein geeignetes Getränk das seinige beitragen kann – war noch nicht so vertraulich geworden, daß man, ohne richtig zu wissen, warum, seine übergroße Schüchternheit und sein Mißtrauen ablegt und seine Zurückhaltung überwindet; wir warteten also noch, sage ich, auf diesen besonderen Augenblick, als der junge Kulturbeauftragte, der sichtlich alles daransetzte, seine Aufgabe bestmöglich zu erfüllen, mit einem angenehm aussehenden Herrn anfang Vierzig herantrat und, nachdem er ihn uns vorgestellt hatte, ziemlich eilig wieder verschwand; wir hatten unser Gespräch unterbrechen müssen, als er kam, denn obwohl keineswegs tiefschürfend und auch nicht persönlich, war es für einen Außenstehenden natürlich unangemessen.

So schlug dem Neuankömmling betretenes Schweigen entgegen, und wir alle suchten, wie aus der Verlegenheit herauszukommen sei. Doch war er selbst geschickt genug, sich unbefangen an Orozco zu wenden, der immer noch in der Mitte der Gruppe stand. «Entschuldigen Sie bitte, Señor; ich glaube, gehört zu haben«, sagte er zu ihm, «daß Sie José Orozco heißen ...» Da dieser mit einer leichten Kopfbewegung geschmeichelt zustimmte, fragte er ihn sogleich: «Sind Sie dann vielleicht der Bruder des Kommandanten Orozco?»

Zu seinem Mißvergnügen antwortete Orozco

mit Nein; der Frager schien ungläubig und enttäuscht, aber offenbar war er noch nicht bereit aufzugeben und bohrte ziemlich lustlos weiter, eher um seine Vermutung zu bestätigen, als um etwas in Erfahrung zu bringen: «Also sind Sie nicht der Sohn des Generals Orozco?»

Ich bin zu lange mit Orozco befreundet, als daß ich mich über die Wirkung solcher Albernheiten auf ihn täuschen könnte. Allein er antwortete dem Unbekannten immer noch lächelnd: «Mein Vater war Anwalt ...»

Der Unbekannte seinerseits sah sich in seiner Mutmaßung getäuscht, sich auf ein Gespräch einlassen zu können, für das er über genügend Anknüpfungspunkte und Hintergrundkenntnisse verfügte, und um irgend etwas zu sagen, wagte er auf gut Glück: «In diesem Fall sind Sie vermutlich auch Anwalt ...»

Wir Freunde schauten einander verblüfft, verärgert, vor allem fassungslos an. War es denn möglich, daß der Name José Orozco diesem Menschen nichts sagte? Oder womöglich die Verwirrung, die Bestürzung ... Aber schon kam ihm Pepe mit belustigter Gutmütigkeit zu Hilfe und erklärte ihm: «Nein, Señor, nein; ich bin Schriftsteller.»

Und jetzt kam das Allerbeste: Sogleich sahen wir das unbekannte Gesicht sich aufhellen, und sogar die dunklen Augen hinter den strengen Brillengläsern strahlten immer heller. «Schriftsteller?»

platzte er freudig erregt heraus, um gleich zu erklären: «Großartig! Ich bin auch Schriftsteller.»

Orozcos Gesicht, in dem fast unmerklich einzelne Sehnen gezuckt hatten, löste sich zusehends zu einem rundum heiteren Ausdruck schelmischer Verwunderung; darin versanken die Augen wie zwei kleine frische Schnittwunden. Alle konnten bemerken, und ich bemerkte es mit leisem Erschrecken, wie ein Lachanfall seinen Körper schüttelte; ich kam ihm zu Hilfe und sagte: «Donnerwetter! Wie man sieht, sind hier lauter Schriftsteller beisammen. Was für ein Glücksfall! Und Sie, Señor, was schreiben Sie? Haben Sie schon etwas publiziert?»

Von neuem das Unerwartete: Er antwortete mit Ja, verschiedene Bücher, in Prosa und Vers. Seine schlichte Erklärung rief erneut Stillschweigen hervor.

Aber ich ließ nicht locker: «Gestatten Sie, Señor, und – Entschuldigung – daß ich Sie nach Ihrem Namen frage. Ich habe ihn nicht genau verstanden, als wir einander vorgestellt wurden ...»

«Mit größtem Vergnügen», antwortete er mir, und mit einer leichten Verbeugung: «Alberto Stéfani, zu Ihren Diensten ... Sie schreiben also auch?» fragte er nun mich.

Wieder warfen wir einander im Freundeskreis Blicke zu. Wir wußten nicht, wie wir das auffassen sollten. Fürs erste war uns ein Autor namens

Alberto Stéfani (Autor mehrerer Bücher auch noch: in Prosa und Vers) ganz und gar neu. Und im Handumdrehen kommt der Mann und fragt mich – ausgerechnet mich, der ich täglich die Druckmaschinen zum Ächzen bringe! –, ob ich auch schreibe ... Es sah nach einem Scherz aus, und nur als Scherz konnte man es auffassen. Wir nahmen es denn auch von der lustigen Seite und ließen unsere sprühenden Blicke mit kaum verhohlenem Spott in Gelächter und witzige Bemerkungen übergehen, sobald das malerische Subjekt uns von seiner Gegenwart erlöst hatte und wir wieder unter uns waren. Am köstlichsten schien dieser Vorfall Pepe Orozco zu amüsieren, als wir kurz darauf in einem Nebenräumchen – fast einer Nische – beisammensaßen: Während sich am Eingang schon fast zu viele Gäste zusammendrängten, hatten wir unsere Freude daran, uns auf tausenderlei Art an den rätselhaften unbekannten Schriftsteller heranzutasten, der uns unsere Unwissenheit gerechterweise heimgezahlt hatte, indem er schlagend bewies, daß er von unserer bescheidenen, aber gleichwohl allgemein bekannten literarischen Tätigkeit nichts wußte, nicht einmal den Namen José Orozco kannte, der in der Gegenwartsliteratur unseres Landes und auch weltweit immerhin zu den gewichtigsten gehört und den wir bei dieser Gelegenheit zur Zielscheibe unseres freundschaftlichen Gespötts machten, das er seinerseits nicht müde wurde, immer wieder neu anzustacheln und zu nähren.

Darauf beschränkt sich die Anekdote. Wie man sieht, schlicht und einfach eine seltsame Begebenheit, eine hübsche Episode, sonst nichts ... Ich hätte sie auch bald wieder vergessen, ich und auch die andern, wenn ich nicht ein paar Tage später Pepe getroffen und wir das Thema nicht mit einer flüchtigen Anspielung angetippt und neuerlich zur Sprache gebracht hätten. Dabei erzählte mir Pepe, daß er an jenem Abend am Ausgang des Botschaftsgebäudes dem jungen Kulturbeauftragten begegnet sei, der ebenfalls das Fest verlassen wollte; er habe die Gelegenheit benutzt, ihn unauffällig über den ominösen Schriftsteller auszufragen und, wie dieser zu seiner Einladung gekommen sei. «Wie aufschlußreich war es doch», habe er zu ihm gesagt, «diesen Schriftsteller kennenzulernen, diesen Señor Stéfani, den Sie die Freundlichkeit hatten, mir vorzustellen! Manchmal bewegen wir Schriftsteller uns in ganz unterschiedlichen Sphären ...!» Der «Attaché» sei bis in die Wurzeln seines Blondschopfs hinein rot geworden und habe ihm eiligst erklärt, daß seines Wissens Señor Stéfani auf Anraten des Erziehungsministeriums eingeladen worden sei, von dem man vermutlich einige Namen erbeten habe, denn, lächelte er, die diplomatischen Vertretungen müßten ständig Rücksicht nehmen ... Diese allzu genaue Auskunft weckte bei meinem Freund den Verdacht, es habe in der Botschaft Auseinandersetzungen wegen der Gästeliste gegeben, woraufhin er Lust bekommen habe, mehr über die Persönlichkeit des «unbekannten Kollegen» (wie wir ihn in unsern Spötteleien betitelten) herauszufinden. Vorläufig verriet es mir Orozco nicht, aber später vertraute er mir an, daß er sich sofort bemüht habe, ein paar Bücher zu bekommen, die in der Tat unter dem Namen Alberto Stéfani erschienen waren.

«Und wie sind sie?» fragte ich ungestüm.

«Du kannst es dir vorstellen», lachte er.

Sein Lachen drückte, kurz zusammengefaßt, all den blanken Unsinn aus, die klebrigen Gemeinplätze, die leere Gefühlsduselei, das bare Nichts, was mir später bei ihm zu Hause aus den beiden Bänden, die er mir wortlos in die Hände gedrückt hatte, während des Durchblätterns als übelriechende Wolke in die Nase stieg.

Wir redeten auch bei andern Gelegenheiten von diesem «Fall». Ich wagte den folgenden Sophismus: Wir mußten diesem Mann ebenso abstrus vorkommen, wie er uns vorgekommen war. Ohne jeden Zweifel, gab ich ihm zu verstehen, nimmt er sich als Schriftsteller todernst; er hat seine Bücher publiziert wie wir die unseren; und wir haben trotzdem von seiner Person und seinem Werk so wenig eine Ahnung wie er von unserem.

Somit? Warum denn glauben, daß wir … Pepe maß diesem meinem skeptischen Urteil mehr Gewicht bei als ich, denn er rundete es noch verstärkend ab: «Überdies hat ihn die Botschaft in seiner Eigenschaft als Schriftsteller eingeladen, genau wie uns.»

Er war ziemlich nachdenklich geworden, wie ich bemerkte; aber wie sehr ihn die Sache beschäftigte, erfuhr ich erst später; erst als sich nach einiger Zeit seine Bestürzung gelegt und die trübe Wolke verzogen hatte, erzählte er mir eines Tages die kleine Odyssee seiner behutsamen Nachforschungen, bangen Ahnungen und stetig wechselnden Zweifel. Zum Glück hatte er nicht lange gebraucht, die Selbstgewißheit wiederzufinden, daß eben nicht jeder Arm fähig ist, den Bogen der großen Kunst zu spannen, und so konnte er mir dann alles mit seinem gewohnt heiteren Lächeln schildern.

Dieses «alles» bestand einfach in der Entdekkung und Erforschung einer unterirdischen literarischen Welt, in deren Gängen und Schächten sich mein armer Freund einige Wochen lang hatte umhertreiben lassen; in den geheimnisvollen Untergründen stieß er auf einen Fund nach dem andern, erlebte eine Überraschung nach der andern und hatte immer wieder heikle Abenteuer zu bestehen, über die er jetzt von Herzen lachen konnte. Schon als ihm Stéfani vorgestellt wurde, «der unbekannte Kollege», wurde ihm ein Blick in eine Welt gewährt, von deren Existenz er nicht einmal etwas geahnt hatte (niemand von uns hatte etwas geahnt), und nach dem ersten Eindruck, der uns alle «amüsiert» hatte, nahm sie vor seinen Augen faßbare Gestalt an und wuchs mit beängstigender Durchschlagskraft wie die Verschwörungen, die nach wer weiß wie langer Vorbereitungszeit im Dunkeln ins Rollen gekommen sind, um dann endlich ihre wahre bedrohliche Größe zu zeigen. Für Augenblicke fürchtete Orozco tatsächlich, die geheime Welt der literarischen Verschwörung könnte die Oberhand gewinnen über die rechtmäßige dichterische Rangfolge, sie aufheben, auflösen und zunichte machen. Um es weniger bildhaft auszudrücken: Er vermutete schließlich sogar, daß die rechtmäßige Rangordnung, das Netz von Verbindungen, Reihungen, Wertmaßstäben, Urteilen usw., der er und wir alle angehörten und die wir ganz selbstverständlich «die Bücherwelt» nannten, in Wahrheit vielleicht geheim und unterirdisch war; mehr noch als bloß eine geheime vielleicht eine brüchige, belanglose Welt, wie nicht existent, nur erdacht und erschreckend gespenstisch – aber bei all dem doch eine Geheimwelt! Schließlich blieben ja unsere Verbindungen, Reihungen, Wertmaßstäbe, Urteile usw. außerhalb des inneren Bezirks unserer «coteries» (Freundeskreise) gänzlich unbekannt, während eine große geschlossene

Leserschaft in der weiten Welt mit Begeisterung die Produktion jener andern Schriftsteller mitverfolgte, die wir mehr aus Verachtung denn aus Unkenntnis gar nicht wahrnehmen. Wie hätten wir sonst, Schriftsteller, Leute, die von Berufs wegen ihre Umgebung gründlich studieren, wie hätten wir so blind sein können, eine Wirklichkeit nicht zur Kenntnis zu nehmen, die direkt vor unserer Nase ihren Odem verströmte und nun wahrlich alles andere tat, als sich zu verbergen und zu tarnen (aus diesem Grund – es sei in Klammern vermerkt – ist es verfehlt, sie als Verschwörung zu bezeichnen), die ganz im Gegenteil alles daransetzte, an die Öffentlichkeit zu treten, sich zu zeigen, sich darzustellen, einfach mit allen Mitteln versuchte, Aufmerksamkeit zu erregen, sich zum Fenster hinauszulehnen und überall herumzulärmen? Wegen eines monströsen Perspektivenfehlers, einer unglaublichen Verirrung lebten wir in Kellern und Kloaken und verachteten von dort aus die Stadt an der frischen Luft und an der Sonne, und ihre Bewohner kamen uns minderwertig vor. Oder mit einem weniger schmutzigen Bild: Wir sind die Schatten oder Spiegelbilder und reflektieren auf der sanft sich kräuselnden Wasseroberfläche seitenverkehrt jene, die festen Schrittes sich auf der Erde bewegen.

Besonders war Orozco aufgefallen, daß das Ministerium als repräsentativen Schriftsteller der

Botschaft den Namen Stéfani vorgeschlagen hatte, der zu einer solchen Veranstaltung eingeladen werden müsse. Er fragte sich, welche anderen ebenso ungeahnten Namen das Ministerium sonst noch empfohlen haben mochte, was für «unbekannte Kollegen» sonst noch am Fest teilgenommen hatten, ohne daß es jemandem in den Sinn gekommen wäre, sie unserem Kreis vorzustellen. Mit einem Lächeln gab er zu bedenken, wie unberechenbar doch die Meinungen und Vorlieben der Politiker bezüglich der Literaten waren und wie bisweilen der Umstand, zum Beispiel ein Schwager oder Cousin oder Stammtischkumpel der Frau des Ministers oder selbst eines Generaldirektors zu sein, als Empfehlung genügt, um auch als fader Verseschmied oder farbloser Zeitungsschreiberling einen einflußreichen und natürlich gutbezahlten Verwaltungsposten zu bekommen, einen offiziellen Preis zu gewinnen oder an einem Botschaftsanlaß großtuerisch die geistige Elite des Landes zu repräsentieren. Solche Dinge bleiben immerhin ohne echte Folgen, denn wer kann sich in dieser Beziehung schon täuschen lassen außer die Dummen – die allerdings in der Überzahl sind? Die Literatur, die Kunst sind schließlich Gebiete, die der Staat und seine Beamten nicht sachkundig beurteilen können. Und wie man weiß, gestattet allein das freie Spiel des gesellschaftlichen Zusammenlebens, daß die Werte sich allmählich herausschälen und klären, bis sie sich zu einer Rangfolge ordnen.

Aber diese rationale Überlegung büßte bald ihre beruhigende Wirkung auf Orozco ein, denn einige Tage später erkundigte er sich in der Buchhandlung Santos, wo er oft zwischen den Gestellen oder am Verkaufstisch anzutreffen war, sozusagen nebenbei, ob sie auch Bücher von Alberto Stéfani hätten; einen Augenblick beobachtete der Inhaber Santos López über seinen Brillenrand hinweg das unbewegliche Gesicht des berühmten Schriftstellers, lächelte seltsam erfreut, holte eilends vier verschieden große Bücher herbei und anerbot sich, ihm auch «Das verrufene Quartier» und «Das seidene Herz» zu besorgen, wenn er es wünsche; diese beiden seien schon seit Monaten vergriffen, aber vielleicht könne er doch noch ein Exemplar ausfindig machen, wenn auch nicht von der neuesten Ausgabe. «So gut verkaufen sich also diese Bücher?» hatte Orozco gefragt. Der Buchhändler Santos redete um den heißen Brei herum, damit die Differenz im Verkaufserfolg ihn nicht kränke (obwohl der Alte nicht eigentlich gebildet war, verstand er sein Geschäft; er war der sprichwörtlich schlaue Gallicier[1]), und gab ihm zu verstehen, daß Stéfanis Bücher «laut dem Urteil der Fachwelt zwar mittelmäßig sind, aber dennoch ihren Wert haben müssen», wie er sagte, denn sonst kämen sie ja nicht in hohen Auflagen heraus, die dauernd wieder nachgedruckt werden mußten … Von den vier vorgelegten Büchern wählte Pepe jene beiden aus, die ich dann bei ihm zu Hause durchblättern konnte. Angesichts solcher Beweise von Publikumserfolg mußte Pepe seine tröstlichen Überlegungen den neuen Erkenntnissen anpassen und jetzt auch das ungebildete Fußvolk mitsamt seinem erbärmlichen Geschmack aburteilen, wie er vorher die Politiker und Beamten als verachtenswürdige Dummköpfe abgeurteilt hatte. Vom Schlage Stéfanis mußten demnach Heerscharen von schriftstellernden Publikumslieblingen sein – und waren es gewiß auch –, die es verstanden, ihr leeres Geschwätz, ihre abgedroschenen Scherze, ihre rührseligen Geschichten in klingende Münze zu verwandeln. Verdiente so etwas den Namen «Literatur»? Durfte man die Fortsetzungsschinken im Radio, das Konversationstheater der Vorstadtbühnen, die Tango-, Bolero-, Chansontexte als «Literatur» bezeichnen, die schauerlichen Tatsachenberichte, die …? Denn in diesem Fall …

Aber auch so, und obwohl seine Darlegungen niet- und nagelfest schienen, hatten die neuen Gegebenheiten Orozco den Boden unter den Füßen weggezogen. Wenn die öffentliche Anerkennung mit den durchgehend guten Begründungen wegfiel, wenn die Unterstützung und der Beifall der Menge mit ebenso guten Begründungen wegfielen (und war vielleicht nicht beides in einer Demokratie wie der unseren dasselbe?), welches war dann das eigentliche Gefilde der «schönen Künste», die Basis für ihr Handeln und Wirken? Beschränkte es sich dann alles in allem nicht auf ein harmloses kindliches Gesellschaftsspiel zum Zeitvertreib einer Gruppe müßiger einfältiger Träumer, die sich am Ende sogar noch ernst nahmen?

Die hohen Auflagen der «stefanischen» oder «stefanilen» Literatur verglichen mit den wenigen tausend Exemplaren, deren Verkauf er, José Orozco, ein Autor mit gefestigtem Ruf, als zufriedenstellenden Erfolg wertete, bekam in den Augen meines Freundes die Bedeutung eines Symbols – eines bitteren Symbols: Hier wurde die gesellschaftliche Macht der Sensationsschreiberlinge bezifferbar; hier wurde mit Film- und Radiodrehbüchern haufenweise Geld verdient, und was schwerer wiegt: Hier beeinflußten so und so viele liederliche Vielschreiber Bewußtsein und Gewissen der Menge, denn obwohl sie minderwertige Werke auf den Markt brachten (oder vielleicht gerade deswegen), fügten sie sich trefflich in die allgemeine Oberflächlichkeit ein. Pepe grübelte über die Frage nach und wunderte sich im besonderen, daß er dieser anderen literarischen Welt oder Unterwelt bisher nicht die geringste Beachtung geschenkt hatte, und doch war sie – das sah er jetzt genau – überall im Übermaß gegenwärtig; er verstand nicht, wie er sich bis jetzt hatte umtun können, ohne sie wahrzunehmen, und nun plötzlich auf Schritt und Tritt darüber stolperte ... Es steht außer Zweifel, daß wir selbst – ach! – die Schöpfer unserer eigenen Erfahrungen sind, die Erzähler und Dramaturgen unseres Lebens, und daß es unsere Schuld und unser Verdienst ist, was uns widerfährt. Pepe Orozco entfesselte ausgerechnet jetzt und in dem ganz besonderen Umfeld, da er selbstsicher und stolz seinen Ruhm genoß und sich den ruhigeren Gefilden der Reife näherte, wer weiß, warum, plötzlich, einen regelrechten Schub von Ungemach und Widerwärtigkeiten, die ihn tief bedrückten und sein Gleichgewicht ernsthaft störten; und das wegen einer lächerlichen Begebenheit. Früher hatte er das weite Reich der Dummheit, wo sich wuchernd ausbreitete und Lob erntete, was er als nichtig beurteilte, schlichtweg nicht zur Kenntnis genommen, aber während der düsteren Wochen, deren Verstrickungen er mir erst erzählte, nachdem sie überstanden waren und er sich wieder beruhigt und heiter fühlte, in dieser grausamen Zeitspanne hatte er sich die Mühe gemacht, die Ecken und Winkel des verstörenden Weltreiches mit sorgenvoller Neugier zu erforschen. Neugier ist zu wenig gesagt: Bangigkeit, Schrecken mitunter, Beklemmung immer, das waren die Gefühle, die ihn in Beschlag genommen hatten, um so heftiger, je platter die Torheit war, je himmelschreiender das Unvermögen, je unverzeihlicher die Gehaltlosigkeit, die Aufsehen erregte, Beifall erntete und den unglaublichen Schriftstellern der andern Literatursphäre Ansehen verschaffte ... er wagte sie schon nicht mehr als geheim und betrügerisch zu bezeichnen, er nannte sie einfach «die andere».

Die hohen Auflagen und die entsprechenden Einnahmen Alberto Stéfanis – des «Philosophen der Herzen», wie die Leute ihn nannten; Orozco hatte mit seinem geschickten Spiel von Andeutungen nicht lange gebraucht, um vom Buchhändler Santos herauszubekommen, daß Stéfani beileibe nicht der einzige seiner Art, ja nicht einmal der beliebteste beim Publikum war – kurz, der Erfolg dieser Sorte Schriftsteller war wohl erstaunlich und ärgerlich, aber letztlich leicht zu erklären (es genügte ja, einen Augenblick darüber nachzudenken), und doch stellte deren Verkaufserfolg nur einen Ausschnitt, und nicht einmal den hervorstechendsten, all der Machenschaften in dieser «andern» Literatursphäre dar. Da waren auch noch die Broschüren, die Pepe immer an den Kiosken sah (ohne sie zu sehen), wo auf Glanzpapierumschlägen farbige Porträts von geschniegelten geltungssüchtigen Personen prangten – dümmliche Gesichter von Leuten, die bestimmt Würdenträger in jenem Imperium waren und innerhalb dessen Grenzen berühmter nicht sein konnten, irgendwelche litauischen oder syrischen Autoren, von denen man noch nie etwas gehört hatte; da gab es auch die Illustrierten, die Comics, die Sportzeitschriften, ja sogar Tageszeitungen mit einem ständigen Mitarbeiterstab, welche die Massen erreichen und von diesen geschätzt werden; da gab es die Gelegenheitsdichter, die Radioreporter, die Unterhalter, die täglich über den Äther zahllose Hörer zum Lachen oder Weinen oder Seufzen bringen; da ziehen rasch hingesudelte Romane unabsehbare Menschenmengen in ihren Bann, wecken deren Leidenschaften und bilden die Hauptnahrung für ihre Phantasie – die Leser hangen und bangen mit den Figuren und identifizieren sich mit ihnen, so banal, belanglos oder sogar falsch diese auch sein mögen ... Es war fahrlässig, richtiggehend lächerlich, angesichts der Übermacht dieser Wirklichkeit den Kopf in den Sand zu stecken; um so schonungsloser stürzte sie nun unversehens auf ihn ein.

Tatsache ist, daß alle diese klaren, einfachen und schlüssigen Tatsachen Orozco ins Stolpern brachten, ihn, der bis dahin mit sicherem Schritt die Stufen seiner Laufbahn als «Homme de lettres» erklommen hatte. Ausgerechnet in die Tage seiner schweren Erschütterung fiel auch noch eines der ärgerlichen Familienfeste, denen sich Pepe nicht auf Dauer entziehen konnte, hin und wieder mußte er aus Rücksicht auf seine Gattin an einem bestimmten Tag mit seiner Anwesenheit einen Beitrag zum Treffen mit lieben Angehörigen und

Freunden leisten: Es waren stets hausbackene brave Sandwich- und Coca-Cola-Orgien, ausnahmsweise gab es für Onkel Rodrigo, den Filialleiter der Immobilienbank, für die Witwe des Ingenieurs Orduña, für Orozco selbst und höchstens noch für zwei oder drei andere hochgestellte Verwandte ein Gläschen Jérez, doch diese Gäste zogen sich dann (nicht ohne allgemeinen Protest) samt und sonders zurück, sobald die Jungen das Radio oder das Grammophon aufstellten, um im Patio zu tanzen. Als diesmal nun Señora de Alvarez Soto sich mit der Frage an Orozco wandte, ob er immer noch beim Post- und Telegraphenamt arbeite, und ihr Gatte sie eiligst aufklärte, bevor er selbst es tun konnte, daß Pepe nicht auf der Post arbeite, sondern auf der Redaktion der «Abendpost», einem so bedeutenden Unternehmen wie ein Ministerium, da erinnerte sich mein Freund, daß ein Jahr zuvor dieselbe Verwechslung zu einem Gespräch mit fast gleichem Wortlaut zwischen dem Ehepaar Alvarez Soto und ihm Anlaß gegeben hatte; aber anstatt sich über die lächerliche Begebenheit aufzuregen, anstatt die beiden innerlich als Dummköpfe zu betiteln und diesen Titel auf die ganze ehrenwerte Runde auszuweiten, ihn eingeschlossen, weil er zugestimmt hatte, daran teilzunehmen, verspürte er nun einen jähen Schreck und sah Señora de Alvarez Soto an, die ihn hinter ihren dicken Brillengläsern mit Wohlwollen betrachtete, und es wäre nicht schwierig gewesen, aus seinen Augen eine Spur Einschüchterung herauszulesen. So jedenfalls gestand er es mir, als er von sich selbst wie von einer andern Person redete. An diesem Abend nutzte er auch die Gelegenheit nicht, sich davonzuschleichen wie die andern «feinen» Familienmitglieder, als im Patio zum Tanz gerüstet wurde, sondern er machte es sich ganz im Gegenteil in einem Winkel neben einer Zimmerpalme bequem – zum großen Erstaunen seiner Gattin, die ihn nicht aus den Augen ließ. Dort sann er halb im verborgenen über den Wert der Anstrengung nach, die in seinem künstlerischen Werk steckte – sofern es denn einen solchen überhaupt enthielt –, und er kam nach eingehender Zwiesprache mit sich selbst zum Schluß, daß er vermutlich in einem riesengroßen Irrtum gelebt hatte, einem kollektiven Irrtum, ohne Zweifel, den er mit andern seines Zuschnitts teilte, aber es war und blieb ein Irrtum schlechthin: All die vorgeblich angestrebten Werte entpuppten sich als Fallen und Vorwände im Ringen um Ansehen auf dem erbärmlichen Fundament von Einkünften, und diese erzielte jeder beliebige Büroangestellte in einer Verwaltung oder einem privaten Geschäftsbetrieb mit viel weniger Mühe und Aufwand an Federkielen und Federbüschen. War denn nicht auch die Zeitung, für die er arbeitete, ein Geschäftsbetrieb? Wieviel hatte sein literarisches Werk zu tun mit dem, was das Unternehmen von ihm verlangte und im Tausch gegen seine Entlohnung von ihm forderte? War er denn in den – auch kurzsichtigen – Augen des Geschäftsführers etwas Besseres als ein Angestellter, wie er es auch beim Post- und Telegraphenamt hätte sein können? Nein; bloß das war er, sonst nichts. Und für das nahmen fast alle seine Kollegen in der Redaktion die Zeitungsarbeit: als Anstellung mit der Möglichkeit, sie als Sprungbrett für eine Laufbahn im Staatsdienst oder der Politik zu nutzen. So galt er mit seinen Büchern und allem drumherum (darüber hatte er sich nie die geringsten Illusionen gemacht, obwohl er natürlich die andern stets verachtet hatte) bei ihnen als überheblich, anmaßend und dumm, als unbedeutende Figur, die man zu respektieren vorgab, mehr nicht. «In jenen Minuten», erklärte mir Pepe auf einmal ganz im Ernst, «begriff ich, daß ich wieder Boden unter den Füßen finden würde; und es war sogar eine Art grimmiger Genugtuung dabei, sich so rettungslos verloren zu fühlen.» Er zweifelte, ob dieses Bild des berühmten Schriftstellers José Orozco letzten Endes nicht doch zutreffend war und er im Grunde ein armer Teufel und sein ganzes Leben nur ein Betrug.

In seine Gedanken versunken und von der Zimmerpalme verdeckt, richtete er solch bittere Fragen an sich selbst – und siehe da! –, als hätte das noch gefehlt, platzte zur allgemeinen Überraschung neuerlich eine Erscheinung aus der andern literarischen Welt triumphal und glorreich in den Patio herein, verdunkelte den armen Orozco, löschte ihn aus, walzte ihn platt, bis er als bloßer Schatten an der Wand klebte, immer kleiner wurde und im Glanz der neuen Leuchte schließlich zusammengeschrumpft in seinem Winkel in Vergessenheit geriet. Nadelstreifenanzug, sorgfältig gekämmtes Haupt, überschwengliche Liebenswürdigkeit, wie um Lob von den Leuten zu fordern, bot der Neuankömmling – mit Verlaub – das Musterbeispiel eines Feiglings. Ging es aber darum, Äußerlichkeiten miteinander zu vergleichen, um Aufschluß über Pose und Wirklichkeit zu erlangen, wer hätte dem Wesen, das sich auf diese Weise bewegte, mit den Armen fuchtelte, hüpfte, schrie, lachte, Außenwirkung absprechen können! Niemand war so draufgängerisch wie er, niemand sonst brachte die entzückenden Frauen, welche in der Sprache der Gefühle zu Hause waren, so sehr zum Staunen, daß sie mit offenem Mund stumm dastanden; mit unterschiedlichem Glück hatten sie im Überbietungseifer versucht, mit ihren zarten Stimmen die Nuancen der seinen wiederzugeben, und jetzt trauten sie ihren Augen nicht, als sie dem erstaunlichen Auftritt ihres Idols beiwohnten, dem unerreichbaren, fabelhaften, unendlich fernen Stern hier vor sich im Patio zusahen, wie er in einer angenehmen Parfümwolke so ganz umgänglich mit aller Welt verkehrte, so daß die eher magere, freundliche Gestalt mit diesem Zug unendlicher Güte sie zu Tränen rührte … Nein, es kam José Orozco nicht einmal in den Sinn, seine allzu fragwürdige Schriftstellerpersönlichkeit – sie hatte ihren Grund in seinem heiklen, wählerischen Wesen – mit der lärmigen Effekthascherei des andern zu messen, den er bei sich aber trotzdem nach wie vor als «Hasenfuß» bezeichnete, ohne dem Wort im übrigen irgendeinen abschätzigen Unterton zu geben.

Zum Glück dachte im allgemeinen Trubel niemand daran, den Neuankömmling Onkel Pepe Orozco vorzustellen, und als denn eine Dame, die nicht einmal zum Haus gehörte, den Fehler schleunigst wiedergutzumachen versuchte, hielt sie mein Freund entschlossen am Handgelenk zurück und bat sie, davon abzusehen: In der angeregten Gesellschaft sei es nun doch schon sehr spät geworden und er wolle sich möglichst unauffällig mit seiner Frau davonstehlen, um die allgemeine Ausgelassenheit nicht zu stören …

Sonst erzählte mir Pepe kaum noch etwas an Vorkommnissen und Einzelheiten auf seinen Erkundungen in den Tiefen der literarischen Unterwelt, wohin er sich ohne Führer gewagt hatte und deshalb beinahe umgekommen wäre. Wenigstens hatte er sich auf seinen Erkundungen der literarischen Außenquartiere zeitweise verirrt, doch jetzt sprach er in aufgeräumtem Ton darüber, so wie man die amüsanten Seiten einer überstandenen Krankheit erzählt, wenn im nachhinein feststeht, daß alle Befürchtungen eines möglichen schlimmen Ausgangs unbegründet gewesen waren. Die kritische Phase der Krankheit war der Auftritt des «Feiglings» gewesen, der vom lärmenden Haufen aufgenommen und herumgezerrt wurde. Dort war es zum gefährlichen Tiefpunkt, beinahe zum Zusammenbruch gekommen; aber daraus ging die Wende zur Genesung hervor. Niemand kann wissen, was für ungeahnte verborgene Seelenkräfte, was für eine Lebenswende da mitgewirkt hatte. Tatsache ist, daß der arme Pepe in dieser Nacht kein Auge zumachen konnte, und während er wach lag, mußte er wieder und wieder schutzlos und mit wachsender Angst in den Abgrund seines mißratenen, verfehlten Lebens blicken, mußte wütend in seiner quälenden Verzweiflung entdekken, daß er Opfer seiner trügerischen Hoffnung geworden war – der Zustand, der umschrieben werden soll, ist mit diesen Worten allerdings schlecht umschrieben: Das Wort «Opfer» trifft es nicht, auch die passive Form «er war geworden» nicht; der um seine Hoffnung Betrogene ist seiner eigenen falschen Hoffnung aufgesessen; das ist das eigentlich Quälende, das zur Verzweiflung führt, darin besteht die Wut, die vor allem Wut auf sich selbst ist. Ehrgeizig hatte er seine strahlende Jugend eingesetzt, Eifer, Begabung, Tatkraft, kurz, er hatte hochkarätiges Gold in die Waagschale geworfen und im Tausch dafür einen Packen vergilbter Zeitungsausschnitte gewonnen, denn nichts anderes war sein Ruhm; er hatte keinerlei Kurswert in der weiten Welt ...

Aber wie ich vorhin sagte, setzte am darauffolgenden Morgen die Genesung ein, und wie es sich mit heftigen Entzündungen verhält, so war auch die Gegenreaktion heftig. Während des Frühstücks merkte er, daß seine schlechte Laune mit den ersten Strahlen der Morgensonne verflog, die zum Eßzimmerfenster hereinschien; und was auf seine Seele wie heilende Sonnenstrahlen wirkte, war der Gedanke (keineswegs neu, gewiß nicht, keineswegs einzigartig, aber er hatte ihm in den vergangenen Tagen die Fensterläden seines Geistes nicht mehr geöffnet), daß in der Kunst der Wert nicht an der Popularität gemessen wird, daß die Karate nicht in Volksabstimmungen ermittelt werden können, sondern vielmehr im Urteil der Besten über die Zeiten hinweg; daraus ergibt sich, daß die Einspruchsinstanz gegen die Zeitgenossen das Urteil der Nachwelt ist, die – wirkungsvoller als ein Revisionsverfahren in zweiter Instanz – die Evidenz des Überdauerns miteinschließt und damit den Atem der Ewigkeit beglaubigt ...

Pepe Orozco erklärte es mir, und ich stimmte

zu; ich stimmte mit nachdrücklicher Über-Überzeugung zu. Ich freute mich so sehr, ihn wieder heiter, erstarkt, mit wiedererstandenem Humor und bewundernswerter Selbstsicherheit anzutreffen, was zusammen ihm gestattet hatte, ein unverrückbar schönes Werk zu schaffen ... Jetzt, da wir allmählich auf die Ebene der Erläuterungen und Verallgemeinerungen gerutscht waren, entwickelte Pepe eine Reihe von mehr oder weniger überzeugenden Theorien über die eingeschränkte oder gänzlich fehlende Aussagekraft literarischer Auszeichnungen – er, der sich schließlich einige der besten abgeholt hatte. Und ich wollte ihm mein Zutrauen in die Stabilität seines Gleichgewichts beweisen, ihm zeigen, daß seine Sorgen endgültig der Vergangenheit angehörten, und legte ihm nun meine Einwände dar; ich bemerkte: «So mag es sein, ich zweifle nicht daran; aber sag mir doch: Warum bist du – genau wie ich und alle andern – so erpicht darauf zu publizieren, warum freust du dich, gelesen zu werden, warum ärgerst du dich, wenn du nicht verstanden wirst, warum labst du dich am Beifall?»

Ich wollte ihm damit zeigen, daß ich von seiner Wiederherstellung überzeugt war und somit ohne Schonung und Rücksichtnahme mit ihm umgehen könne, so wie man mit einem Genesenen ganz offen und vorsätzlich schroff redet, um ihm das Vertrauen einzuflößen, daß seine Genesung

Wirklichkeit ist. Abgesehen davon bin ich einer von denen, die fürs Leben gern den Dingen auf den Grund gehen und sie mit andern erörtern oder – wie ebenfalls schon behauptet worden ist – sogar den Sternen widersprechen.

In dieser Angelegenheit antwortete mir der Morgenstern folgendes: «Das alles gehört zu den Begleiterscheinungen des Literaturbetriebs; oder wenn du so willst, gestehe ich gerne zu, daß es menschliche Schwächen sind. Aber das berührt die schöpferische Arbeit an sich überhaupt nicht.»

«Nun, du wirst es mir nachsehen», führte ich doch noch an, «aber du kannst mich niemals davon überzeugen, und auch Barfüßermönchen wird es nicht gelingen, daß es bloß eine belanglose Zutat der literarischen Tätigkeit sei, zu veröffentlichen, was man schreibt; vielmehr meine ich, daß sich gerade hierin der Sinn dieser Tätigkeit verbirgt. Es wäre doch unsinnig, gib es zu, etwas zu schreiben, was nachher niemand zu lesen bekommt. Sogar der Schiffbrüchige, der seine Flaschenpost ins Meer wirft, richtet die Botschaft an jemanden, und um so dringlicher, wenn er sich sagen muß, daß es diesen Jemand, den ersehnten Empfänger, vermutlich gar nicht gibt. Kannst du dir vielleicht einen letzten Überlebenden auf der Erde vorstellen, der ein Buch schreibt?»

«Er würde es für Gott schreiben», lächelte Pepe Orozco.

«Du schreibst also, damit sich Gott in seiner Muße nicht langweilt, Pepe? Ich nicht; ich schreibe, damit mich Menschen aus Fleisch und Blut, fehlbare sterbliche Menschen lesen. Überdies», fügte ich hinzu und wechselte vom pathetischen in den spöttischen Ton, «überdies, schau, glaube ich nicht wie einst Kaiser Karl V. in seinem Jammer, daß Spanisch die Sprache ist, um mit Gott zu reden.»

«Gut, diese Aussage ist aber doch nach wie vor recht gewagt: Niemand wird sagen können, daß unser Stéfani, ‹der unbekannte Kollege›, nicht ein edleres Herz hat als du und ich ... Was dich betrifft», scherzte Pepe, «so wirst du ja wohl aus Liebe zu Gott schreiben, damit dich seine Geschöpfe lesen. Für die Menschen, ja; aber aus Liebe zu Gott: ein Akt der Nächstenliebe, den du pausenlos und unermüdlich erbringst.»

Ein Weihnachtsfest im Land der Ungläubigen oder Sie sind wie die Kinder

Schon ging es auf Weihnachten zu. Unsere Stadtväter trafen Vorbereitungen für das jährlich wiederkehrende Wunder: Glühlämpchen sollten die winterlich kahlen Bäume entlang den Straßen zum Blühen bringen. Aus Radio- und Fernsehapparaten erreichten uns die üblichen Schreckensmeldungen – Terroranschläge, Überschwemmungen und Feuersbrünste, Entführungen, Geiselmorde und Unglücksfälle aller Art – im Wechsel mit frommen Aufforderungen, das bevorstehende Fest der Liebe, des guten Willens und der weltweiten Versöhnung mit dem umgehenden Kauf verlockender Waren zu feiern. Es waren wohlbekannte, überzeugende, gebieterische Stimmen. Meister des Belcanto riefen uns freundlich und inbrünstig verschiedene Schaumweinmarken in Erinnerung; berühmte Schriftsteller legten mit großem Geschick das Gewicht ihres Namens in die Waagschale und rieten uns, die Muße der Festtage der edlen Beschäftigung zu widmen, in kostbar gebundenen Büchern zu lesen; verführerische Filmschauspielerinnen und geschniegelte Galane lobten überschwenglich die Zauberwirkung dieses oder jenes Schönheitsmittels; falls die Tragödie hungernder oder verstümmelter Kinder in andern Erdteilen uns für Augenblicke zu erschüttern vermochte, so war es wohltuend, gleich darauf das Glück unserer pausbäckigen Blondschöpfe mitzuerleben, die von den Herstellern ein farbenfrohes Spielzeug in die Hände gedrückt bekamen.

Das alles wirkte irgendwie gespenstisch und mutete ziemlich unwirklich an. Ebenso wie von den angepriesenen Parfüms nur die Form des Fläschchens und der Markenname unsere Augen und Ohren erreichten, der Geruch aber nicht unsere Nase, berührten auch die verschiedenen Schreckensmeldungen, das allgegenwärtige tausendfache Sterben kaum unsere durch die Gewöhnung abgestumpften Sinne, und alles schien uns fremd und entrückt.

Ein Vorfall auf der Straße holte uns aber bald aus der trügerischen Scheinwelt heraus. Wir wurden um diese Zeit Opfer eines Diebstahls, wie sie mittlerweile so häufig sind, daß die Zeitungen nicht einmal mehr darüber berichten. Ein geschickter Schnitt mit dem Messer genügte den dreisten Kerlen im Gedränge, uns im Nu alles zu rauben, was wir bei uns hatten, und wir standen verdutzt da, wütend und machtlos. Somit gab es das alles tatsächlich. Somit waren auch wir keineswegs sicher vor Ungemach; was andern zustieß, konnte auch uns treffen. Jetzt, da wir zu Hauptbeteiligten – vielmehr zu Opfern – eines, wie wir wohl wußten, täglich sich mehrfach wiederholenden unbedeutenden Delikts geworden waren, ohne bis dahin selbst behelligt worden zu sein, erschreckte und verwirrte uns der Zwischenfall weit mehr, als es die Ursache vermutlich rechtfertigte. Obwohl an sich eine belanglose Erfahrung, war sie uns in die Knochen gefahren. Noch zwei oder drei Tage später hatten wir das Unbehagen nicht überwunden, das sie ausgelöst hatte; vielmehr schien sich das ungute Gefühl zeitweise sogar noch zu verstärken. Wir verspürten nicht eigentliche Angst, eher waren wir uns unserer Ohnmacht bewußt.

In diesem Zustand der Niedergeschlagenheit entschieden wir uns schließlich, die Stadt zu verlassen, uns für einige Tage ihren unbestimmten, aber ach nur zu offenkundigen Gefahren zu entziehen und damit dem ehrwürdigen Beispiel der Heiligen Familie zu folgen, die mit ihrer Flucht nach Ägypten der Blutgier des Königs Herodes entronnen war. Unsere Flucht kam allerdings nicht wie die ihre der Erlösung der Menschheit durch den Sohn Gottes zugute, sondern nur gerade uns selbst, der Erholung unseres verwirrten Gemüts: Wir mußten Abstand gewinnen und uns mit ein paar Urlaubstagen eine Verschnaufpause verschaffen.

Und warum denn eigentlich nicht in Ägypten? Ja, genau, Ägypten, dessen einmalige Sehenswürdigkeiten die Reiseunternehmen in ihren Werbeprospekten begeistert anpriesen: unvergleichliche Baudenkmäler, die berühmten Pyramiden, Palmenhaine und Kamele am Nilufer und obendrein das zu dieser Jahreszeit angenehme Klima. Die Heilige Familie war überstürzt vor der Schlächterei geflohen, Mutter und Kind auf dem Rücken des Eseleins, das der Vater geduldig und selbstlos hinter sich herzog; sie wohnten wenigstens nicht weit weg von dem Land, in dem sie Zuflucht suchten, und außerdem war die damalige Zeit eine ganz andere. Dafür waren wir nicht so arm wie unsere heiligen Vorbilder. Wir hatten schließlich noch etwas Geld auf der Bank und durften es verwenden, um uns in einer exotischen Umgebung abzulenken und unser inneres Gleichgewicht wiederzufinden.

Wie wir es uns ausgedacht hatten, so machten wir es auch. Da es für uns nicht in Frage kam, uns Unsicherheiten und Beschwernissen auszusetzen, wie sie Reisen mit sich bringen, wenn man auf gut Glück losfährt und auf sich selbst angewiesen ist, wandten wir uns an eines der Unternehmen, die unerfahrenen Touristen alles bequem bereitstellen. Wenn wir es ratsam fanden, uns während der kommenden Festtage den Gefahren der modernen Zivilisation zu entziehen, so war es auch ratsam, uns der Fürsorge kluger und gewitzter Fachleute anzuvertrauen, um uns auf sicheren Pfaden in das Wesen der ältesten Zivilisation der Welt einführen zu lassen.

Das Reisebüro, dem wir uns anvertrauten, hatte mehrere Programme im Angebot, eines verlokkender als das andere. Es waren Gruppenreisen, für die an jedem Ort eigene Vertreter und kundige Führer zur Verfügung standen, die uns alle nötigen und sonstwie aus Neugier oder Interesse gewünschten Auskünfte erteilen konnten. Wir verglichen die verschiedenen Möglichkeiten und wählten schließlich ein Arrangement, das laut Prospekt unsern Wünschen und finanziellen Mitteln entsprach. Es umfaßte nicht nur den unumgänglichen Besuch des Ägyptischen Museums, der Mohammed-Ali-Moschee, der Bazare Khan el Khalili in Kairo, den ebenso unumgänglichen Kamelritt und die anschließenden Fotos am Fuß der Pyramiden, sondern außerdem noch eine Fahrt auf einem Luxusschiff den Nil hinauf zu den Tempelwundern von Karnak und Luxor – dem ägyptischen Theben –, nach Memphis und Sakkara und dem Staudamm von Assuan; unter vielem andern bot sich uns sogar die herzbewegende Gelegenheit zu einem Gebet in der Kirche über der Gruft, wo die Heilige Familie auf ihrer überstürzten Flucht vor zweitausend Jahren Unterschlupf gefunden hatte. Freundlich und mit bewundernswerter Geduld gaben uns die Angestellten im Reisebüro über alle gewünschten Einzelheiten Auskunft. Als sämtliche Fragen endlich beantwortet waren, bezahlten wir, und nach der Zusicherung, daß alles pünktlich wie vereinbart für uns vorbereitet sein würde, brauchten wir uns nur noch zur angegebenen Zeit auf dem Flughafen einzufinden, um zusammen mit der Gruppe die Reise anzutreten.

Bis dahin hatten wir es ausschließlich mit sachlich-höflichen, vielbeschäftigten und tüchtigen Büroangestellten zu tun gehabt. Am Flughafen sollten wir nun die anderen Reiseteilnehmer und vor allem den Vertreter oder die Vertreterin – ob Mann oder Frau wußten wir nämlich noch nicht – des Reisebüros kennenlernen, der oder die uns auf der ganzen Fahrt betreuen würde.

Wie sich dann zeigte, war es ein Mann in den Vierzigern, der sich uns ganz formlos vorstellte: «Ich heiße Victor», sagte er, «Victor Cachafaz, und stehe Ihnen zu Diensten.» Dabei hob er den Kopf und schien uns über die Schultern hinweg anzuschauen. In Wahrheit zählte er unauffällig die Leute, die sich um ihn geschart hatten: Wir mochten etwa unser dreißig sein. Er hielt ein Blatt Papier in der einen Hand, vermutlich die Teilnehmerliste, in der andern ein Bündel Flugscheine, die unseren. Von jedem verlangte er den Reisepaß und entfernte sich dann, um die nötigen Formalitäten zu erledigen.

Wir Reiseteilnehmer musterten uns gerade verstohlen – es waren Leute aller Altersstufen in der Gruppe, frisch vermählte Pärchen, einige reifere Ehepaare, junge Mädchen, ein älterer Herr von gebieterischem Aussehen –, als uns im Auftrag des Reisebüros Tragtaschen mit auffälligem Firmenaufdruck überreicht wurden sowie jedem von uns eine hübsch verpackte Flasche Schaumwein, und am Schleifchen hing ein Kärtchen mit Wünschen zu einem fröhlichen Weihnachtsfest. Wie uns Señor Cachafaz aufklärte, war dies eine besondere Aufmerksamkeit des Reisebüros, damit wir den Heiligen Abend, der in die Zeit unserer Nilfahrt fiel, bei heimatlichem Schaumwein feiern könnten. Das war ein guter Anfang, kein Zweifel. Wir Reiseteilnehmer – Männer, Frauen, junge und nicht mehr ganz so junge, sogar auch alte – verstauten die Flasche geschmeichelt in die Tragtasche, und nachdem wir uns unseres Gepäcks entledigt hatten – das hatte unser Betreuer veranlaßt – und anhand der Liste festgestellt war, daß niemand fehlte, gingen wir unbelastet in den Warteraum, um in Bälde das Flugzeug zu besteigen.

Im Warteraum löste sich die Gruppe wieder auf, die sich Augenblicke zuvor um unsern Betreuer gedrängt hatte, und vermischte sich mit Flugpassagieren nach Kairo und Jiddah in Saudi-Arabien, die vielleicht zu einer Reisegruppe eines anderen Veranstalters gehörten, unter ihnen wohl der eine oder andere Diplomat oder Ingenieur, sehr wahrscheinlich auch gläubige Muslime auf der Pilgerfahrt nach Mekka, denn für sie wird das religiöse Gebot mit den entsprechenden Geldmitteln ebenfalls leichter und bequemer erfüllbar.

Im Flugzeug waren uns nebeneinanderliegende Plätze zugeteilt, und so kamen wir in die Reihe vor dem alten Herrn mit dem gebieterischen Schnurrbart zu sitzen, der sich tatsächlich als Oberst im Ruhestand entpuppte, und einem weiteren Herrn unbestimmten Alters und von klerikalem Benehmen, von dem später, obwohl auch er keine Berufskleidung trug, bekannt wurde, daß er Priester war; zwischen diesen beiden saß Victor Cachafaz, der Hirt der Touristenherde, zu der wir gehörten. Kaum hatte das Flugzeug abgehoben und eine gewisse Höhe erreicht, begannen die drei ein Gespräch, das während des ganzen Fluges nicht mehr abbrach und das wir in der vorderen Reihe mitbekamen, ohne die Ohren spitzen zu müssen. Angefangen hatte es mit den üblichen Belanglosigkeiten über Flugreisen – wieviel bequemer und sicherer sie seien, als stürmische Ozeane zu durchfurchen oder sich am Boden fortzubewegen – und ging dann zu philosophischen, mit allerlei Anekdoten für jeden Geschmack gewürzten Erwägungen über, was für Bildungswerte, Vorteile, Unannehmlichkeiten und Freuden Reisen in exotische Länder mit sich bringen. Der Oberst, ein gesprächiger, begeisterungsfähiger Mann, kannte bereits viele, war er doch schon in Japan, Burma und am Amazonas gewesen; jetzt wollte er Ägypten und afrikanische Länder kennenlernen. Für den Geistlichen hingegen war dies bereits die dritte Ägyptenreise. Er war, wie er zu verstehen gab, in den Geheimnissen des Isis- und Osiris-Kultes sehr bewandert. Die Vertrautheit der beiden mit der weiten Welt ermöglichte sogleich eine muntere Unterhaltung mit unserem Cachafaz, der seinerseits – wie es sich in den folgenden Tagen bestätigte – ein überschwenglicher, gewinnender Mensch war, redselig, lebhaft, witzig, eine Spur unziemlich auch, ausweichend, zögerlich und schwankend nur, wenn es Einzelheiten im Fortgang der Reise betraf, da er in einem Land wie Ägypten seine Bedenken hatte, ob die Dinge wirklich klappten. Abgesehen von solchen Augenblicken etwas verdächtiger Zurückhaltung verströmte der gute Mann eine berükkende Herzlichkeit. Seinen Sitznachbarn erzählte er fröhlich und recht schalkhaft aus seinem Leben und von den wunderbaren Fügungen darin, genau wie er später dasselbe oder Ähnliches allen erzählte, die Lust hatten zuzuhören. Er bekannte, daß er schon von klein auf mit Gelegenheitsarbeiten Geld verdienen mußte: Er sei Laufbursche in einem Bürobetrieb gewesen, dann Schlosserlehrling, einige Zeit habe er als Kellner in einem Hotel an der Côte d'Azur gearbeitet, dann sei er Gehilfe des Sekretärs (so sagte er) eines bedeutenden Sportvereins in Barcelona gewesen, danach Angestellter bei den «Aerolíneas Argentinas», aber vor allem – und diese Tätigkeit entspreche seinen Neigungen am besten – habe er für verschiedene Reisebüros gearbeitet. Es seien dies, wie er betonte, sehr verantwortungsvolle Positionen, die einige Opfer abforderten, wofür man immerhin auch wieder reichlich entschädigt werde; nicht geringzuschätzen sei es zum Beispiel, zu wissen, daß man im Dienst von Leuten stehe, die möglicherweise nach Jahren des Sparens sich mit der Pensionierung den langgehegten Traum erfüllen können, Ferien in Saus und Braus an einem märchenhaft schönen Ort zu verbringen. «Sie beide», sagte er zu seinen Sitznachbarn, «sind gebildete und weitgereiste Herren, für Sie ist das alles nicht neu; aber glauben Sie mir, der größte Teil unserer Kundschaft sind einfache Leute, die sich gutgläubig und in kindlichem Vertrauen in unsere Obhut begeben. Alles erstaunt sie, alles entzückt sie; wenn ihre Hoffnungen enttäuscht werden, denn es ist unvermeidlich, daß dies gelegentlich vorkommt, so geben sie es vor sich selbst nicht zu, denn sie haben schließlich ihre Ersparnisse darauf verwendet, und es wäre für sie traurig, einzugestehen, daß sie nur Ärger und Verdruß geerntet haben. Glauben Sie mir, sie sind wie die Kinder. Sie sind wie die Kinder! Glauben Sie mir!»

Solcherlei Geplauder in der hinteren Reihe, das wir streckenweise mithörten, verkürzte uns die Zeit, bis wir am frühen Nachmittag in Kairo landeten. Unser Reiseleiter trat nun in Aktion: Er rief uns alle zusammen und befahl uns zu überprüfen, ob alle ihr vollständiges Reisegepäck hätten; dann ging er weg und kam wieder, redete aufgeregt mit verschiedenen Leuten, und nach weiterem rätselhaft geschäftigem Hin und Her hieß er uns ohne Umschweife am Zollschalter vorbeigehen und händigte uns unsere Pässe aus, die bereits mit schönen Stempeln und Unterschriften in arabischen Zeichen versehen waren. Darauf bat er um Ruhe und Aufmerksamkeit. Er hatte uns mitzuteilen, daß sich unser Schiff für die Nilfahrt in Luxor befinde. Das Reiseprogramm mußte also geringfügig umgestellt werden. Anstatt wie vorgesehen mit der Besichtigung von Kairo zu beginnen, würden wir gleich nach Luxor weiterfliegen, wo wir uns von den Wundern Oberägyptens begeistern lassen könnten. Wir müßten nun auf den Flug der ägyptischen Luftfahrtgesellschaft warten, der – zu seinem Leidwesen – nicht vorhersagbar sei. Ein bißchen Geduld sei nötig.

Wir hatten sie, was blieb uns anderes übrig. In den schmuddeligen Räumen des Flughafens mußten wir den ganzen Nachmittag und einen Gutteil der Nacht verbringen und dazu noch unsere Tragtaschen mit den Schaumweinflaschen hüten, bis wir gegen Morgen endlich nach Luxor geflogen wurden – «das antike Theben», wie unser Führer uns belehrte –, dann ging es im Autobus zum Flußufer, wo unser Schiff vertäut war.

Unser Schiff? Das sollte unser Schiff sein? Was unsere übernächtigten müden Augen sahen, glich in keiner Weise der verlockenden Farbaufnahme und den vielversprechenden Beschreibungen, womit uns der Faltprospekt des Reiseveranstalters verführt hatte. Proteste wurden laut. Die Leute weigerten sich, den Betrug hinzunehmen. «Es ist unannehmbar!» schrien einige. «Ein Skandal, wir fordern unser Geld zurück!» meldeten sich andere. «Hören Sie, Victor, was sagen denn *Sie* dazu? Das ist doch unerhört, Señor Cachafaz!» Der arme Señor Cachafaz gab sich alle Mühe, die Gemüter zu besänftigen und die Leute zur Vernunft zu bringen: Ja, ja, er verstand sehr wohl … Natürlich … Er werde sich der Sache annehmen … Man wisse ja, daß die Werbung immer ein bißchen übertreibe … Das sei nun einmal so … Wer kennte das nicht! «Aber, meine Herrschaften …» Unterdessen hatten einige zerlumpte Araber unser Gepäck aus dem Autobus geholt und auf der Hafenmole vor dem häßlichen Schiff aufgereiht.

Da standen wir nun zwischen der Kofferreihe und dem Schiff (der Autobus war weggefahren, kaum daß er ausgeladen worden war) und wußten nicht, was tun, und unser Betreuer rührte keinen

Finger. Er schaute auf den Boden, zum Schiff hinüber, zu den Koffern, schaute zu uns hin und ließ die Zeit vergehen. Offenbar war es seine Taktik, zu warten, bis sich die Leute mit ihren Klagen und Beschwerden Luft gemacht hatten und der allgemeine Unwille sich legte. Eine gute Taktik, in der Tat. Einige hoben schon wie schutzlose Kinder die Augen zu ihm empor, in Erwartung einer Lösung, und jemand äußerte sogar mit leiser Stimme seine Gedanken: «Er ist ja nicht schuld, sondern das Reiseunternehmen; was kann der Arme denn dafür?»

Tatsache war – ich habe es schon gesagt –, daß Cachafaz ein netter, gesprächiger Kerl war, und in den endlosen Wartestunden im Flughafen von Kairo hatte er sich bemüht, mit uns ins Gespräch zu kommen, um uns mit seinem Geplauder die Langeweile erträglicher zu machen, und mit seinem Redeschwall verstand er es, die Sympathien der Reiseteilnehmer zu gewinnen.

«Señor Cachafaz, was stehen wir eigentlich herum?» drohte eine der Damen, deren Tochter, ein hübsches, schlankes Mädchen, ihr dauernd ins Ohr flüsterte, vielleicht weil sich bei ihr ein dringendes Bedürfnis meldete. «Wir werden hier doch nicht den ganzen Vormittag zubringen!» Der Oberst trat näher und unterstützte sie in ihrer Forderung: «Ja, lieber Freund Victor, Sie sind Leiter dieser Wüstenexpedition, es liegt an Ihnen, die nötigen Vorkehrungen zu treffen.»

«Meine Herrschaften», sagte der Angesprochene, «in wenigen Minuten wird der Autobus eintreffen und uns zu den Tempeln bringen, Sie wissen, zu diesen herrlichen Tempeln ...»

«Wie bitte? Was sagen Sie da?» Unser Reiseleiter hatte sanft und wie beiläufig gesprochen, aber seine Worte lösten einen Sturm der Entrüstung aus: «Das geht nicht; das kommt überhaupt nicht in Frage! Nach der schlaflosen Nacht, die wir hinter uns haben, wollen wir uns zuerst einmal ausruhen. Wir steigen jetzt in diesen Schrotthaufen von Schiff ein, machen es uns in den Kabinen einigermaßen bequem, und dann, vielleicht am Nachmittag ...»

«Leider ...», erklärte Victor Cachafaz mit kummervoller Stimme, «leider sind die Kabinen noch nicht frei. Die andere Reisegruppe räumt sie nicht vor dem Mittagessen.»

Wozu mehr sagen. Es gab einen mittleren Tumult. Cachafaz ließ das Gewitter über sich ergehen, ohne sich vom Fleck zu rühren, und breitete zum Zeichen seiner Machtlosigkeit und Zerknirschung die Arme aus; es tat ihm aufrichtig leid, und er gab zu, daß wir vollumfänglich im Recht waren, aber er hatte keine Möglichkeit, die mißliche Lage zu ändern. «Bitte, meine Herrschaften, beruhigen Sie sich doch, und versuchen wir, die Sache nicht noch schlimmer zu machen ...»

«Erwarten Sie denn tatsächlich von uns, daß wir

jetzt auf eine Exkursion gehen, ohne uns vorher die Hände zu waschen? Und unsere Koffer? Sollen die einfach so mitten auf der Straße herumstehen? Und sollen wir den ganzen langen Vormittag unsere Tragtaschen mit den lästigen Schaumweinflaschen herumschleppen? Muß man sich das denn gefallen lassen?»

Als größtmögliches Entgegenkommen erreichte unser Betreuer, daß wir, einer nach dem andern, in einer Mannschaftskajüte unsere Notdurft verrichten und unsere Tragtaschen stehen lassen konnten. Nach dem Mittagessen – so versicherte er uns – fänden wir unser Gepäck wieder vor, es bestehe keine Diebstahlgefahr, denn es werde in der Zwischenzeit bewacht. So machten wir uns mehr schlafend als wach auf die Fahrt, um die eindrucksvollen Überreste der Pharaonentempel zu besichtigen.

Erschöpft kamen wir zum Mittagessen zurück und legten uns schlafen; von diesem Nachmittag an verbrachten wir drei Tage auf dem Schiff, das uns den Nil hinauf bis nach Assuan fuhr und dazwischen noch in Edfu und Kowm Ombo anlegte, wo es Tempel zu sehen gab.

Die Bläue und Ruhe des Flusses, die milde, fast kühle Luft, die schmeichelnde Sonne, die Landschaft mit den Palmen im Hintergrund auf dem gold- oder ockerfarbenen Boden versetzten uns nach ausgiebigem erquickenden Schlaf in die

Stimmung, uns dem Traum hinzugeben, für den wir einen stattlichen Preis bezahlt hatten: Endlich konnten unsere unersättlichen Augen sich an all den Schönheiten laben, welche die Geschichte, die Literatur, die Touristenwerbung auf dieser Reise versprachen. Ägypten bedeutete in unserer Vorstellung ein Tohuwabohu verschiedenster Kenntnisse und Wissensfetzen, die in einen einzigen Namen zusammengeflossen waren: Ägypten war die biblische Erzählung von Josephs Abenteuer mit der Frau des Potiphar, die Thomas Mann in seinem bekannten Roman ausgestaltet hatte und an die uns Melodien aus der Oper «Am Hof der Pharaonen»[1] erinnerten; Ägypten, das waren die Statuen, die wir in den großen Museen der Welt gesehen hatten, oder von jenen, deren Originale wir noch nicht kannten, Abbildungen in Kunstbüchern; es waren die Skarabäen und die Juwelen und Kleinodien in den Vitrinen; es war die rätselhafte Legende von der Rache des Tutanchamun-Grabes[2] und die Ausstellung der Schätze daraus, die vor einigen Jahren in verschiedenen Ländern gezeigt worden waren; es war die «Aida» von Verdi; es waren Reliefe, womit eine schwärmerische Freundin ihr Studio geschmückt hatte; es waren undeutliche Erinnerungen an schlecht und recht auswendig gelernte Dynastien während der Gymnasialzeit; es waren die napoleonischen Mamelukken auf dem Gemälde von Goya, es war

«Antonius und Cleopatra» von Shakespeare, es war – wer weiß was alles sonst noch.

Dieses malerische Kunterbunt stellten wir uns als irgendwie im Unwirklichen schwebend vor, als Gaukelspiel unserer Phantasie, ohne Bezug zu unserem wirklichen Leben. Erst jetzt, da wir vor den Gebäuden, Trümmern, Hieroglyphen, Wandmalereien und Gerätschaften standen, zog deren alleiniges Vorhandensein uns unmerklich in das längst vergangene Leben hinein, das andere Menschen tatsächlich gelebt hatten – die Vorfahren vieler Männer, Frauen und Kinder, denen wir in den engen Gassen begegneten oder die uns wie ein lästiger Fliegenschwarm an den Eingängen zu den berühmten Stätten Halsketten und Postkarten und allen möglichen Ramsch als Andenken verkaufen wollten und in deren Gesichtszügen wir zu unserer freudigen Überraschung und unserem Ergötzen hin und wieder Ähnlichkeiten mit den jahrtausendealten Abbildungen zu erkennen glaubten, die wir in Alabaster oder Granit gemeißelt an den Mauern vor uns hatten.

Mußte es sich da nicht irgendwie um Wunschträume unserer überhitzten Phantasie handeln? Wir wußten doch, daß sich in Ägypten im Lauf der Jahrhunderte mehrere Reiche abgelöst hatten und mit den Muselmanen eine beträchtliche Anzahl arabischer Volksstämme eingewandert war, die ihre Zivilisation der antiken aufgepfropft hatte. Auf unserm Reiseprogramm stand denn auch der Besuch von Denkmälern aus neuerer Zeit: dem Mausoleum von Aga Khan, der Moschee von Mohammad Ali[3] – und ist übrigens nicht heute Arabisch die Landessprache? Bei genauerem Betrachten der Leute ... ja, vielleicht entdeckte man in ihren Gesichtszügen Merkmale der alten Ägypter, aber durch die lange Vermischung mit den verschiedenen Eroberervölkern nur noch undeutlich.

Die jüngste Einwanderungswelle war allerdings auf den ersten Blick zu erkennen. Die neusten Eindringlinge waren wir Touristen. Kleidung, Aussehen, Gangart, Benehmen und Gebärden, unser ganzes Gehabe kennzeichnete uns als eine seltsame, Devisen bringende und danach wieder abziehende Wanderherde, die sich von den Einheimischen deutlich unterschied. Zu unserer Gruppe gehörten etwa dreißig Personen, vielleicht etwas mehr. Wir hetzten von einem Ort zum andern, standen an ausgewählten Punkten still, um uns aufmerksam die Erklärungen des Führers anzuhören, hoben alle miteinander die Köpfe, wenn wir dazu aufgefordert wurden, bewunderten, was man uns als bewunderungswürdig darstellte, und wenn wir fertig waren mit Bewundern, begaben wir uns wieder zum Autobus, der uns zum nächsten Schauplatz, zum nächsten Tempel, zum nächsten Denkmal, zum nächsten Mausoleum, zum nächsten Bazar, zur nächsten malerischen Landschaft mit Palmen und Kamelen brachte.

Unsere Gruppe war im modernen Kreuzzugheer heutiger touristischer Eroberungskriege natürlich nur eine kleine, immerhin gut ausgerüstete Einheit, eine begeisterte und gut gedrillte Söldnerschar sozusagen. Viele ähnliche Gruppen, eine jede am Emblem des betreffenden Reiseunternehmens kenntlich, machten uns das Feld streitig, kamen uns in die Quere, besetzten da und dort vor uns den Eingang zu einer Sehenswürdigkeit, hatten andere Male zu warten, bis wir die Stellung freigaben, um sie sogleich ihrerseits zu besetzen, versperrten bald unserer Vorhut den Weg oder schnitten bald unsere Nachhut beinahe ab. Oft gönnten sie uns im Vorbeigehen einen freundlichen Gruß, und es kam nicht selten vor, daß wir Gruppen überholten, deren Führer mit ausholenden Gebärden und feurigen Worten auf deutsch oder katalanisch, französisch oder englisch oder sogar in unserer eigenen kastilischen Sprache auf seine Truppe einredete. Von jedem Ausflug kehrten wir müde, von Kopf bis Fuß mit Staub bedeckt, aber reich an geistiger Beute auf unser Schiff zurück, wo uns als Entschädigung das Mittag- oder Abendessen erwartete.

Was übrigens das Essen betrifft: Bis dahin war es uns noch nicht vergönnt gewesen, die exotischen Gerichte zu versuchen, die uns auch ein wenig zu dieser Reise verlockt hatten. Bei mehr als einer Gelegenheit waren uns die Vorzüge der arabischen Küche angepriesen worden, und unsern Gaumen gelüstete es, sie kennenzulernen; aber wir hatten Verständnis dafür, daß die Reiseagentur während der Dauer der Nilfahrt es nicht wagen wollte, das Mißfallen jener Teilnehmer zu erregen – gewöhnlich ist es die Mehrzahl –, die auf die häuslichen Gewohnheiten ungern verzichten, und daß sie sich an die übliche Kost halten mußte, die sich mit Vorliebe hinter der anspruchsvollen Bezeichnung «französische Küche» verbirgt. Was wir auf dem Schiffchen aufgetischt bekamen, war ordentlich: Es entlockte uns kein sonderliches Lob, rechtfertigte aber auch keinen Tadel. Als wir uns zum ersten Essen hinsetzten, bestellten wir eine Flasche Wein, einheimischen natürlich; seine Qualität schien uns unterdurchschnittlich, ja minderwertig, sein Preis dafür sündhaft hoch – was sich allerdings leicht erklären läßt: Der Islam, zu dem sich dieses Volk bekennt, verbietet, wie jedermann weiß, den Genuß alkoholischer Getränke, und es ist nur begreiflich, daß es teuer zu stehen kommt, der Sünde zu verfallen. Gewitzigt hielten wir uns daraufhin an Mineralwasser.

Aber der Heilige Abend stand bevor, und in unserer Kabine bewahrten wir wie alle die Flasche Schaumwein auf, die uns die Agentur großzügigerweise geschenkt hatte und die wir seit dem Antritt der Reise im Handgepäck mitschleppten. Ihren Inhalt wollten wir uns am Fest der Geburt unseres Erlösers zu Gemüte führen.

Am Morgen des Festtages teilte uns Señor Cachafaz mit gebührendem Nachdruck mit, daß für das Abendessen ein besonderer Nachtisch vorgesehen sei und wir dann mit unserem «berühmten Schaumwein» anstoßen könnten; beiläufig ließ er die Bemerkung fallen, *pour déboucher* («für das Entkorken», wie er uns den eleganten französischen Ausdruck sogleich übersetzte) werde er einen bestimmten Betrag einkassieren; angesichts des entrüsteten Erstaunens eines Reiseteilnehmers, der unbedingt wissen wollte, wie hoch die unerwartete Steuer sei, nannte er eine Summe, die – wir hatten die Rechnung rasch gemacht – in ägyptischer Währung den wohlbekannten ursprünglichen Preis der Flasche versechsfachte. «Wie bitte? Um unseren bescheidenen Schaumwein zu trinken, sollen wir das Sechsfache seines Wertes hinblättern?» Wir schauten uns gegenseitig verblüfft an.

«Was hat er da gesagt?» erkundigte sich eine Dame. «Wir sollen unsern Champagner bezahlen?»

«Nein, Liebste, *‹pour déboucher›*», erklärte ihr spöttisch der Gatte.

Die Stimmung wurde zusehends gereizter. «Das geht zu weit», schimpfte einer. – «Eine Unverschämtheit!» verkündete ein anderer. «Das dulden wir nicht.»

Die Empörung verschärfte sich; niemand wußte, auf welche Weise sich das Gewitter entladen würde. Schließlich meldete sich der Priester nach kurzem Nachdenken zu Wort; er war ein besonnener, vernünftiger Mann und wandte sich nun mit würdevollem Ernst an Victor Cachafaz: «Schauen Sie, lieber Freund Victor, etwas möchte ich Ihnen sagen: In der Passionsgeschichte unseres Herrn Jesus Christus, die an sich schon grausam ist, gibt es eine Episode, die ich besonders widerlich finde, denn zur Grausamkeit kommt noch der Hohn hinzu; ich meine die Stelle, wo die niederträchtigen Schergen ihm befahlen, das Kreuz den Berg hinaufzutragen, wo sie ihn nachher annageln wollten. Der Vergleich mag zwar ungebührlich, ja unehrerbietig sein, Tatsache ist, daß das Unternehmen, das Sie vertreten, uns diese Flaschen aufgeladen hat, an denen es uns später festnageln wollte.» Der Priester machte eine Pause und fügte dann hinzu: «Vielleicht sollte ich meinen Reisegefährten empfehlen, wie das sanftmütige Lamm Gottes zu handeln; aber ich müßte selbst mit gutem Beispiel vorangehen, und das kann ich nicht; ich meinerseits bin nicht bereit, der Forderung Folge zu leisten. Lieber gieße ich den Schaumwein in die Klosettschüssel. Der Spaß hört nun auf!»

Das Machtwort des Stellvertreters Christi wirkte

befreiend, «entkorkte» sozusagen die Wut, die wir alle (je nach Temperament mehr oder weniger schäumend) in uns hochsteigen spürten, und nun ergoß sich ein Strom wutschnaubender Verwünschungen über unsern Reiseleiter. «Ein Skandal!» – «Eine Schande!» – «Ein regelrechter Betrug!» – «Diese Herren erlauben sich, uns zu mißbrauchen; lassen uns unter dem Deckmantel eines Weihnachtsgeschenkes einen Haraß Wein zollfrei über die ägyptische Grenze bringen, um uns dann den sechsfachen Preis abzuverlangen, damit wir ihn trinken dürfen! Das ist ja ein Witz!» – «Was denken sich denn diese Herren eigentlich? Glauben sie tatsächlich, wir sind Kinder, daß sie uns auf diese Weise übers Ohr hauen wollen? Halten sie uns für Dummköpfe, für Trottel? Ich für mein Teil, ich lasse mich nicht auf diese Weise schröpfen ...»

Doch wir saßen in der Falle. Victor Cachafaz schaute nachdenklich zu Boden, bewegte nochmals mißmutig und zerknirscht den Kopf hin und her und gab keinen Laut von sich.

«So sagen Sie doch etwas, Menschenskind!» herrschte ihn der Oberst an, um ihn aus seinem beharrlichen Schweigen herauszulocken. «Was sagen denn Sie zu alldem? Sind Sie etwa nicht der Zuständige?»

Nichts zu machen! Er schaute immer noch auf den Boden, bewegte den Kopf hin und her – und schwieg. Eine unheilvolle Stille entstand. Endlich hörten wir ihn etwas murmeln; fast tonlos und sichtlich beklommen äußerte er etwas von Bedauern, die Schuld liege nicht bei ihm, es sei ihm unmöglich, Abhilfe zu schaffen, es tue ihm furchtbar leid, denn wenn es auf ihn ankäme, doch auch bei allerbestem Willen …

Wir saßen in der Falle. Das Festessen an Bord fand an diesem Abend statt. Als Schiffsgefangene würden wir auf den stillen Wassern des Nils schaukeln und die Geburt des Jesuskindes feiern … Sollte jemand zum Nachtisch sein Glas Schaumwein erheben wollen, so wußte er ja … Die Essenszeit war da. Die Glocke rief uns in den Salon, und wir begaben uns zu Tisch. Einige hatten klein beigegeben und beschlossen, das «Entkorken» zu bezahlen; andere hatten vereinbart, das kleinere Übel zu wählen, nur eine Flasche für mehrere gemeinsam zu entkorken und sich so die Gebühr zu teilen; andere hatten ihre Flasche heimlich schon in der Kabine geleert, wieder andere würden es wahrscheinlich nachher tun; einige waren immer noch wütend und schmissen ihre Flasche in den Fluß, aus dessen Wassern vor Zeiten der kleine Moses von der Pharaonentochter errettet worden war … Es ist sogar möglich, daß einzelne das Danaergeschenk in Form einer Flasche Schaumwein in ihrem Reisegepäck wieder nach Hause trugen.

Die Reise endete in Kairo, wo wir nach dem

Besuch von Memphis und Sakkara die berühmten Pyramiden von Gizeh bestaunen durften, die nicht minder berühmte Sphinx, die großartigen Moscheen und das Ägyptische Museum. Es gelang uns sogar, für eine Weile der Obhut des Reiseleiters zu entkommen, uns von der Herde und ihrem Wachhund zu trennen und in einem ägyptischen Restaurant ein paar köstliche Häppchen der arabischen Küche zu genießen.

Nicht in Erfüllung ging allerdings unser Wunsch, an dem Ort zum Gebet niederzuknien, wo einst die Heilige Familie Zuflucht gefunden hatte: Die Kirche des heiligen Sergius[4] war schon geschlossen, als wir hinkamen. Gleichwohl hatten wir auf der ganzen Reise durch das Wunderland Ägypten eine Menge Fotos gemacht, und sie werden uns immer von neuem an die herrlichen Erlebnisse erinnern, wenn wir sie uns in Zukunft wieder einmal vor Augen führen.

Ein Fisch

«Pole, willst kein Fisch?» – Jetzt lachen mich alle aus; aber das hätte doch jedem passieren können. Ganz sicher jedem, Donnerwetter! Solche Sachen geschehen einfach. Wenn man es am wenigsten erwartet. Man weiß doch nie.

«Willst ein Fisch, Pole?» – Der Teufel soll sie holen, Scheißdreck. Ich gebe keine Antwort; und wenn ich antworte, dann nur: «Zum Teufel mit euch, Riesensch–!» wie die «Gorducha» sagt, meine Schwägerin, wenn sie sich fein ausdrücken will. Riesensch–! Zersetzender Neid treibt sie um, bloß weil es in der Zeitung stand, ich mit meinem vollen Namen, obwohl sie ihn ja doch nie richtig aussprechen. «Pole, willst kein Fisch? Möchtest kein Walfischlein, Pole?»

Auch die Polizisten lachten laut heraus, als ich ihnen erklärte, wie das Ding zu mir nach Hause kam. Aber man muß doch zugeben, allen hätte passieren können, was mir passiert ist: Das ist eben Schicksal. Nun hat es halt mich erwischt, was soll's?

Es war Sonntag, und ich war allein zu Hause.

Die «Gorda», meine Frau, war mit den Kindern fortgegangen. Gott sei Dank! Auch ihre kleine Schwester, die «Gorducha», war weg, mit ihrem Freund, oder wie man so etwas nennen will; jedes Wochenende nimmt er sie mit ins Kino. Ich bin also allein zu Hause. «Du möchtest natürlich am Fernseher hocken und Fußball sehen; dein verflixtes Fußball», hatte mir meine «Dicke» gesagt.

Es stimmt, am Sonntag gehe ich am liebsten nirgendwohin. Als wir frisch verheiratet waren, hat mich meine «Dicke» noch manchmal dahin oder dorthin geschleppt. Aber jetzt hat sie es aufgegeben, mich hinter sich herzuziehen. Sie weiß ja, daß ich keine Lust habe ... Am Samstag, ja, da habe ich Lust, mit ein paar Freunden zusammenzusein, wir trinken ein Bier und plaudern und lachen. Am Samstag. Natürlich hat Gott das Wochenende für die Familienfreuden geschaffen; aber ein ganzes Wochenende Familie, das ist zuviel. Darum ist es nicht schlecht, sich am Samstag mit Kameraden im Wirtshaus zu treffen; man sitzt in einer Ecke beim Bier, und so vergeht der Nachmittag. Es kommen immer dieselben, und meine «Dicke» begreift nicht, daß man die ganze Woche zusammen arbeiten kann und am Samstag zusammensitzen und wieder die gleichen Gesichter sehen will. Aber es ist etwas ganz anderes, mit einem sauberen Hemd an einem Tisch zu sitzen und mit einem feinen Humpen vor sich miteinander zu plaudern; das ist gemütlich. Mit den Witzen, die man reihum zum Besten gibt, vergeht der Tag, ohne daß man es merkt. Am andern Morgen, am Sonntag, steht man dann spät auf, und bis man sorgfältig rasiert, gebadet und angezogen ist, wird es schon Zeit zum Essen. Am Sonntag kocht meine «Dicke» ihre berühmten Ravioli oder Spaghetti und ihre Schweinskoteletts. «Du denkst natürlich gar nicht daran, zu meinen Alten mitzukommen», fragt mich meine «Dicke» noch hie und da. Eigentlich fragt sie kaum noch. Sie nimmt es mir auch nicht übel, daß ich nicht mitgehe. Es wird mir langweilig dort, das weiß sie. Was soll ich mit ihr und den Kindern zu ihren Alten gehen? Ich hab ja nicht einmal groß Verbindung mit meinen eigenen Verwandten, und dann soll ich meine Schwiegereltern besuchen? Darum fragt mich meine «Dicke» kaum noch. «Du bleibst sicher daheim und schaust dir Fußball an», sagt sie, und im Grunde genommen ist sie froh, daß sie den lieben langen Tag ungestört in ihrem gräßlichen Dialekt dahertratschen kann.

Und ich bleibe glücklich und zufrieden zu Hause, denn kaum hat sich meine Schwägerin, die «Plumpe», den Magen vollgestopft, kann sie nicht schnell genug zum Haus hinausstürzen und mit hängender Zunge zu dem Trottel laufen, den sie zum Freund hat. Die «Plumpe» ist wirklich fabelhaft. Wer sie auf der Straße sieht, so hochtrabend und aufgedonnert und kugelrund wie ein Krautkopf, würde nicht für möglich halten, daß es in ihrem Zimmer aussieht wie in einem Saustall. Aus lauter Eile läßt sie alles auf dem Boden, auf dem Stuhl, auf dem ungemachten Bett liegen. Was den armen Kerl erwartet, wenn er sie heiratet (falls es denn überhaupt zur Hochzeit kommt), das weiß nur ich allein. Ich und das Allerheiligste Herz Jesu, das über der Konsole diese gebenedeite Unordnung überblickt …

Nun, ich war also, wie gesagt, ganz allein zu Hause, allerdings nicht bei bester Laune. Es war furchtbar heiß und feucht; das Match war, entgegen allen Erwartungen, ein Reinfall; und dann erst noch die Nachrichtenzusammenfassung: Die Russen haben Kuba zu einem Polen der Neuen Welt gemacht, gleich vor unserer Küste, und dieser Kennedy kommt noch und sagt, das hat alles nichts zu bedeuten … Eine Riesensch–

Ich stellte den Fernseher ab und setzte mich ans Fenster, im Unterhemd, um die Straße zu beobachten und eine Zigarette zu rauchen. Die Straße war wie ausgestorben; keine Menschenseele.

Wer ging denn schon um diese Zeit und bei dieser Hitze auf die Straße? Niemand! Ab und zu schaute ich auf und warf verstohlen einen Blick zum Fenster von Doña Rufa hinüber, der vom «Beauty Parlor»; ich hätte es gern gehabt, wenn sie dort aufgetaucht wäre. Die «Dicke» und die

«Plumpe» sind ziemlich eng befreundet mit ihr; sie lassen sich in ihrem Salon verschönern. Am letzten Sonntag war Doña Rufa bei mir vorbeigekommen, wie andere Male auch schon, wenn ich allein war. Das macht sie hie und da; und weil ich ja wußte, was sie wollte – wozu viele Umstände machen? Ich ließ sie herein, und schwupp! Sie sagte nichts; aber dann zeigte sich, daß das Luder ihre Tage hatte, und als ich mich so zugerichtet sah, verlor ich die Fassung, versetzte ihr eine Ohrfeige und jagte sie zur Tür hinaus und in ihren «Beauty Parlor» hinüber. Das war am vergangenen Sonntag gewesen. Und jetzt spähte ich ein wenig reumütig über meinen Wutausbruch zu ihrem Fenster hinüber, ob sie sich vielleicht gnädigst sehen ließe. Aber keine Spur von ihr. Niemand war zu sehen. Nun, soll sie's eben bleibenlassen.

Was für eine Gluthitze! Niemand an den Fenstern, niemand in den Türen. Kein Mensch auf der Straße unterwegs. Ich trug einen Stuhl hinaus und setzte mich vor die Haustür. Noch eine Zigarette. Auf einmal taucht an der Ecke ein Automobil auf, eines von denen mit offenem Dach, eine Art Badewanne, ein alter weißer Lincoln, so groß wie ein Lastkahn, und drin fünf Milchgesichter in kurzärmeligen Unterhemden. Ich schaute neugierig rüber. Der Wagen fuhr langsam die menschenleere Straße herauf, ich ließ ihn nicht aus den Augen; ganz gemächlich kam er näher, und als er auf meiner Höhe war, schauten die Burschen zu mir herüber, und er hielt an.

«Möchten Sie einen Fisch?» fragt mich da doch einer.

«Was?»

«Ob Sie einen Fisch möchten; ich frage Sie, Don, ob Sie einen Fisch möchten.»

«Einen Fisch? Was für einen Fisch?»

«Einen Fisch! Wollen Sie ihn oder wollen Sie ihn nicht?»

«Also gut», sagte ich. Was hätte ich denn sagen sollen? Ich sagte «also gut». Da bekommt man einen Fisch angeboten …

Daraufhin schauen sich die Burschen ganz ernst an und heben gemeinsam aus dem Inneren des Wagens einen riesengroßen Fisch empor, eine Art Haifisch von sicher anderthalb Meter Länge und schmeißen ihn mir vor die Füße. Und fahren los und winken mir mit den Händen. Mensch, das alles spielte sich blitzartig ab. Ich stand da und meinte, ich träume.

Ich schaute mich nach allen Seiten um: Es war niemand auf der Straße. Das weiße Automobil war verschwunden, man hörte es nicht einmal mehr; aber da auf der Straße nahe dem Gehsteig lag der riesengroße tote Fisch und zeigte mir, daß ich nicht geträumt hatte und auch keiner Augentäuschung oder Luftspiegelung durch die Nachmittagshitze zum Opfer gefallen war.

Kein Mensch war zu sehen; und so packte ich schnell – noch bevor mich vielleicht doch jemand sah – den Fisch am Schwanz und schleifte ihn – nur ich weiß, mit wieviel Kraftanstrengung und Schweißausbrüchen – durch den Flur ins Haus.

Weshalb ich das getan habe? Das fragte mich dann auch meine «Dicke», als sie drei Stunden später nach Hause kam, wie ein Wirbelwind hereinstürmte, schnaubte und schrie, herumfuchtelte, jammerte und schimpfte, «wie ekelhaft!», «was für ein Gestank!», und nicht aufhören wollte, mir meine Dämlichkeit vorzuhalten.

Daß es dämlich gewesen war, das wußte ich wohl. Ich wußte es gleich, als ich nach der mühsamen Schlepperei aus der Dusche kam. Der Schweiß hatte mich ganz durchnäßt, und meine Hände rochen nach Fisch: Ich mußte mich von Kopf bis Fuß einseifen, und während ich es tat, kam mir in den Sinn, daß ich am vorigen Sonntag auch eine Extradusche gebraucht hatte wegen Doña Rufa mit ihrer Schweinerei. Jetzt, beim Abtrocknen, überkamen mich schlagartig und schmerzhaft die Zweifel: «Wozu kann man einen solchen Fisch überhaupt brauchen?» und «Was soll ich mit ihm machen?» und «Was wird meine ‹Dicke› sagen, wenn sie ihn sieht?» Bis dahin war es mir noch gar nicht in den Sinn gekommen – ich hatte keine Zeit gehabt, an irgend etwas zu denken; aber wenn ich auch von Anfang an gewisse

Vorahnungen gehabt hatte, jetzt wußte ich es bestimmt: Es war wirklich dämlich gewesen, diesen Fisch anzunehmen und ins Haus zu schleppen.

Was mir meine «Dicke» alles an den Kopf warf, will ich nicht wiedergeben. Sie überschüttete mich mit Vorwürfen; ihre Entrüstung bedrückte mich je länger je mehr, denn ich wußte in der Tat nicht, was ich ihr erwidern sollte und was für eine Erklärung sie zufriedenstellen könnte. Was mir auch an Entschuldigungen einfiel, ich zog es vor, sie für mich zu behalten, ich wäre mir sonst noch dämlicher vorgekommen. Ich antwortete ganz schnippisch, sie solle keinen solchen Radau machen, ich sei schließlich mein eigener Herr und Meister und könne in meinem eigenen Haus nach Lust und Laune tun und lassen, was ich wolle. Aber sie fand kein Ende mit dem Geschimpfe, und die Kinder ließen nicht mehr ab von ihrer unbändigen lästigen Fragerei. Als die Müdigkeit auf beiden Seiten endlich die Nerven zu beruhigen schien, da braust zu allem Überdruß noch die «Plumpe» herein, und das Gekreische fängt von vorne an. «Was ist denn das da?», «Aber, was soll denn das?», «Aber, wer hat das denn hierhergebracht?», «Mein Gott, was für ein Gestank!» Und all das mit ihrem runden Mündchen und ihren Kugeläuglein und mit zwei Fingerchen das Näschen zukneifend. Ich hätte sie umbringen können, die verdammte «Plumpe»: Als ob man nicht schon genug hätte mit der Frau, kommt auch noch die Schwägerin dazu, die überhaupt kein Recht hat ...

Kurz und gut: Die Frage war, wie das Ungetüm loswerden, alles andere war nur unnötiges Geschwätz. Natürlich fällt meiner «Dicken», um mich noch mehr auf die Palme zu bringen, nichts Gescheiteres ein als: ich solle es wieder hinausschaffen, wie ich es hereingebracht habe, und dann einfach auf der Straße liegenlassen, «möglichst weit weg, damit man es nicht riecht». Großartige Idee: Ausgerechnet jetzt, wo eine Menge Leute auf der Straße war, alle Nachbarn auf dem Heimweg und an jeder Ecke Kinder am Spielen; ausgerechnet jetzt sollte ich den Fisch hinausschaffen, damit mir zu allem Überdruß auch noch eine saftige Geldbuße blühte. Diese Begründung schleuderte ich meiner «Dicken» mit triumphierendem Ungestüm entgegen, und sie schlug ein, wie sollte es auch anders sein. Daß ich zum Gespött der ganzen Nachbarschaft würde, wohlan! Aber Geld ist eine heilige Sache.

«Dann muß man eben warten bis spät in der Nacht; und wer soll bis dahin hier leben und atmen können? Wer soll bei diesem Gestank im Haus hier essen können?» Das, versteht sich, waren Ansichten der «Plumpen». Die «Plumpe» denkt an nichts anderes, als sich den Wanst zu füllen und dann den Morgenstern mit ihren Rülpsern und Winden zu erfreuen.

Aber für diesmal ließ ich es bleiben, ihr zu sagen, was ich dachte; dafür betonte ich nochmals: «Bei dieser Hitze werden die Leute heute ohnehin weiß Gott wie lange auf der Straße bleiben, oder am Fenster oder auf dem Balkon. Und meinst du denn, meine ‹Dicke›, daß nicht schon alle Welt weiß, was wir hier im Haus haben – bei dem Geschrei, das du machst ...»

«Du willst wohl sagen: bei dem Duft, der durch alle Ritzen dringt.»

«Wie du willst», lenkte ich ein, «die Sache ist nur: Wenn morgen früh bei Tagesanbruch dieses Ungetüm», ich warf einen haßerfüllten Blick auf den Hai, «auf der Straße liegt, dann haben wir die Sanitätspolizei auf dem Hals, womöglich werde ich verhaftet, um die Sache aufzuklären, und ich kann nicht in die Arbeit gehen ...»

Nach langem Hin- und Herreden und -beraten fanden wir endlich, daß es das Beste sei, die Polizei zu benachrichtigen und in aller Offenheit darzulegen, wie sich alles zugetragen hatte, damit sie dann die weiteren Schritte veranlasse.

So machten wir es dann auch. Die «Plumpe» übernahm es, den Polizeiposten des Stadtviertels anzurufen. Als die beiden Polizisten eintrafen, belagerte schon ein ganzer Schwarm Kinder unsern Hauseingang und hing an jedem Wort, das meine Knirpse verlauten ließen.

Ich meinerseits mußte den Polizisten erklären,

worum es sich handelte und wie sich alles zugetragen hatte.

Während ich erzählte, fingen sie an zu lachen. «Sie meinten wohl, Sie bekommen einen Schellfisch oder einen Salm geschenkt.» Dann wollten sie Einzelheiten über das Automobil und die Insassen wissen, «für das Protokoll».

Ich gab sie ihnen; ich sagte ihnen, es könnte eine Bande «Latinos» gewesen sein. Diese Idee war mir ganz plötzlich gekommen, warum, weiß ich auch nicht; vorher hatte ich nie daran gedacht, daß es vielleicht «Latinos» gewesen sein könnten …

«Puertoricaner?» fragt mich der Polizist.

«Vielleicht auch Kubaner.»

«Warum meinen Sie?»

«Ich weiß nicht. Sie kamen mir so vor.»

«Wegen ihrer Art zu sprechen?»

«Was weiß ich! Vielleicht waren es keine Kubaner; wie ‹Latinos› kamen sie mir schon vor, aber auch da bin ich mir nicht ganz sicher.»

«Wenn es Kubaner waren, dann haben sie Ihnen ja einen Fisch geschenkt, der größer ist als ihre Insel», sagte einer der Polizisten und kam sich dabei geistreich vor.

Und der andere: «Kubaner oder nicht, Freund, Sie haben da ein Trojanisches Pferd zum Geschenk bekommen. Wer zahlt die Unkosten, um dieses Ding wegzuschaffen? Sie selbst natürlich. Niemand anderer als Sie selbst wird bezahlen müssen. Es ist leichtsinnig – merken Sie's? –, Geschenke anzunehmen.»

Am andern Tag stand die Geschichte in der «New York Times». Alle konnten sie lesen. Seither sind schon etliche Tage vergangen, aber immer noch kommt es hin und wieder vor, daß jemand sich erinnert und mich in der Werkstatt fragt: «Willst kein Fisch, Pole? Soll ich dir ein Walfischlein nach Hause schicken?»

Ich gebe keine Antwort.

Die Entführung

Vorwort

Viel hatte ich gehört und viel auch gelesen über den großen Strom spanischer Arbeiter, den die Industrie im neuen demokratischen Deutschland angezogen und aufgesogen hat; aber bis jetzt hatte ich noch nie Gelegenheit gehabt, mit einem von ihnen in Berührung zu kommen. Allerdings war ich manchmal schon auf den Straßen deutscher Städte, wie auch in Frankreich oder England, Gruppen von jungen Männern begegnet, die ich nicht hätte sprechen hören müssen, um zu wissen, daß sie aus meinem Vaterland stammten. Trotzdem aber, wie an sie herankommen und ein Gespräch mit ihnen aufnehmen, ohne daß es belanglos, erzwungen, aufdringlich, unangebracht wirkte?

Ende 1961 spielte mir der Zufall endlich eine willkommene Begegnung zu, unter Gegebenheiten, die meinen Gesprächspartnern und mir gestatteten, freimütig zu reden. Ich hielt mich im Monat November in der geschichtsträchtigen Stadt Münster auf, wo ich an einem Kongreß über die wirtschaftliche und soziale Entwicklung Lateinamerikas teilgenommen hatte, und schon in diesen Tagen waren mir wie früher bereits in andern Städten, auf der Straße oder auf der Post, die lebhaften fröhlichen jungen Männer mit den hautengen Hosen nach italienischer Mode begegnet, mit den übertrieben wuchtigen Jacken nach deutschem Geschmack, welche die Phantasie all jener erregen, die nie etwas besessen hatten; Burschen mit unruhig gestikulierenden Händen in riesigen Handschuhen ... Immer hatte ich mir gesagt: Vielleicht kann ich bei einem Fabrikbesuch mit einigen von ihnen reden. Aber dann besuchte ich doch nicht viele Fabriken, und in den zwei oder drei, wo ich hinging, traf ich keine spanischen Arbeiter.

Schließlich waren die Sitzungen unseres Kongresses zu Ende, und der Abschied rückte näher. Der Bürgermeister von Münster hatte uns zum Empfang in den Saal geladen, wo vor mehr als dreihundert Jahren der Westfälische Frieden unterzeichnet worden war, und wie damals brannten Kerzen auf den Leuchtern. «Es kommt mir vor, als hielten wir Totenwache für das spanische Weltreich», flüsterte ich inmitten all der Feierlichkeit einem venezolanischen Kollegen neben mir zu. Und wieder dachte ich an die spanischen Arbeiter in den deutschen Industriebetrieben: Ich mußte wohl abreisen, ohne mit ihnen gesprochen zu haben.

Zwei Tage später reiste ich dann auch ab. Ich

war etwas vor der Zeit, da der Zug nach Paris aus nördlicher Richtung einfuhr, schon auf dem Bahnhof. Es war noch dunkel, der Bahnhof menschenleer. Zum Zeitvertreib las ich auf einem rot-weiß-grünen Plakat, auf dem die Bahn über Weihnachten für italienische Arbeiter verbilligte Fahrten in die Heimat anbot, die Ankündigung «Italiani!». Es war niemand auf dem Bahnsteig; um die Zeit totzuschlagen, ging ich auf und ab und erblickte schließlich ganz hinten drei mit Gepäck beladene Personen, zwei Männer und eine blonde, recht beleibte, ganz junge Frau – unverwechselbar eine Deutsche –, während die beiden Männer rechts und links von ihr sicher Spanier waren, und je näher sie mit ihren kurzen Schritten durch das Halbdunkel des anbrechenden Tages auf mich zukamen, desto sicherer war ich mir.

Schon waren sie ganz in meiner Nähe, als sie ihre Koffer auf den Boden stellten, und ich wartete nur darauf, sie reden zu hören, um einen Vorwand zu haben, sie anzusprechen; aber sie sagten kein Wort. Einer nahm die Frau bei der Hand, und sie gingen ein Paar Schritte von ihrem Kameraden weg, der nun allein bei dem Berg Koffer und Taschen stehenblieb. Jetzt wandte ich mich, eher mit einer Feststellung denn mit einer Frage, an ihn: «Sie sind Spanier.»

«Bitte!» antwortete er verblüfft auf deutsch. «Sí, señor; sí, español; Entschuldigung. Sie auch?»

So begann unser Gespräch. Er sagte mir, er sei aus Salamanca, das heißt aus einem Dorf in der Nähe von Salamanca (sein Kamerad aus Madrid); sie seien schon elf Monate in Deutschland, arbeiteten in einer Farbenfabrik in der Nähe von Münster – Farben, Email, Lacke –, und jetzt reisten sie nach Spanien, um die Feiertage zu Hause bei ihren Familien zu verbringen. Sie reisten mit diesem Zug bis Paris, von dort mit einem andern nach Hendaye und dann am nächsten Abend ... Dem Salmantiner leuchteten die Augen bei diesem Gedanken. Er hatte ein lustiges Gesicht mit fragenden Affenäuglein unter dem Kraushaar, und in seinem Gesicht lag verletzliche Sanftheit.

Der Bahnhof war immer noch menschenleer. Es dauerte immer noch zehn Minuten bis zur Zugeinfahrt. Der andere Bursche und seine Freundin waren aus unserm Gesichtsfeld verschwunden, standen verborgen hinter einem Pfeiler; währenddessen plauderte der Salmantiner zum Zeitvertreib mit mir.

Er sagte, doch, doch, es gefalle ihnen in Deutschland; die einzige Schwierigkeit für sie sei die Sprache. Sicher, man lerne bald das Nötigste zum Durchkommen; das Allernötigste: was man eben täglich so brauche bei der Arbeit und in der «Gastete» – also in der Gaststätte –, aber abgesehen vom Alltäglichen, was für eine unmögliche Sprache! Es gebe zwar schon einzelne – einen habe er kennengelernt aus einem Nachbardorf von ihm –, die hätten eine enorme Willenskraft und lernten stundenlang in ihrer Freizeit; aber dazu brauche es wirklich sehr viel Willenskraft. «Ziemlich viel Hilfe bekommen wir von den Mädchen», bemerkte er ohne Hintergedanken und Großtuerei. «Die Mädchen, ja, die haben viel Geduld und helfen uns.»

«Ich sehe schon», antwortete ich und deutete mit den Augen in die Richtung, wo sein Kamerad und die blonde Dicke halb verdeckt standen.

«Die Mädchen hier», erzählte er weiter, «finden, sie könnten tun und lassen, was sie wollten, wie die Männer; und recht haben sie. Niemand schaut sie deswegen schief an; es ist nicht wie in Spanien. Schließlich haben sie doch recht, finden Sie nicht?»

«Ich sehe schon, daß Sie sich mit den Frauen besser verstehen als mit den Männern», folgerte ich, um ihm auf den Zahn zu fühlen.

«Nein, die Männer sind nett zu uns; wir können nicht klagen; sie schätzen uns; sie sind gute Kameraden. Natürlich gibt's solche und solche; aber im allgemeinen ... Stellen Sie sich vor, einmal habe ich mir beim Fußballspielen das Bein gebrochen; ich wurde einfach ins Krankenhaus gebracht, als wäre es ein Arbeitsunfall gewesen.»

«Es wird wohl auf dem Fabrikgelände geschehen sein.»

«Ach wo, nein: auf einem Baugrundstück; die andern nahmen mich mit, ich weiß nicht, wie sie es fertigbrachten; ich war drei Wochen im Krankenhaus und ...» Mit lustigen Handbewegungen beschrieb er naiv wie ein Kind den Verband, den er bekommen hatte. Der riesige, komplizierte, steife Verband hatte ihm Eindruck gemacht; er lachte bei der Erinnerung daran: Was für ein Verband!

Auf einmal wechselte er das Thema und sagte: «Man muß sich natürlich darüber im klaren sein: Ein bißchen seltsam sind sie schon, die Deutschen. Sie sind halt, wie sie sind. Mit mir will keiner zusammenarbeiten. Wenn der Meister sagt, ich solle einen suchen, um mir behilflich zu sein, will keiner. Und warum? Nun, sie sagen, ich mache alles mit viel zuviel Geschrei. In Wahrheit ist es eben so, daß wir Spanier vier Monate nach unserer Ankunft die Arbeit gleich gut machen wie die Deutschen, nur eben schneller; sie arbeiten zwar gut, aber ... Es stört sie einfach, wie schnell wir arbeiten.» Auch das sagte er ohne Prahlerei und Eitelkeit, aufrichtig und schlicht.

Auf einmal springt ein Lachen zwischen seinen schartigen Zahnreihen hervor: «Einmal explodierte mir ein Heizkessel. Der Meister neben mir trug ärgere Verletzungen davon als ich; und ich, wieder zwei Wochen im Krankenhaus. Es stellte sich heraus, daß es nicht meine Schuld war; man ermittelte, daß die Mischung falsch gewesen war, wie hätte ich also schuld sein können?»

Der Zug fuhr ein und hielt. Ich beeilte mich, mit meinem Koffer einzusteigen, und beobachtete vom Wagen aus, wie die beiden Spanier und das deutsche Mädchen sich abmühten, alle Gepäckstücke – es waren nicht wenige – in den Zug zu laden. Endlich reichte die Blondine vom Bahnsteig aus eine letzte Tasche hinein und trat zurück, um mit der Hand zum Abschied zu winken.

Der Zug war schon angefahren, als die beiden Burschen vollbepackt durch den Seitengang herankamen.

«Hier ist ein leeres Abteil», rief ich ihnen zu, nachdem ich im Vorbeigehen schon mehrere geöffnet und hineingeschaut hatte.

Ich trat zuerst hinein, die beiden kamen nach. Das Abteil war nicht so leer, wie ich geglaubt hatte; jemand lag bis über den Kopf vermummt auf der Sitzbank und schlief; dieser Jemand richtete sich auf, als er uns bemerkte, reckte die Arme und beklagte sich: «Ach Gott!», fragte: «Italianos?», forschend. «Ich ‹Espanish›.»

«Du bist ‹Espanish›?» sagte der Salmantiner kumpelhaft zu ihm. «Nun, wir auch. Komm, mein Lieber, wach schon auf.»

Inzwischen hatte der Schläfer seine Füße auf den Boden gestellt und sich aufgesetzt; wieder reckte er die Arme und faltete die Hände im Nakken. Er war ein großer, kräftiger, stämmiger Bursche mit blonden Haaren, und im Erwachen öffneten sich allmählich seine lachend blauen Augen.

«Du bist also ‹Espanish›, he?» wiederholte der Salmantiner mit Nachdruck. «Und woher denn?»

«Aus Sevilla.»

«Nun, schau her, Freund, dieser Herr ist Andalusier, genau wie du», erklärte er ihm und zeigte von der Seite her auf mich. Seit dem Gespräch auf dem Bahnsteig waren wir Freunde. Der Salmantiner hatte sich neben mich auf die freie Bank gesetzt, und sein Madrider Kamerad richtete sich, nachdem er das Gepäck verstaut hatte, in der Ecke ein, wo der Andalusier vorher seine Füße hingelegt hatte. «Somit», fuhr der Salmantiner kameradschaftlich mit leicht wehmütigem Ton fort, «somit sind wir in diesem Abteil lauter Spanier, alles ‹Espanish›! Wenn ein Deutscher reinkommen will, werfen wir ihn zum Fenster hinaus.»

Der Sevillaner erklärte gähnend, er sei todmüde; er sei vor zwei Stunden in Hamburg in den Zug gestiegen, und diese zwei Stunden seien alles, was er in dieser Nacht habe schlafen können.

«Nun, mein Lieber, jetzt ist es vorbei mit Schlafen. Siehst du nicht, daß es Tag wird?»

Es wurde zusehends heller. Hinter den Scheiben zeichnete sich nebelhaft die Fabriklandschaft ab. Überall nichts als Fabriken im rauchigen Dunst.

Es wurde still. Der Madrilene hatte offensichtlich keine Lust zu reden. Der Sevillaner mir gegenüber versuchte – so, als wolle er sich am Kopf kratzen –, seinen blonden Haarschopf ein wenig zu glätten. Hin und wieder schaute er nachdenklich zu mir herüber. «Dieser Herr ist also aus Sevilla?» wagte er sich schließlich vor.

«Nein, aus Granada», sagte ich, «ich bin gebürtiger Granadiner, aber ich wohne schon lange nicht mehr dort.»

«Und Sie sind auf Geschäftsreise in Deutschland?»

«Ja, nur ganz kurz, aber ...», erkläre ich ihm, «ich komme nicht von Spanien, ich wohne nicht in Spanien: Seit vielen Jahren lebe ich in Amerika.»

«Ah, in Amerika», erwidert er überrascht, «dort ist sicher alles anders. Ich möchte auch einmal nach Amerika reisen.»

«Was arbeitest du?» möchte der Salmantiner wissen.

«In der Landwirtschaft; ich arbeite auf einer Geflügelfarm in der Nähe von Hamburg.»

«Landarbeiter», dachte ich, «ein ziemlicher Sprung vom andalusischen Ackerbau nach Norddeutschland.»

«Aus welchem Dorf kommen Sie, Freund, haben Sie gesagt?» frage ich ihn.

«Aus Sevilla direkt; ich bin nicht vom Dorf; ich

bin aus Sevilla direkt … Hier ist alles anders als in Spanien, hier ist alles mechanisiert; ich bin Mechaniker von Beruf; ich arbeite mit Maschinen», fügte er hinzu. Er folgte meinem Gedankengang wie ich dem seinen.

«Und jetzt Urlaub, nicht wahr?»

«Ja, Señor; ich bin schon achtzehn Monate hier.»

«Heute nachmittag in Paris und morgen abend in Spanien», verkündete jubelnd der Salmantiner. «Was für ein herrliches Land wäre Spanien, wenn man dort leben könnte!»

«Das kann man wohl sagen! Aber …»

Sie redeten untereinander darüber, was sie verdienten, was jeder arbeitete: über die Kosten für Unterkunft und Verpflegung am einen und am andern Ort; von den Arbeitszeiten und den Überstunden; von den Samstagen, den Sonntagen. Wer es nötig habe oder wer wolle, könne immer noch ein bißchen Geld dazuverdienen.

«Also mir», sagt der Sevillaner, «ehrlich, mir ist jede Arbeit gut genug. Überstunden? Also gut! Warum nicht die Maschine putzen, heute, obwohl Sonntag ist? Warum denn nicht! Ich putze sie! Um fünf Uhr abends eine ausgiebige Dusche, und ich gehe abends weg wie ein König, mit praller Brieftasche. Man ist schließlich jung. Soll man Angst vor der Arbeit haben, wenn man jung ist? Wenn sie gut bezahlt ist …»

Der Salmantiner meinte, gerade weil man jung sei, müsse man leben. Es gebe welche, die vor lauter Habgier gar nicht lebten: arbeiten und nochmals arbeiten. Er nicht, er lebe. Natürlich, wenn man lebe, bleibe nicht viel vom Geld übrig; ausgeben sei einfach. Aber wenigstens lebe man, «wenigstens das; denn in Spanien kannst du nicht leben, auch wenn du schuftest, bis dir die Zunge raushängt. Was sage ich! In Spanien kannst du nicht einmal anständig essen mit dem, was du verdienst. Was für ein herrliches Land wäre Spanien, wenn man dort leben könnte! Hier lebst du wenigstens. Du wirst geachtet. Es gibt Respekt. Hier bist du ein Señor. Man muß genießen, solange man jung ist. Ich rede nicht von denen, die den Unterhalt für ihre Familien in Spanien bestreiten müssen; die dürfen sich nie eine Freude gönnen, außer der einen eben, die Hälfte ihres Lohns nach Spanien zu schicken und sich dafür jedes kleine Extra zu versagen. Andere (wie dieser hier)» – und er zeigte hämisch auf den Sevillaner, der ihm gegenüber saß – «kommen hierher, wie man früher nach Amerika fuhr und als reicher ‹Indianer› nach Spanien zurückkehrte … He, mein Lieber, wieviel trägst du in deinem Beutel mit dir? Paß ja auf in Paris, und vor allem, wenn du nach Madrid kommst, da gibt es haufenweise Gauner und Taschendiebe.»

«Schon gut, Mensch», lacht der Sevillaner abwehrend. Sein sonnengebräuntes Gesicht lacht, seine blauen Augen lachen; seine ganze Person lacht beim Gedanken an das Bündelchen, das er zusammengebracht hat. «Schon gut, Mensch, schon gut!»

«Na ja, ich habe ja nichts dagegen», bekräftigt der andere, «jeder weiß selbst am besten, was für ihn richtig ist.» Und dann in ernstem Ton. «Hast du vor, zurückzukommen?»

«Also, ich bin noch nicht sicher, was ich machen werde.»

«Du kommst wieder», prophezeite er ihm, «du hast gar keine andere Wahl. Leider», überlegt er, «ist es nicht ganz einfach, mit den Deutschen zurechtzukommen.»

«Sagen Sie das nicht», gebe ich ihm zu verstehen, «am Anfang natürlich schon; aber mit der Zeit merkt man, daß man die Sprache kann, ohne genau zu wissen, warum.»

«Nein, es ist keine Frage der Sprache. Es sind andere Vorlieben, andere Gewohnheiten. Ich kann mir überhaupt nicht erklären, wie sie so sein können! Wir Spanier treffen uns doch gern mit Freunden, gehen aus, haben gern Spektakel ... Aber das hier sind doch alles Langweiler: von der Arbeit nach Hause ...»

Der Madrilene hatte die ganze Zeit geschwiegen und zerstreut zum Fenster hinausgeschaut. Wir sind durch die Gegend von Essen gefahren, haben Düsseldorf hinter uns gelassen; es fällt ganz feiner Nieselregen; und er hat überhaupt noch nicht am Gespräch teilgenommen. Aber jetzt mischt er sich ein, fährt heftig und mit harschem Ton dazwischen. «Die Sache ist eben die: Die Deutschen haben ein Heim, und wenn ein Mann einen Hausstand hat und glücklich mit seiner Frau zusammenlebt – was gibt es Besseres, als nach Arbeitsschluß ganz bequem beim Fernsehen zu sitzen mit einem Bier neben sich? Nicht weil sie Deutsche sind; alle würden es so machen, wenn sie könnten. Wie ist es dagegen in Spanien? Der Mann kommt todmüde von der Schufterei nach Hause und findet nichts als Probleme und üble Laune vor; da ist eine Rechnung zu bezahlen, die Schuhe fallen auseinander und und und ... Kurz und gut, er geht in die Taverne an der Ecke, bestellt einen Liter Roten und fängt an, von Fußball zu reden. In Spanien redet man von nichts anderem als von Fußball. Habe ich nicht recht?»

«Das sage ich ja», stimmte der Salmantiner zu, «Spanien wäre ein herrliches Land, wenn man dort leben könnte. Hier stört dich zwar die eine oder andere Kleinigkeit; aber du kannst leben; hier ist man jemand.»

Schon starrt der Madrilene wieder zum Fenster hinaus in die Ferne. Die Wange hat er auf die Faust gestützt und den Ellbogen auf den Fensterrahmen. Sicher, so vermute ich, nimmt das Bild der hübschen Blondine seine Gedanken in Beschlag.

«Wach auf, Junge!» schüttelt ihn sein Freund. «Übermorgen spazierst du über die Puerta del Sol in Madrid. Schluß mit dem Nebel, Schluß mit dem Regen.»

«Du wirst doch wohl nicht glauben, daß es in Madrid nicht regnet, wenn das Wetter auf Regen steht», antwortet ihm der Madrilene. Seine Laune ist unmißverständlich alles andere als feierlich.

Wir reden nun von der Reise, die sie noch vor sich haben. Sie fahren miteinander bis Madrid (es werden unterwegs noch ein paar andere dazustoßen); dann trennen sie sich und ...

«Dieser Herr hat aber noch eine lange Reise vor sich: Amerika.»

«Trotzdem, stellen Sie sich vor, kann ich sogar vor Ihnen zu Hause ankommen.»

Der Sevillaner fragt mich, wieviel ein Flug nach New York kostet. Ich nehme meine Flugkarte heraus und zeige sie ihm. Er prüft sie sorgfältig, rechnet den Gegenwert in Peseten aus und meint bewundernd: «Donnerwetter!» Dann reicht er sie dem Salmantiner, der auch neugierig darauf ist. «In den USA», rät der Sevillaner auf gut Glück, «verdient ein Mechaniker wahrscheinlich mehr als in Deutschland.»

«In den USA», antworte ich ihm, «sind die Löhne fast doppelt so hoch wie in Deutschland.»

«Fast doppelt so hoch!» Sie lachen; und der Salmantiner meint dazu: «Fast doppelt so hoch wie in Deutschland, und hier verdient man viermal soviel wie in Spanien!»

Sie reden über Taglöhne, Abzüge, Lebenshaltungskosten.

«Bekommen Sie auch besondere Ermäßigungen für Bahnreisen, wie ich sie für italienische Arbeiter angekündigt gesehen habe?» frage ich sie.

«Wir? Was denken Sie! Señor! Wir nicht.»

«Ich», eröffnet freimütig der Salmantiner, «ich werde nächstes Jahr nicht mit der Bahn, sondern mit dem Wagen nach Spanien fahren, wie ein Señor. Ein junger Bekannter fährt am nächsten Samstag mit zwei andern Kameraden in seinem Volkswagen; er bot mir den freien Platz an, falls ich die Ladung vollmachen wolle; aber um nicht bis Samstag warten zu müssen ... Dieser Volkswagen war ein Glücksfall; wenn man die Augen offen hat, bietet sich immer wieder eine günstige Gelegenheit. Ich möchte am liebsten einen DKW ausfindig machen.»

«Ja, da hast du recht, Freund», bemerke ich dazu, «ich habe gesehen, daß es ein neues DKW-Modell gibt. Ich wußte nicht einmal, daß die Fertigung wieder aufgenommen worden ist. Es ist tatsächlich ein schöner Wagen. Früher hatte er zwar gute Fahreigenschaften, aber schön war er nicht.» Und da ich fragende Blicke wahrnehme, füge ich hinzu: «Vor dem Krieg fuhren in Spanien viele herum – von den alten Modellen; aber Sie erinnern sich natürlich nicht ...»

Mit spitzbübischem, entwaffnendem Lächeln antwortet der Salmantiner. «Wie sollte ich mich erinnern, wenn ich noch gar nicht auf der Welt war?»

Und ich denke bei mir: «Der Spanische Bürgerkrieg ist schon ein Stück Geschichte. Dieses Jahr sind zwei oder drei Bücher über den spanischen Krieg erschienen, und diese Burschen arbeiten in der Industrie des neuen Deutschland und waren damals noch nicht einmal auf der Welt.»

Wir sind in Köln angekommen: Hier steige ich aus. Ich gebe ihnen die Hand und wünsche ihnen eine gute Reise.

«Danke, gleichfalls», antworten sie mir.

* * *

Die Entführung

Auf seinem mächtigen Motorrad war er wie ein Meteor auf den Dorfplatz gebraust und hatte vor der «Bar Anacleto» angehalten; erbarmungslos war seine Maschine der Bewunderung der Dorfjugend preisgegeben, als er hineinging, um ein Bier zu trinken.

Das ist schon einige Zeit her. Es war an einem prächtigen Frühsommertag, an einem Werktag, etwa um elf Uhr vormittags, als nur wenige Leute in der Bar waren. Anacleto, der Besitzer, schaute ihn kaum an, als er ihm das Bier hinstellte; mit Muße betrachtete er ihn, als er den ersten Schluck nahm, und dachte. «Ein merkwürdiger Vogel!» Dachte mit Befremden und Bewunderung: «Was für ein merkwürdiger Vogel!»

Ein paar Männer aus dem Dorf, die am Ecktisch neben der Tür saßen, musterten den Ankömmling ebenfalls mit Befremden und bewunderten seine Aufmachung. Sie hatten das Getöse gehört, als das Motorrad näher gekommen war und gehalten hatte; und gleich darauf hatten sie ihn hereinkommen und ein Bier bestellen sehen: Er trat hart auf in seinen glänzenden Stiefeln mit dem hohen Lederschaft, seine berückend schöne haselnußbraune Hose war ebenfalls mit Leder verstärkt und seine lange schwarze Spaltlederjacke so elegant geschnitten, daß es ihnen fast den Atem verschlug. Solches sah man in jenen Jahren noch kaum, höchstens im Film. Von ihrer Ecke aus beobachteten sie, wie er den weißen Helm abnahm und auf die Bartheke legte; wie er sich die bombastischen Handschuhe auszog und in den Helm bettete; wie er die riesige grüne Brille abnahm und auf die Handschuhe legte und wie er dann mit der linken Hand, wo ein protziger Fingerring glänzte, das Bierglas hob, einen gierigen Schluck nahm und sich mit einem gestreiften Taschentuch den Schaum vom Oberlippenbärtchen wischte.

Die Männer am Tisch hatten ihr Gespräch unterbrochen und schauten zu ihm hin. Einer stand auf und ging unauffällig hinaus, um einen Blick auf das Motorrad zu werfen. Da draußen stand es prächtig glänzend und rundherum eine Traube von Kindern. Ein schönes Köfferchen war mit zwei Riemen am Gepäckträger festgeschnallt.

Derweilen fragte der Neuankömmling den Schankwirt: «Sie sind Anacleto, nicht wahr?»

«Natürlich bin ich Anacleto», antwortete ihm Anacleto und fragte nun seinerseits: «Sie sind auf der Durchreise hier?»

«Nein; nichts von Durchreise! Ich komme und bleibe. Haben Sie mich denn nicht erkannt? Ich erinnere mich sehr gut an Sie. Ich bin Vicente de la Roca.»

Er erzählte, daß er hier im Dorf geboren sei, denn seine Familie stamme aus dem Dorf: die Roca – ob man sich denn nicht mehr an die Roca erinnere? Er sei nämlich ein Neffe jenes Pedro de la Roca Gómez, der es während der Republik zum Bürgermeister gebracht hatte und dann – nun, man wisse ja. Vielleicht sei von seiner Familie niemand mehr im Dorf, aber er sei hier geboren, und im Dorf sei er großgeworden; nur – so wie die

Dinge lagen – mußte seine Mutter weg, und sie gingen nach Valencia und von Valencia nach Barcelona. Aber er sei kein Katalane, überhaupt nicht. Ob man ihm einen katalanischen Akzent anmerke? Vielleicht war etwas hängengeblieben; in den letzten Jahren sei er allerdings im Ausland gewesen: Er habe in Deutschland gearbeitet. Deutschland sei etwas Großartiges, das müsse man sagen. Sein Motorrad sei ein deutsches Erzeugnis, und es sei schon beeindruckend, wie es Kilometer fresse. Eine ausgezeichnete Maschine.

Er war ein netter Kerl, offen, durchaus gewinnend. Bald richtete sich seine Erzählung nicht nur an Anacleto, sondern auch an die Männer am Ecktisch. Er bezog sie in das Gespräch mit ein, wollte sie alle zu einer Runde einladen. «Jemand von euch muß mich doch noch kennen, oder meine Familie?» Niemand erinnerte sich.

Doch, einer fand, daß ihm sein Gesicht irgendwie bekannt vorkomme. Und noch einer, Tejera, Patricio Tejera, der behauptete sogar nach einer Weile, er sei sich sicher, daß in der Schule ein Vicentico gewesen sei, Vicente Roca, es könne kein anderer gewesen sein, klar.

«Siehst du? Es ist ganz klar!» strahlte der Neuankömmling. Die andern schauten und sagten nichts.

Anacleto, der schon ein gutes Stück älter war – die von der Tischrunde waren lauter junge Burschen wie Vicente – bekräftigte: «Ja, ja. Ja.» (Warum sollte es denn nicht wahr sein, was dieser Vogel da erzählte?)

«Sie wollen also hierbleiben.»

«Nun, ja, sicher. In Deutschland verdient man gut, das steht außer Zweifel. Aber dennoch sage ich mir: Wozu brauche ich das Geld, wenn ich im Leben nicht tun kann, was ich möchte? Also, man lebt ja nicht schlecht in Deutschland, im Gegenteil, das ist ein zuverlässiges Land, da gibt es nichts dran zu rütteln. Aber mit der Zeit bekommt man Lust, sich umzusehen und herauszufinden, wie die Dinge hier so stehen. Spanien ist und bleibt Spanien, Teufel auch! In Spanien ist das Leben weniger langweilig, aus dem wenigen, was man übrig hat, holt man heraus, was man kann. Und das Essen, Mensch! Das ist nicht zu vergleichen! Deutschland mag noch so fortschrittlich sein, aber wo bekommt man Rauchwürste wie in Cantimplora aufgetischt, und erst eine Paella ... Spanien im Herzen! Zum Arbeiten und Geldverdienen – Deutschland, wer bezweifelt das; aber ... Nun, ich sage Ihnen nur, daß der Abteilungsleiter in der Fabrik mich nicht ziehen lassen wollte und mir sogar das Versprechen abnahm, zurückzukommen, falls ich wieder einmal Lust verspüren sollte, wegen dem schnöden Geld mein geliebtes Heimatland zu verlassen.»

Und so weiter und so fort. Des Geplappers kein

Ende. Der Kerl nahm den Mund voll. Er ging mit ihnen zur Tür der Bar, um ihnen sein Motorrad zu zeigen, und Patricio Tejera bot er sogar an, wenn er wolle, dürfe er hin und wieder damit fahren. «Kannst du fahren? Es ist ganz einfach, keine Sorge.» Mit Patricio hatte er sich auf der Stelle angefreundet. Eigentlich mit allen: Er war ein netter Kerl.

Er fragte, wo er eine geeignete Unterkunft finden könnte, ohne daß sie ihn zu teuer zu stehen käme, «man ist ja schließlich kein Fürst»; und überhaupt, für mehr als ein paar Tage seien Hotels nicht zweckmäßig; er habe genug von Hotels. Also, was könnten sie ihm da empfehlen?

Sie warfen einander Blicke zu und mußten auch Anacletos Dienste in Anspruch nehmen: Der Schankwirt wußte für alles einen Rat. Nach einigem Überlegen rief er seine Schwägerin an, die Witwe seines Bruder Dimas; Doña Leocadia hatte zur Zeit ein Zimmer leer, denn ihr Sohn war im Militärdienst; so hatte sich alles im Handumdrehen erledigt.

«Hervorragend, Mensch. Und vielen Dank. Dank an alle. Auf Wiedersehen, alle zusammen.» Vicente hatte sich bereits den Helm übergestülpt, die Brille aufgesetzt, die Handschuhe angezogen und auf das Motorrad geschwungen; mit einem aufgeweckten blonden Bübchen auf dem Rücksitz, der ihm den Weg zu Doña Leocadia zeigen sollte, fuhr er unter lautem Getöse los, und der Schwarm Kinder lief hinter ihm her, bis er am Ende des Platzes abbog und verschwand.

Nach einer Weile fragte Fructuoso Trías, auch einer aus der Gruppe der jungen Burschen, seinen Freund Tejera: «Sag mal, Patricio, hast du dich tatsächlich noch an ihn erinnert, oder hast du es einfach so dahingesagt?»

«Nun, schau, ich glaube ...», stotterte Tejera.

Aber Anacleto machte es kurz: «Aber sicher, Mensch; sicher.»

Es war unmöglich, ihm noch ein weiteres Wort zu entlocken. Er war kurz angebunden, dieser Anacleto. Sie bemerkten außerdem noch: «Das Motorrad, das er da mitgebracht hat, ist immerhin kein Pappenstiel.»

«Allerdings.»

«Und was der Kerl alles auf dem Leib hat. Wo findest du hier Vergleichbares?»

«Nun, außerhalb von Spanien kann sich eben jedes Waisenkind solche Phantasieträume leisten.»

«Viel Gepäck bringt er allerdings nicht mit.»

«Nein, wirklich nicht. Er hat alles angezogen, was er besitzt. Das macht hier natürlich Eindruck, wer würde das bestreiten. Aber ich sage dir, in Deutschland kann heutzutage jeder ...»

«Das auch wieder nicht. Man muß nicht übertreiben.»

«Es ist keine Übertreibung. Vor einer Woche ...» – Und so weiter und so fort. Sie ereiferten sich. Als sich dann irgendwann nach zwölf Uhr die Stammtischrunde aufgelöst hatte und jeder seines Weges ging, spürten alle – der eine mehr, der andere weniger – einen Anflug von Mißgunst gepaart mit Verachtung für das Gepränge, mit dem der Ankömmling angeprescht war; dabei war er bestimmt ein Habenichts. Hatte er es denn nicht selbst herausposaunt? In aller Arglosigkeit. Er war schlicht und einfach ein Arbeiter. Daß in Deutschland hohe Löhne bezahlt werden, weiß jeder. Aber ein Arbeiter ist doch immer nur ein Arbeiter, auch wenn er auf einem Motorrad daherdonnert und mit Brillen und Handschuhen großtut.

Sie hier, sie brüsteten sich eben nicht mit Firlefanz, aber mehr oder weniger waren sie doch alle – Gott sei Dank! –, wie man so sagt, recht gut betucht. Oder etwa nicht? Da war zum Beispiel Fructuoso Trías, Mitinhaber im väterlichen Geschäft für Eisenwaren und Landmaschinen, obwohl er immer so tat, als sei das nichts; oder Patricio Tejera, der es aus eigener Kraft zum Kinobesitzer und Aktionär der Zementfabrik gebracht hatte, und das noch ehe er dreißig Jahre alt war; oder Aniceto Díaz, die Stütze der Bankfiliale; oder Obdulio Álvarez mit seiner Autowerkstätte; selbst der stupsnäsige Sebastián, der wegen jenes Schabernacks, ob du es wahrhaben willst oder nicht ... nicht zu vergessen Anacleto, um nicht in die Ferne zu schweifen, obwohl er schon zu den Älteren gehört ... niemand hielt sich etwas zugute darauf, niemand prahlte, und vom Äußeren her hätte man nie vermutet ... Aber dieser Vogel meint, mit einem schneidigen Schnurrbärtchen und hohen Stiefelschäften ...! Gewiß, Geschick und Gewandtheit konnte man dem Kerl nicht absprechen.

Nein, in der Tat, er verstand es vorzüglich, mit den Leuten umzugehen. Am Nachmittag desselben Tages ließ er sich erfrischt und ausgeruht wieder in der Bar am Hauptplatz blicken. Diesmal stellte er eine karierte kaffeebraune Jacke zur schwarzen Hose und eine auffällige Krawatte zur Schau. Mit lauter Stimme bedankte er sich beim Schankwirt für die Gefälligkeit, ihm eine so angenehme Unterkunft vermittelt zu haben (Doña Leocadia war die Liebenswürdigkeit in Person, eine ganz reizende Dame, in der Tat), und sofort knüpfte er mit einer neuen Gruppe von Gästen ein Gespräch an, wobei er gleich zwei wiedererkannte, die schon am Vormittag beim Stammtisch dabeigewesen waren. Er fragte Anacleto dies und das, was er wissen mußte, etwa, ob denn im Falle des Falles für sein Transistorradio neue Batterien im Dorf erhältlich seien.

Er habe ein tragbares Gerät, das neuste Modell von Grundig, das Beste, was es in Deutschland auf dem Markt gebe. Ob man hier das neuste tragbare Grundig-Radio schon kenne? Natürlich nicht, wie sollte man es kennen, da ja das neuste Modell eben erst ausgeliefert worden sei. Leider habe er es jetzt nicht bei sich; aber morgen werde er es ganz sicher mitbringen, um es ihnen zu zeigen: ein Schmuckstück, sie dürften sich dann gerne selbst davon überzeugen.

Kurz, Vicente de la Roca verstand es, sich beliebt zu machen, alle im Dorf mochten ihn, hielten ihn für einen netten Kerl – vielleicht nahm er den Mund etwas voll, aber alles in allem war er ein netter Junge, und sogar die Zurückhaltenden, die ihn immer noch reserviert und ein bißchen argwöhnisch betrachteten, behielten ihre Besorgnis, da sie nichts gegen ihn vorzuweisen hatten, ganz für sich und suchten ihre raschen Blicke, ihr Kopfschütteln oder ihre mißbilligenden Gesten zu vertuschen. Mit der Zeit gesellte sich der Neuankömmling ganz natürlich und selbstverständlich zu der Gruppe junger Leute, nicht etwa auf der Stufe, zu der er als Arbeiter vermeintlich gehört hätte, aber nein – wir haben es schon bei seiner Ankunft festgestellt –, er verkehrte von Anfang an mit der Jugend der Oberschicht.

Etwas anderes hätte man auch nicht erwartet. In erster Linie (es ist gut, das anzumerken, obwohl niemand gern in der Vergangenheit wühlt und es eigentlich auch keinen Grund dafür gibt) ist und bleibt es eine Tatsache: Die Familie, der dieser verlorene Sohn offensichtlich angehörte, hatte im Dorf eine angesehene Stellung, eine viel bessere als heute die einiger erfolgreicher, wohlhabender und einflußreicher Personen, die sie glücklichen Umständen, eigenen Verdiensten, ihren Begabungen oder was auch immer verdanken, aber eben dennoch aus allerärmsten Verhältnissen stammen. Es ist wahr, solchen Überlegungen sollte man keine allzu große Bedeutung beimessen. Wer schenkt denn heutzutage solchen Überlegungen noch Beachtung! Und da es sich um einen wohltuend unbekümmerten, mitteilsamen jungen Mann handelte, der in der Welt herumgekommen war und somit einiges zu erzählen wußte und überdies – es war augenfällig – die Mittel besaß, Aufmerksamkeiten zu erwidern und sich seiner Umgebung anzupassen – sollte man da erwarten, daß er mit Taglöhnern und dem ganzen ungeschlachten Bauernpack gemeinsame Sache mache? Ferner (man muß auch die Zeitläufte berücksichtigen, in denen wir leben) ist ein Facharbeiter, und dazu noch in Deutschland, ein Techniker sozusagen, sogar ohne «sozusagen»: Er ist einem Ingenieur vergleichbar. Und was die Löhne betrifft … Vielleicht reichten die Geldmittel dieses Vicente nicht in alle Ewigkeit. Ob sie in Bälde oder nicht so bald zur Neige gingen, wer konnte das wissen! Es war sogar ziemlich wahrscheinlich, daß er eines schönen Tages wieder dorthin zurückfahren mußte, woher er mit seinem allseits bekannten Motorrad gekommen war. Und wenn auch! Was wäre denn dabei? Wenn der junge Mann sich eine Urlaubsreise leisten und zum Vergnügen das Dorf besuchen wollte, wo er als Kind den Hunden Steine nachgeworfen hatte, wenn er ein bißchen im Scheinwerferlicht stehen und es lustig haben wollte und dann, wenn der Sprit ausging, auf und davon wieder nach Deutschland? Was war da Schlimmes dabei, und wem schadete er? Jeder hat seine eigene Art, das Leben aufzufassen und zu genießen, was sein ist. Das Dasein darf nicht nur darin bestehen, Geld zu scheffeln und die Jugendjahre mit Sorgen und sich Abrackern zu verbringen, um am Ende ... Zu dieser Sorte gehörte unser Mann jedenfalls nicht. Laut und deutlich verkündete er es selbst, und wer weiß, vielleicht – wer wollte widersprechen? – hatte er sogar recht, Teufel auch!

«Ich bin der Meinung», verkündete er dogmatisch, «daß das Geld rollen muß, Mensch! Dazu ist es da: zum Ausgeben und Spaß damit haben, nicht? Was nützt es, sage ich, dich dein Leben lang abzurackern, bis dir die Zunge raushängt? Was ist das für ein Leben, wenn du dir nicht dann und wann etwas gönnst?» Er lächelte überlegen, selbstzufrieden; wenn jemand wissen wollte, wie es denn in Deutschland so zugehe, wo doch alles ganz anders sei, so machte er eine ausweichende Handbewegung und erzählte dann – zwar nur andeutungsweise, aber bereitwillig und zuvorkommend.

Sein bester Freund und Vertrauter wurde sehr bald Patricio Tejera. «Es kommt dir vielleicht seltsam vor», sagte er zu ihm, «und ganz bestimmt ist es auch seltsam; aber seit wir uns zum ersten Mal sahen – weißt du noch? –, als ich mit dem Motorrad ankam und in der Bar ein Bier trank, weil ich am Verdursten war, und du mit deinen Freunden dort hinten gesessen bist, gleich vom ersten Augenblick an wußte ich – keine Ahnung, warum –, von da an wußte ich, daß wir beide Freunde sein würden. Und das, obwohl du mich damals – gib es ruhig zu! – irgendwie verächtlich angeschaut hast, so als wolltest du sagen: ‹Was will denn dieser komische Kauz hier!› Gib es ruhig zu: Am Anfang machte ich auf dich eher einen schlechten als einen guten Eindruck; aber ich wußte trotzdem sofort, ohne daß ich dir sagen könnte, weshalb, daß wir Freunde werden würden. Und wie du siehst: So ist es gekommen. Ich erzähle dir vieles, was ich sonst niemandem erzählen würde. Dir erzähle ich es, weil ich weiß, daß du verstehst, was ich meine, und daß du deswegen nicht gleich schlecht von mir denkst. Meinst du nicht, zum Beispiel, daß die andern aus dem, was ich jetzt gerade erzählt habe,

Kapital schlagen würden? Zu meinem Schaden, klar. Aus purem Neid, ich weiß schon; nur ...»

Was er ihm sodann erzählte – ob Wahrheit oder Erfindung, vermutlich eher eine mit Glanzlichtern und Geflunker aufgeputzte wahre Begebenheit –, war nur eine der vielen Alltagsgeschichtchen aus seinen Deutschlanderfahrungen – «damit du siehst, wie die Leute dort so sind». Wenn zutraf, was er behauptete, so hatten es im Haus, wo er sich zuletzt vor seiner jährlichen Urlaubsreise nach Spanien eingemietet hatte, die beiden Frauen der Vermieterfamilie, Mutter und Tochter, auf ihn abgesehen und stritten mit gleich grimmiger Verbissenheit um seine Gunst, während der Vater und Ehemann von all dem nichts merkte oder, falls er etwas merkte – wer weiß? –, es für ratsamer hielt, den Ahnungslosen zu spielen. Die Situation hatte etwas Ulkiges an sich, glich bisweilen einem närrischen Gebärdenspiel, und zwar schon von dem Zeitpunkt an, da er, Vicente, erst ein paar wenige Worte Deutsch konnte, kaum das Allernötigste, um sich im Alltag einigermaßen zurechtzufinden. «Stell dir vor, eines Tages ... nach und nach hatte ich etwas gemerkt: vielsagende Blicke, wohlwollende Aufmerksamkeiten, hie und da ein spezieller Nachtisch, beide wetteiferten miteinander – ich brauche dir ja nicht zu sagen, wie Frauen sind, wenn sie Flausen im Kopf haben –, so daß ich natürlich immer wieder ‹Dankeschön!› und noch mehr ‹Dankeschön!› sagte. Was konnte ich denn auf Deutsch anderes sagen als ‹Dankeschön!› und ‹sehr gut›? Also, wie ich dir schon gesagt habe …»

Die Tochter sei allerdings eindrucksvoll gewesen: eine Blondine von besonderem Kaliber. Er war vorab im Bilde: Ein Kamerad hatte ihm die Pension empfohlen und ihn darauf hingewiesen, daß sich besagte Elisa an alle heranmachte und noch keinem die kalte Schulter gezeigt hatte. Tatsächlich vergaß sie, sobald er im Hause wohnte, alle anderen Schwärmereien und richtete ihre sämtlichen fünf Sinne darauf, den neuen Spanier Vicente de la Roca zu umgarnen, sogar – wie zu vermuten ist, denn so schwärmerisch sind die Frauen – mit Heiratsabsichten. Laufend neue Bemühungen, ihm Deutsch beizubringen, und mit welcher Engelsgeduld! Wie oft schlug sie ihm Ausflüge aufs Land vor! Die Deutschen fahren fürs Leben gern aufs Land: Sie sind imstande, sich bei feuchtem Nebelwetter auf den Boden zu legen, und wenn ihnen die Feuchtigkeit bis in die Knochen kriecht, genießen sie das sogar noch. Aber er war ja schließlich nicht blöd, ganz und gar nicht; er war ein alter Fuchs.

Übrigens war auch die Mutter nicht übel: eher klein und klarerweise in die Jahre gekommen, aber eitel war die Alte! Mit der größten Selbstverständlichkeit heftete sie sich ihrerseits dem Spanier Vinzenz an die Fersen. Kaum war die Tochter am Morgen aus dem Haus (sie arbeitete in einem Handschuhgeschäft), kam Frau Schmidt nachschauen, ob er etwas brauche, und während der junge Pensionär sich in aller Eile rasierte, um den Bus nicht zu versäumen, setzte sie sich auf die Kante des durchwühlten Bettes und fing an, draufloszuplaudern, obwohl er ihr kaum antworten konnte, vor allem, weil er von ihrem Redeschwall fast nichts verstand. Am Abend war wieder sie es, die ihm die dort übliche Mahlzeit auftrug, sie wich nicht von seiner Seite, umsorgte ihn dienstbeflissen wie eine lästige Amme, und ihre Fürsorge hätte kein Ende mehr genommen. Aus diesem Grund gingen zwischen Mutter und Tochter mehr als einmal Haßworte und Drohgebärden hin und her, bis die Auseinandersetzung eines Tages in ein Gezeter ausartete, dem Herr Schmidt dann zum Glück mit einem Machtwort ein Ende setzte – aus lauter Wut, weil er bei dem Lärm das Konzert im Radio nicht hören konnte. Allmählich wurde es nicht nur ungemütlich, es wurde unerträglich. «Eines Tages begriff ich, daß ich wählen mußte: entweder die Mutter oder die Tochter; oder mich dazu durchringen, beide zufriedenzustellen. Ich fand, diese letzte Lösung stifte trotz aller Nachteile am wenigsten Ungemach, denn falls ich mich für die Tochter entschied, wer weiß, was für einen Radau die Mutter schlagen würde (unter Garantie würde sie sich an mir rächen, indem sie mich zwang, Elisa zu heiraten); gäbe ich aber der Mutter den Vorzug, so war Elisa auch nicht die Frau, um sich wortlos damit abzufinden. Im Grunde hatte ich überhaupt keine Lust, mich in ein solches Wirrwarr zu stürzen, und wenn ich dir die Wahrheit sagen darf, Patricio, es lohnt sich nicht, wegen der Frauen ... Du verstehst mich? Ich habe nie verstanden, wieso sich jemand von Frauen einwickeln läßt; und trotzdem werden manche Männer nie klüger: Sie können noch so viel Ärger haben mit Frauen, kaum sind sie einer Verbindung entronnen, stürzen sie sich in eine neue. Was mich betrifft: Ich konnte mich heil aus der Falle retten, die mir Mutter und Tochter, jede auf ihre Weise, gestellt hatten. Es waren nämlich nur noch drei Wochen bis zum Urlaub; ein Wohnungswechsel kam nicht in Frage, es hätte zu vieler Erklärungen bedurft, dann die Kündigungsfrist und so weiter. So gab ich mir Mühe, mich am Morgen ein bißchen zu sputen, um zur gleichen Zeit bei der Tür hinaus zu sein wie Elisa, und da ihre Straßenbahnhaltestelle anderswo lag als meine Bushaltestelle: ‹Adieu und auf Wiedersehen!› – ‹Auf Wiedersehen.› Am Samstag und Sonntag blieb ich weg, war mit Kameraden auf Ausflügen oder in der Schenke. Auf diese Weise entwischte ich den Krallen dieser beiden Ungeheuer und konnte wieder frei atmen. Meinen die Frauen eigentlich, sie tun uns einen Gefallen, wenn sie uns verfolgen? Ich bin dafür nicht zu haben: Ich kenne sie zu gut. – Ich habe dir das alles erzählt, Patricio, damit dir klar wird, wie sie sind, und du dich nicht an der Nase herumführen läßt, denn hier in Spanien sind ihre Verstellungskünste noch vertrackter, und es ist noch schwieriger, ihr Ränkespiel zu durchschauen.»

«Schau, Vicente, solche Dinge passieren überall», antwortete Patricio Tejera, «du hast dich jedenfalls wie ein mustergültiger Kavalier verhalten, aber während du erzählt hast, habe ich immerzu an einen Fall gedacht, der sich hier bei uns vor noch nicht einmal zwei Jahren zugetragen hat und zu einem Riesenskandal geworden ist. Ein ziemlich ähnlicher Fall: ebenfalls Mutter und Tochter, aber ...»

Er erzählte ihm die Geschichte: ehrbare, allseits gern gesehene, wenn auch arme Leute. Die Mutter war schon lange Witwe und hatte nie Anlaß zu üblen Reden gegeben; das Töchterchen, ein braves Mädchen, hatte eine Klosterschule besucht, und alle freuten sich, als Romualdo, ein Prachtjunge, der in einem Barbiersalon angestellt und weithin bekannt und geachtet war, um das Mädchen warb und es dann auch heiratete. Es war eine in jeder Hinsicht stimmige und vernünftige Verbindung. Die Witwe besaß ein Häuschen, und das Eckzimmer war wie geschaffen für Romualdo, um dort auf eigene Rechnung einen kleinen Barbiersalon einzurichten. Die beiden heirateten also, und es schien alles ausgezeichnet zu laufen. Die junge Frau, die alles andere als häßlich war, blühte auf wie eine Wiese nach dem Regenguß, bestimmt weil der makellos saubere Figaro sie mit seiner Fürsorglichkeit und seinem schwärmerischen Überschwang ganz und gar in seinen Bann gezogen hatte. Bis eines Nachts ... Es ist widerlich, o du armes Mädchen! Halb im Schlaf hatte sie gehört, daß er aus dem Bett stieg, sicher – dachte sie – wegen eines dringenden Bedürfnisses. Da sie aber nach einer geraumen Weile fand, er sei doch gar lange weg, befürchtete sie ein Unwohlsein, erhob sich ebenfalls und ging nachschauen, ob ihm etwas zugestoßen sei; als sie ihn weder auf dem Abort noch in der Küche fand, warf sie einen Blick ins Schlafzimmer der Mutter. Was mochte in ihr vorgegangen sein, als sie die beiden, Schwiegermutter und Schwiegersohn, inniglich vereint im Bett überraschte! Im Nachthemd, wie sie war, rannte die Ärmste ins Freie und schrie wie eine Wahnsinnige; es heißt, sie geht heute auf die Straße, ich weiß nicht, ob in Madrid oder in Barcelona oder sonstwo, ein Häufchen Elend. Was sagst du dazu?»

«Grauenhaft!» bemerkte Vicente entrüstet. «Habe ich es dir nicht gesagt? Und immer noch gibt es Leute, die den Frauen trauen! Die Mutter begeht eine unglaubliche Schweinerei, und die

Tochter stürzt sich ins Lotterleben. Was ich dir sage! Sie sind alle gleich.»

«Das auch wieder nicht; man darf nicht übertreiben, verstehst du? Einige haben zwar den Teufel im Leib, das weiß man; aber umgekehrt, wenn eine Frau rechtschaffen und verläßlich ist ...»

«Auf jeden Fall ist es besser, auf der Hut zu sein. Was mich betrifft ...», blieb der andere beharrlich bei seiner Überzeugung.

Nachdem sie nun schon auf Geständnisse eingestimmt waren und vielleicht auch, um seinem neuen Freund zu verstehen zu geben, er möge doch bitte auf seine Worte achten und ihm nicht zu nahe treten, ließ Tejera ihn wissen, er erachte es ganz im Gegenteil als einen Segen des Himmels, die Frau zu finden, die würdig sei, ihr Leben mit ihm zu teilen, und just im Augenblick umwerbe er ein in jeder Hinsicht vortreffliches Mädchen; so überzeugt sei er von ihrem Wert, daß er bereit sei, mit ihr Verlobung zu feiern und sie zu heiraten, sobald sie nur wolle.

«Hör schon auf, Junge!» unterbrach ihn Vicente und tätschelte ihm die Schulter. «Schau, ich habe darauf gewartet, daß du es mir erzählst, um sicher zu sein, daß du wirklich mein Freund bist. Meinst du denn, ich weiß es noch nicht? Alle Welt weiß es ja: die Tochter von Martínez Alvar, nicht wahr? Alle wissen es ... So sag mir doch: Hat sie sich entschieden, deinen Antrag anzunehmen?»

Das ganze Dorf wußte es, sogar der eben erst angekommene Vicente de la Roca. Die miteinander befreundeten Patricio Tejera und Fructuoso Trías waren die bestbetuchten jungen Männer der Gegend und warben schon längere Zeit um Julita Martínez, die nicht nur einzige Tochter und damit Alleinerbin eines lastenfreien Vermögens war, sondern überdies das liebreizendste Geschöpf, das Menschenaugen zu Gesicht bekommen können. Sie war noch fast ein Kind – eben erst war sie achtzehn Jahre alt geworden – und hatte eine sorgfältige Erziehung genossen, ihre Kleider waren ausnahmslos in Madrid gekauft, wohin sie mit ihrer Mutter zweimal im Jahr reisen durfte, und somit hatte es außer Fructuoso Trías oder Patricio Tejera niemand gewagt, sein Augenmerk auf sie zu richten – höchstens für einen flüchtigen heimlichen Blick. Und sie, in ihrer Gewißheit, daß der eine wie der andere in der Familie willkommen war, zögerte ihre Entscheidung hinaus, welchen von beiden sie wählen wollte, und machte beiden Hoffnung, was dem Neid Nahrung gab und sie dem Vorwurf aussetzte, hochnäsig und geziert zu sein.

«Nein», gestand Patricio mit düsterer Miene, «sie hat sich noch nicht entschieden; aber aufgrund bestimmter Indizien, die nur ich kenne, hege ich die Hoffnung, daß zu dem Zeitpunkt, da sie sich jemandem versprechen will, dieser Jemand ich sein werde und niemand anders. Sie ist eben noch zu jung und hat es nicht allzu eilig, sich festzulegen, womit sie sich, obwohl es mich irritiert, als klug und vernünftig erweist; und da wir alle miteinander befreundet sind, tut es ihr vielleicht auch leid, den armen Fructuoso zurückzuweisen und einen Kübel kaltes Wasser auf seine Hoffnungen zu schütten.»

«Nun, ich würde es sehr bedauern, wenn du der Geprellte wärst; um das zu vermeiden, ist es besser, man macht sich keine solchen Hoffnungen, denn am Ende lohnt es sich ja doch nicht.»

«Es ist leicht, so zu reden, wenn man unbeteiligt ist und die betreffende Person nicht kennt.»

«Kennen tu ich sie schon, obwohl ich bislang noch nie mit ihr geredet habe; aber letztens habe ich sie im Kino gesehen, und da hat mir gleich jemand gesagt, wer sie ist, und alles weitere dazu. Natürlich gratuliere ich dir zu deinem Geschmack, und man müßte wohl blind sein, wollte man leugnen, daß sie ein reizendes Geschöpf ist. Sie ist ohne jeden Zweifel sehr hübsch, für mich sogar – wenn ich dir das sagen darf – zu hübsch. Frauen, die von allen Seiten Lob einheimsen, glauben es am Ende selbst noch und werden eingebildet und unausstehlich, und hinterher sieht man ja doch ...»

«Das ist es nicht, Vicente, und ich muß dich darauf hinweisen, daß du Allgemeinplätze herunterleierst. Oder glaubst du vielleicht, ich sei so oberflächlich und leichtsinnig, daß ich mich allein von der Schönheit entflammen lasse …? Weder Schönheit noch Geld reichen, wenn es ums Heiraten geht, was ja heißt, um eine Entscheidung für das ganze Leben. Ich wäre froh, wenn dir das klar würde, Mensch … Aber wie sollte dir das klar werden, wenn du sie nur vom Sehen kennst? Erst wenn du sie richtig kennst, dann können wir reden. Es werden sich Möglichkeiten ergeben: Gleich bei der nächsten Gelegenheit stelle ich sie dir vor, und dann kannst du deine Meinung kundtun.»

Die Gelegenheit ergab sich noch am gleichen Nachmittag: Auf den Dörfern begegnen sich die Leute auf Schritt und Tritt, und Patricios großer Wunsch war es, seinem Freund zu beweisen, welch glückliche Wahl er getroffen hatte. Er war sogar auf die Idee gekommen vorzuschlagen, er solle, um Julias Willen herauszufinden, ihre kleinen, unscheinbaren Gebärden ausspähen, wenn sich ihre Unterhaltung um Patricio drehte, was ja am Anfang fast unumgänglich war, denn er hatte die beiden einander vorgestellt. Ihr Gespräch unter vier Augen dauerte eine geraume Weile. Wer spürt denn keine Wißbegier für die Neuigkeiten eines Fremden? Patricio hatte sich unter dem Vorwand entfernt, jemandem etwas mitteilen zu müssen, und von einer Gruppe Freunde aus (Fructuoso Trías war natürlich dabei und noch zwei andere; die Szene spielte sich in der Kinogarderobe ab) beobachtete er unauffällig Julias Benehmen: Sie schien sehr angeregt, ebenso Vicente, der anscheinend Gefallen an ihr gefunden hatte. Wie sollte sie ihm denn nicht gefallen, wenn dieses einzigartige Geschöpf allerorts der Mittelpunkt allgemeiner Bewunderung war; wenn sie das Juwel des Dorfes war, wenn alle Welt … Allem Anschein nach fand sie den Fremdling amüsant, denn zweimal sah er sie herzlich auflachen. Vicente war eben ein sehr gewinnender Bursche, einer, der es verstand, andere schnell für sich einzunehmen, und Patricio war froh, ihn mit Julia bekanntgemacht zu haben, denn vorgestellt worden wäre er ihr irgendwann sowieso, und so konnte Vicente, ohne daß es auffiel, den Absichten seines Freundes förderlich sein und ihm als gewandter Fürsprecher dienen. Trotz der stolzen Großsprecherei, mit der er nach außen hin seine Gewißheit beteuerte, im redlichen Liebeswettstreit mit Fructuoso Trías am Ende das Rennen zu machen, war er im Innern wohl doch nicht so restlos überzeugt, und er hatte auch keinen Grund dazu, denn die begehrte Schöne hatte bis dahin noch kein eindeutiges Zeichen gegeben, ob sie ihre Gunst dem einen oder dem andern schenken wollte.

Als Vicente endlich Anstalten machte, sich höflich-umständlich von seiner neuen Bekannten zu trennen, ging Patricio wieder zu seinem Freund

und konnte es natürlich kaum erwarten, mit ihm allein zu sein, um ihn nicht nur nach seinem Eindruck zu befragen, sondern Punkt für Punkt nach dem Inhalt des Gesprächs, das er mit Julita geführt hatte. Der Eindruck – überflüssig zu sagen – hätte nicht besser sein können (das hatte Patricio im voraus gesagt); aber worüber hatte sie denn so herzlich gelacht? Worüber hatte Vicente mit ihr geredet? Es wollte ihm gar nicht sofort einfallen; dann erinnerte er sich wieder: «Ah ja!», und auch er fing an zu lachen. «Mensch, klar, natürlich über dich. Ich beschrieb deiner Dulcinea nichts Geringeres als die leidenschaftliche Begeisterung und das sehnsuchtsvolle Verlangen, das dich in deiner Verliebtheit umtreibt. Du wirst verstehen», fügte er hinzu, «daß ich nicht gleich am Anfang in die Tiefe gehen konnte; ich mußte die Sache in möglichst lockerem Ton anpacken. Aber ich habe mich bemüht, die Tür offenzulassen, um auf die Sache zurückzukommen, wenn ich es für ratsam halte.»

Patricio Tejera gefiel das gar nicht übel. Aber er ließ nicht locker, verlangte, vom andern jede Einzelheit zu erfahren, jedes einzelne Wort, das er mit Julita gewechselt hatte. Zu Vicentes Ehre muß eingeräumt werden, daß er sich mit Engelsgeduld bemühte, ihm zu Diensten zu sein und die Sehnsucht seines verliebten Herzens zu stillen, indem er ein ums andere Mal das Gespräch widergab und genau darauf achtete, die Sätze so zu wiederholen – vielleicht mit dieser oder jener geringfügigen Abweichung –, wie sie das Mädchen von sich gegeben hatte.

«Also, mit einem Wort: Was meinst du?» drängte Patricio. «Stimmt es nicht, was ich dir gesagt habe, daß meine Julita eine Ausnahmeerscheinung ist? Denn kaum macht sie den Mund auf, merkt man schon, wie intelligent und wie erstaunlich reif und klug sie für ihr Alter ist; stimmt es nicht, daß ...»

«Gemach, gemach, Freund, halt den Karren an! Zuallererst finde ich, es reicht nicht, zwei Minuten mit jemandem zu reden – erst recht nicht mit einer Person des anderen Geschlechts –, um herauszufinden, welch Geistes Kind sie ist. Das vorweg. Mit dieser Einschränkung sage ich dir nun, daß mein Eindruck keineswegs übel war. Aber darum geht es ja gar nicht, Patricio. Merke dir eines: Ich habe nie versucht, dich vor diesem Mädchen zu warnen (ich kenne sie ja auch jetzt noch kaum!). Ich warnte dich, und tue es immer noch, vor der Launenhaftigkeit aller Frauen; das Harmloseste ist noch, daß sie dir die Ruhe und den Frieden rauben und dir Verdruß und Eifersucht einbringen. Kurz, sie vergällen dir das Leben.»

«Sicher ist ein gewisses Maß Bitterkeit dabei, das bestreite ich gar nicht; aber dieses Gran an Bitterkeit mischt sich in die Süße, macht sie dem Gaumen schmackhafter und verhindert, daß du ihrer vor lauter Klebrigkeit überdrüssig wirst», war seine Antwort.

Vicente wurde ungeduldig: «Schon gut, Mensch. Ich sage nichts mehr. Du mußt es selbst auslöffeln … Mach, was du willst! Meine Schuld, wenn ich mich einmische, wo man mich nicht gerufen hat.»

Tejera mußte nun versuchen, die Sache wieder einzurenken, denn schließlich wünschte er sich nichts weniger, als seinen Freund zu verärgern.

Tage und sogar Wochen vergingen, ohne daß etwas Besonderes geschah, was der stets empfänglichen Phantasie der Leute, den Gesprächen am Stammtisch Nahrung gegeben hätte; bis eines Sonntagmorgens unverhofft – bums! – die Nachricht wie eine Bombe einschlug, die Sensation eine Tatsache war: Just an diesem Morgen waren in aller Herrgottsfrühe Vicente de la Roca auf seinem Motorrad und Julita, die einzige Tochter von Don Lucio Martínez, aus dem Dorf verschwunden; deren Abwesenheit war zum Entsetzen der Familie festgestellt worden, als niemand auf das Klopfen an ihrer Schlafzimmertür antwortete, das sie zum Frühstück rufen sollte, weil es allmählich Zeit wurde für den Kirchgang. Das hübsche Vögelchen war aus dem Käfig geflattert. Unter seinem Flügel hatte es den ganzen Schmuck mitgenommen, der ihm gehörte (es war nicht wenig, und er war nicht billig) – das ergab sich beim Durchsuchen des Zimmers –, und überdies fehlte ein dickes Bündel Banknoten, das der Vater im Schreibschrank unter Verschluß gehalten hatte. Obwohl Julita keinen Brief und auch sonst keinerlei Erklärung hinterlassen hatte, brachte man das gleichzeitige heimliche Verschwinden der beiden bald in Zusammenhang und sah es als erwiesen an, daß Julita ihr Zuhause auf dem Rücksitz von Vicentes Motorrad verlassen hatte.

Wozu erzählen, was für ein Skandal da losbrach! Man dachte nicht einmal an die Möglichkeit, ihn zu vertuschen und zu ersticken. Telegrafen und Telefone surrten, man setzte in Bewegung, was sich bewegen ließ, und trotzdem wurde es Montag mittag, ehe man nach bangen Stunden, die das ganze Dorf in fiebrige Aufregung versetzten und die unmittelbar Betroffenen in Angst und Verzweiflung stürzten, von den Flüchtigen endlich Kunde erhielt. Wenigstens von dem Mädchen; mit der gebührenden Vorsicht teilten nämlich die Behörden Herrn Martínez Alvar mit, daß seine Tochter in einem Hotel in der Stadt Figueras gefunden worden sei; dorthin begab sich der arme Vater, ohne auch nur eine Minute zu verlieren.

Arme, unglückliche Julita! Kaum erblickte sie den Urheber ihrer Tage (und Nächte) im Türrahmen, warf sie sich mit einer Miene des Entsetzens aufs Bett und barg ihr Gesicht im Kissen, das schon so viele ihrer Tränen aufgesogen hatte, und brach in heftiges Schluchzen aus. Es kostete einige Mühe, sie aus ihrem Schlupfwinkel herauszulokken und dahin zu bringen, doch zu erzählen, was ihr widerfahren war. Ihre stockende, von Seufzern und Schluchzern immer wieder unterbrochene Schilderung deckte sich übrigens mit dem, was die Hotelbesitzerin der Polizei zu Protokoll gegeben hatte: Das junge Paar war am Sonntag abend, schon fast bei Anbruch der Nacht, beim Hotel vorgefahren; er ließ sich einige freie Zimmer zeigen und wählte in Absprache mit dem Mädchen und nach den üblichen Vereinbarungen zum Preis und zu anderen Einzelheiten das nämliche hier, in dem der Vater sie am nächsten Tag fand und in dem sie auf Anweisung des jungen Mannes auf ihn warten sollte, bis er das Einschreibeformular ausgefüllt und das Motorrad untergestellt hätte. Statt dessen aber ... war er wieder aufgestiegen und verschwunden ... bis heute.

Allmählich hatte sie sich über sein langes Fernbleiben geärgert, war dann stutzig geworden, aber bald schon hatte die Bangigkeit überhandgenommen. Sie war zum Hoteleingang hinuntergegangen, hatte bei der Eigentümerin nachgefragt, und zusammen hatten sie verschiedene Möglichkeiten erwogen: Vielleicht hatte er das Motorrad zur Inspektion in eine Garage gebracht; vielleicht wollte er eine Zeitung oder Zigaretten kaufen und hatte sich verfahren; oder womöglich war er auf die verrückte Idee gekommen ... Man kann ja nie wissen.

«Hat Ihr Gemahl vielleicht hier in Figueras einen Bekannten?» fragte die ergraute Dame Verdacht schöpfend. Zuvor schon hatte sie das Mädchen fast unwillkürlich mit prüfendem Blick gemustert.

«Ich glaube nicht, aber ... wer weiß! Vielleicht ist er zufällig und überraschend jemandem begegnet ... Aber was könnte ihm denn da auf einmal in den Sinn gekommen sein? Es ist alles so sonderbar ...»

Es war alles sehr sonderbar und wurde es erst recht, als immer mehr Zeit verstrich, seitdem besagter Vicente um die Ecke gebogen und verduftet war.

«Nun, vorläufig kann man nichts anderes tun, als geduldig zu warten», schloß die arme Julita ganz vernünftig, da bereits zwei Stunden verflossen waren. «Sich in Geduld üben und warten.»

Sie spürte den hinterlistig verschmitzten Blick der Frau im Rücken, als sie, ohne einzuwilligen, etwas zu essen oder wenigstens einen Kaffee zu trinken, wie diese es ihr angeboten hatte, die Treppe hinaufstieg und sich in ihr Zimmer einschloß. Nach Kaffee war der Armen sicherlich zumute gewesen! Allein in ihrem Zimmer – es erübrigt sich zu sagen, daß sie die ganze Nacht kein Auge zumachen konnte, und das hatte sie sich auch gar nicht vorgenommen, sie legte sich nicht einmal ins Bett – bemühte sie sich, alle verfügbaren Kräfte zu sammeln (und das waren nicht viele), nahm ihre fünf Sinne zusammen und dachte über ihre Lage nach. Gleich am Anfang hatte der Hundsfott unter dem Vorwand, es sei sicherer so, das Geld und die Schmuckschatulle an sich genommen. Nichts hatte er ihr gelassen. Wenn er nicht zurückkam ... aber warum sollte er nicht zurückkommen? Kaum vernahm sie ein Geräusch, eine knarrende Tür, Gesprächsfetzen, Schritte auf der Treppe, glaubte sie – und das Herz raste vor Verlangen –, er stehe im nächsten Augenblick im Türrahmen; bald stellte sie sich ihn betrunken und Entschuldigungen lallend vor, bald verletzt und bleich oder, im Gegenteil, fidel und munter bei dem Versuch, sein Abenteuer einfach als Spaß abzutun. So oder so, er mußte zurückkommen. Warum sollte er nicht zurückkommen? So gemein, fand sie, konnte er unmöglich sein ... Oder handelte es sich allenfalls um einen plötzlichen Gedächtnisverlust, wie er sonst nur in Filmen vorkommt? Konnte es sich um so etwas handeln? Nein, das war unwahrscheinlich, was für ein Unsinn! Das gibt es nur im Film. Hingegen gibt es in der Wirklichkeit natürlich haufenweise Halunken. Ausgekochte Halunken und dumme Mädchen, die sich von ihnen hintergehen lassen. Was andern zustößt, konnte auch ihr zustoßen, obwohl sie sich so klug vorkam. Aber wer kommt sich nicht klug vor? Sie hatte Gelegenheit gehabt, Urteile und Meinungen über Vicente zu hören, die zur Kenntnis zu nehmen sie sich freilich geweigert hatte, denn sie hielt sie für kranke Früchte des Dorfneides. Wenn diese Urteile und Meinungen sich nun aber als zutreffend erwiesen ... Aber, bei Gott, warum sollte Vicente sie denn betrogen haben? Nur um ihr Geld und eine Handvoll Schmuck zu stehlen? Nur deswegen sollte er sie von zu Hause entführt haben? Nein, das ergab keinen Sinn; und je mehr sie sich den Kopf zerbrach, desto weniger verstand sie das alles. Viel eher hätte sie es verstanden, wenn der Betrug vollkommen gewesen wäre, sprich: wenn er sie nach einer gemeinsam verbrachten Nacht bestohlen und sitzengelassen hätte: noch weitaus niederträchtiger, bestimmt, aber immerhin eher verständlich. Denn wie sollte sie sich erklären, daß es Vicente letztlich nur auf ihr Geld abgesehen hatte? Eine solche Verachtung war ihr gänzlich unbegreiflich; es konnte einfach nicht wahr sein. So mußte etwas anderes dahinterstecken: Ein Unglück mußte ihm zugestoßen sein; ganz sicher war ihm ein Unglück zugestoßen. Sie dachte sogar schon mit einer gewissen Erleichterung an eine solche Möglichkeit, nicht nur daß Vicente jemanden mit dem Motorrad überfahren hatte und deshalb verhaftet worden war, sondern daß er selbst gegen einen Mauervorsprung geprallt sein könnte. Das wäre zwar ein großes Unglück, ein ganz schreckliches Unglück, aber ... wenigstens verständlich; die Schandtat hingegen ...

Kurz und gut, nach einer fürchterlichen, unendlich langen Nacht sah Julita unter Frösteln, wie durch die Vorhänge der Tag herandämmerte, der Montag schon, und allmählich hörte sie auch wieder Geräusche auf der Treppe und im Flur, hörte Wasser rauschen im Waschraum eines Nachbarzimmers ... Es war nicht allzuviel Zeit vergangen, als leises Klopfen an der Tür, das sie zusammenzucken ließ, die Hotelbesitzerin ankündigte. Die alte Dame wollte sich erkundigen, ob es Neuigkeiten gebe. Natürlich gab es keine Neuigkeiten. Natürlich gab es kein Lebenszeichen von dem Mann. Natürlich war es gar nicht ihr Ehemann. «Nicht wahr, mein Kind, ihr seid nicht verheiratet? Ihr seid durchgebrannt, nicht wahr? Er hat dich von Zuhause entführt, stimmt's? Und dann hat es sich der Prahlhans anders überlegt, er hat es mit der Angst zu tun bekommen und sich aus dem Staub gemacht ...»

Julita blickte zu Boden. Die Frau strich ihr mitleidig mit der Hand übers Haar. Da brach das arme Mädchen in Tränen aus und war einfach nur noch ein hilfloses schluchzendes Kind.

«Komm schon, komm, mein Kind. Da macht ihr eine Dummheit, und dann ... Warte, ich bring dir eine Tasse Kaffee, das stärkt», fiel ihr ein, und sie ging hinaus.

«Das ist der Augenblick», dachte Julita. In der Nacht hatte sie einen finsteren Plan geschmiedet, der feste Gestalt annahm, sobald fremde Lippen ausgesprochen hatten, wovon sie so sehr gefürchtet hatte, es könnte wahr sein: daß sie genarrt und sitzengelassen worden war. Jetzt war der Augenblick da, jetzt, wo sie wieder allein war, konnte sie den Plan ausführen. Wenn die gute Frau mit dem Frühstück wieder hereinkäme, dann würde sie Augen machen, was sie dann zu sehen bekam. «Das ist der Augenblick», sagte sie nochmals zu sich.

Aber sie tat nichts, unternahm nichts. Mit hängenden Armen und gesenktem Kopf sagte sie noch zweimal den gleichen Satz vor sich hin: «Das ist der Augenblick», als ob sich mit dem Aussprechen ihre ganze Kraft erschöpft habe. Sie saß immer noch auf dem gleichen Fleck, als die Frau nach einer Weile mit Milchkaffee und einem Zukkerbrötchen auf dem Tablett wieder hereinkam – erst wies sie zwar alles zurück, aß dann aber unter Tränen das durchweichte Brötchen in ihrem Heißhunger auf und trank den Kaffee in großen und hastigen Schlucken. Dann fühlte sie sich tatsächlich etwas getröstet und erzählte ihrer Wohltäterin ohne große Hemmungen, wer sie war, wie sie hieß und wo sie wohnte; somit mußten die zwei übernächtigten Polizisten, die auf einen Telefonanruf hin gekommen waren, nur noch die diesbezüglichen Angaben aufschreiben und der Inhaberin des Hotels die Verantwortung für Fräulein Julia Martínez übertragen, bis sie die üblichen Formalitäten erledigt hätten.

Diese Formalitäten führten dazu, wie schon gesagt, daß Don Lucio Martínez auf der Suche nach dem entlaufenen Schäfchen sich eiligst auf den Weg machte und bis zu seinem Eintreffen nur gerade die Stunden verflossen, die der Wagen vom Dorf bis nach Figueras brauchte.

Vielleicht wäre es ein schönes, aber falsches Bild, uns in der Vorstellung eine rührende Begegnung zwischen Vater und Tochter auszumalen. Wahrscheinlich waren er und sie, beide auf ihre Weise, darauf gefaßt, einander gegenüberzustehen; Tatsache ist jedenfalls, daß sie nur wenige Worte wechselten.

«Los gehen wir», befahl Don Lucio; er zahlte die Hotelrechnung, trat auf die Straße hinaus, geknickt folgte die Tochter hinterdrein, sie stiegen in den Wagen, schlugen die Türen zu, und mit einem Ruck brausten sie davon. Erst als sie auf offener Strecke waren, begann die unvermeidliche Befragung.

«Zu welcher Stunde hast du gestern dein Elternhaus verlassen?»

«Um fünf Uhr früh.»

«Gut. So erzähle mir jetzt Punkt für Punkt und ohne die geringste Kleinigkeit auszulassen, verstanden? Nicht die geringste Kleinigkeit, alles, was seither geschehen ist. Du bist um fünf Uhr früh von daheim weggegangen. Gut. Und dann?»

«Nichts.»

«Was heißt ‹nichts›?»

«Er wartete unten auf mich.»

«Er! – Weiter.»

«Nichts. Ich stieg auf das Motorrad, das ist alles.»

«Was heißt ‹das ist alles›? Erzähle weiter, sage ich dir, sonst ...»

«Also, wir fuhren zum Dorf hinaus. Zuerst hatten wir im Sinn, bis nach Barcelona zu fahren, dann hielt er es für besser, bis nach Figueras weiterzufahren.»

«Und wo habt ihr zu Mittag gegessen? Ich nehme an, ihr habt irgendwo angehalten zum Mittagessen.»

«Ja, in einem Landgasthof, ich weiß nicht mehr wo, ich habe es mir nicht gemerkt; es war schon ziemlich spät, in einer Art Restaurant mit Terrasse zur Straße hin. Da haben wir gegessen.»

«Und dann seid ihr noch eine Weile dortgeblieben zum Ausruhen, für eine kleine Siesta, nicht wahr?»

«Nein, nein. Nach dem Essen fuhren wir gleich wieder los. In einem durch bis nach Figueras. Wir wollten möglichst früh ankommen. Wir sind in diesem Hotel abgestiegen, und dann ...»

«Was dann?»

«Nichts; er ist gleich danach verschwunden.»

«Er verschwand, noch bevor er ins Zimmer hinaufging?»

«Nein. Ins Zimmer gingen wir beide mit der Señora hinauf, die es uns zeigte. Es gefiel uns, und er sagte, ich solle hier auf ihn warten, und ging hinunter, um uns anzumelden. Dann kam er nicht wieder.»

«Dann also ...»

«Dann also: nichts.»

«Willst du damit sagen, daß du so unberührt bist wie vor deiner Flucht?»

Sie nickte bejahend.

«Aber das glaubt doch kein Mensch. Wer soll denn so etwas glauben? Wehe, versuch ja nicht, mir etwas vorzumachen, sonst ...»

«Ich versuche nicht, dir etwas vorzumachen», sagte das unglückliche Mädchen mit trauriger Stimme und ganz ernst.

Ihr Vater wiederholte: «Aber das glaubt doch kein Mensch. Was für eine Geschichte! Wie soll man sich denn so etwas erklären?»

«Ich dachte, wir würden heiraten», setzte sie zu einer zaghaften Rechtfertigung an. «Ich wollte ihn unbedingt heiraten. Aber ich war sicher, es würde einiges im Wege stehen ...»

«Natürlich. Klar; aus gutem Grund. Höchst scharfsinnige Lösung, und dabei noch edel und vornehm», schimpfte Señor Martínez sarkastisch, «die Eltern sind immer dagegen, haben nie Verständnis! Soll man denn nicht gegen eine Heirat sein, wenn die Tochter mit einem solchen ...! Reiz mich bloß nicht, ich weiß ja immer noch nicht, wie ...»

«Du hast recht, Papa.»

«Jetzt auf einmal ‹du hast recht, Papa›. Überhaupt, was redest du da von ‹im Wege stehen›, wenn gar niemand ahnen konnte, daß ...? Was für eine Verrücktheit, mein Gott! Aber was ich mir einfach nicht erklären kann, und kein Mensch wird es glauben wollen, daß ... Wenn du tatsächlich die Wahrheit sagst, so hat dich also dieser Kerl sitzenlassen, ohne ... Da hat er wohl Angst gehabt vor den Folgen. Das wird es sein; was denn sonst? Daran kannst du sehen, was für ein Hampelmann dein Romeo war. Mein Gott, was für eine Verrücktheit!»

«Papa, da ist noch einiges, was du mir verzeihen mußt: noch einiges darüber hinaus. Er hat das ganze Geld mitgenommen, das ich dir aus dem Rollschrank gestohlen habe. Verzeih mir, Papa: Ich habe alles Geld mitgenommen, das du dort aufbewahrt hast; ich bin eine Diebin; ich verdiene nicht ...»

Als Antwort griff der Vater nur nach der Hand

seiner bekümmerten Tochter und gab ihr einen liebevollen Klaps darauf. Nach langem Schweigen, mehrere Kilometer langem Schweigen auf der Landstraße, sagte er zu ihr: «Du kannst dir vorstellen, in was für einem Zustand sich deine arme Mutter befindet.»

«Ich bin eine feige Kröte», machte sie sich Vorhaltungen, «nicht nur eine dumme Gans, zu allem Überfluß noch dazu eine feige Kröte. Warum nur habe ich nicht getan, was ich hätte tun sollen? Wer einen Fehler macht, muß auch bereit sein, dafür grade zu stehen. Aber ich Feigling habe den Mut nicht gehabt, mich eigenhändig zu bestrafen und aus dem Weg zu schaffen; dann wäre wenigstens die Schande gesühnt, die uns nun alle trifft. Weil ich nicht den Mut aufgebracht habe, den entscheidenden Schritt zu wagen, der mich ins Jenseits befördert hätte, muß ich dafür jetzt endlose Qualen erdulden: feine Nadelstiche, schiefe Blicke, Anspielungen und Anzüglichkeiten, Verachtung, Seufzer, allmähliche Austilgung.» So oder ähnlich brütete sie dumpf vor sich hin, während das Auto sie zum Ort der Qualen führte, also zum Dorf, das wohl in knisternder Spannung und schmerzlicher, zugleich neugierig spöttischer Erwartung ihrer Ankunft entgegensah.

Sie blickte geistesabwesend, als ob sie sich schon endgültig aus der Welt geschieden wähnte. Aber unter dem Schein von Benommenheit schwirrten und wirbelten zusammenhangslos und seltsam fern alle möglichen Einzelheiten ihrer doch höchst eindrucksvollen Erlebnisse der letzten Tage durcheinander – bis zu dem verhängnisvollen Tiefpunkt, an dem sie sich jetzt befand. Selbst Vicente de la Roca, mit dem sie vor kurzem durchgebrannt war und der sie erst vor wenigen Stunden hatte sitzenlassen und abgehauen war, stieg in ihrer Erinnerung als weit entfernte und mit dem Gang der Stunden verblaßte Gestalt auf, und es kostete sie nicht wenig Mühe, sich seine Züge zu vergegenwärtigen. Er bedeutete ihr nichts mehr, war nichts mehr in ihren Augen; er weckte nicht einmal mehr Entrüstung oder Haß, höchstens noch gewöhnliche Wißbegier. Wer war dieser Vicente de la Roca? Von welcher Sorte war Vicente de la Roca? Sie meinte, sein akkurat gescheiteltes Haar aus weiter Entfernung inmitten der Freundesgruppe ausfindig zu machen, zu der unter vielen andern auch Fructuoso und Patricio gehörten – einer von vielen, und doch ein anderer: immer der Mittelpunkt des Gesprächs, immer redete er am meisten von allen, und alle hörten ihm aufmerksam zu … Bevor sie ihn zum ersten Mal sah, hatte man ihr mit der Kunde von seiner Ankunft im Dorf bereits in den Ohren gelegen, wie hätte es anders sein können; die Neuigkeit sprang von Mund zu Mund – begreiflicherweise war die Aufregung unter den Mädchen noch größer, mußte aber aus gleichem Grund unter einer Maske verächtlicher Gleichgültigkeit versteckt werden.

In der Tat, noch bevor sie ein Auge auf ihn hatte werfen können, stand sein Ruf – den nicht Herolde und Bänkelsänger auf dem Marktplatz verkündet, sondern vielmehr romantische Mädchenlippen säuselnd von Ohr zu Ohr getragen hatten – bereits fest: Er bedeutete für das Dorf ein funkelndes Schmuckstück im grauen Alltag. Der junge Held kam aus der Tiefe der angsterregenden und von undurchsichtigen Gefühlsverstrikkungen belasteten Vergangenheit wieder nach Hause, eine Art Glorienschein umgab ihn, die heitere Gelassenheit und unvergleichliche Gewandtheit der wohlhabenderen und glücklicheren Landstriche, wo er in der Zwischenzeit gelebt hatte. Sein Motorrad wurde bestaunt, seine Kleidung, seine Haartracht, seine gepflegten Fingernägel boten Gesprächsstoff; man sprach seine Sätze nach. Als Julita ihm dann – sehr bald – einmal auf der Straße begegnete (natürlich mußte ihr niemand sagen «das ist er»), wußte sie auch gleich und ohne daß sich jemand dazu geäußert hätte, daß all ihre Freundinnen davon träumten, die Aufmerksamkeit des Fremdlings auf sich zu ziehen.

Natürlich wollte das keine zugeben, am allerwenigsten ihr, Julita Martínez, gegenüber. Sie galt als stolz und eingebildet, und es entging ihr nicht, was für Staunen und Neid es bei den anderen auslöste, daß sie von den beiden besten Partien des Dorfes hartnäckig umworben wurde (um nicht von den vielen andern zu reden, die es gar nicht erst wagten, sie zu begehren), obwohl sie weder Patricio Tejera noch Fructuoso Trías an sich heranließ, die Hoffnungen der beiden Rivalen weder zerstörte noch sie in irgendeiner Weise nährte. «Hochnäsigkeit» warfen ihr die andern vor, das konnte sie leicht erraten. Zwar genoß sie es sichtlich, die eifernde Beharrlichkeit der beiden Bewerber in aller Ruhe auszukosten, indem sie in gleicher Entfernung von sich hielt, was sich Scharen von Mädchen für ihr Leben gern geangelt hätten – aber trotzdem waren ihre Beweggründe gar nicht so oberflächlich: Sie dachte, sowohl Fructuoso als auch Patricio seien ohne Zweifel gute Partien, beide seien nett und wohlhabend, aber den Rest ihrer Tage im Dorf zu verbringen, mit gelegentlichen Abstechern nach Madrid, die mit den Jahren immer kürzer und noch seltener würden als ihre jetzigen halbjährlichen mit ihrer Mutter, sei doch eine wenig verlockende Aussicht. Zudem sei sie ja noch jung, und das gestatte ihr, die Entscheidung noch etwas hinauszuzögern; sicher war es besser, sich nicht so früh schon zu binden und sich andere Möglichkeiten offenzulassen, denn schließlich wisse man nie, was das Leben vielleicht noch bereithalte.

Nicht im entferntesten hätte sich die Arme vorstellen können, das Leben würde ihr bringen, was es ihr dann tatsächlich gebracht hatte. Als Vicente de la Roca am Horizont auftauchte, beachtete sie ihn gar nicht – nie hätte sie ihn als ernsthafte Alternative in Betracht ziehen können, was für eine abwegige Idee! –, auch wenn sich andere vielleicht alle Finger geleckt hätten. Wie hätte ihr denn ein solcher Unsinn einfallen können! Sie fühlte sich über ihn so himmelhoch erhaben, daß sie nicht einmal etwas dagegen hatte, nach Lust und Laune vergnüglich mit ihm zu plaudern: Er war ihr ein amüsanter Zeitvertreib, sonst nichts. Was sonst hätte er sein sollen? Der Bursche war wirklich eine angenehme Gesellschaft: witzig, zuvorkommend, ein gewandter Unterhalter. Seit ihrer ersten Begegnung dort im «Cinema Mundial» (Welch ein Zufall! Welche Ironie! Ausgerechnet Patricio Tejera war eifrig bestrebt, sie miteinander bekanntzumachen), seit diesem ersten Mal war die Stimmung zwischen ihnen heiter und gelöst und blieb es auch. Der Mann verstand es, einen lockeren Ton in die Unterhaltung zu bringen; er verfügte über viele Gesprächsthemen und behandelte sie mit großem Geschick; er stolperte gewiß nicht über jede Kleinigkeit. Er mochte, wenn man so will, ein frecher Kerl sein, aber er war es auf nette Art, zwanglos entwirrte er jeden Knoten mit einer witzigen Bemerkung und verwandelte jede Verstimmung während des Gesprächs in einen Lacher. Kurz, es war ein Vergnügen, mit ihm zu plaudern. Mit ihm verlief eine Unterhaltung nie in ausgefahrenen Gleisen; es ergaben sich immer kleine Überraschungen, unvorhergesehene Wendungen; das Gespräch mit ihm war immer anregend.

Als sie sich bei jenem ersten Mal trennen mußten, weil die Klingel den Beginn der Vorführung ankündete und der gute Patricio sich wieder an den Fremden herandrängte, sagte dieser zu seiner neuen Bekannten noch: «Also dann, Lebwohl; es wird sich eine Gelegenheit bieten, zu Ende zu erzählen.»

Aber welcher Art die Geschichte auch gewesen sein mochte, sie verlief offenbar nach dem Vorbild von «Tausendundeiner Nacht». An jenem Nachmittag war der Film ein fader Schinken, wie man sie eben bisweilen vorgesetzt bekommt; während die Cousine Tina, mit der Julita gekommen war, die albernen Verwicklungen zu genießen schien, vertrieb sie sich die Zeit, im Geist nochmals die Belanglosigkeiten an sich vorbeiziehen zu lassen, die Vicente de la Roca wie Jahrmarktsflitter vor ihr ausgebreitet hatte.

Am Kinoausgang hatten sie sich von weitem nochmals überschwenglich wie zwei alte Freunde gegrüßt, und wie zwei alte Freunde sprachen sie jedesmal miteinander, wenn sie sich begegneten, und bekanntlich begegnen sich die Leute in den Dörfern ja auf Schritt und Tritt – falls die seltsame Beflissenheit, die Patricio Tejera aufgewendet hatte, nicht genug gewesen wäre.

Wann immer sie in einer Gruppe Mädchen und Burschen zusammentrafen, bemühte sich Julita, allen klarzumachen, daß der Fremdling zwar die Kühnheit haben mochte, sich mit einiger Selbstverständlichkeit als König in der Runde aufzuspielen – als Thronräuber war er zwar nicht anerkannt, doch gleichwohl geduldet –, daß sie allein hingegen mit Fug und Recht die Königin war, der alle die entsprechende Hochachtung schuldeten. So mündete das allgemeine Gespräch bald in eine Gegenrede zwischen den beiden. Ein unterhaltsames Spiel, und sogar, wenn man will, ein spannendes; aber nichts weiter als ein Spiel. Warum also hatte sie ihm ohne das geringste Zögern ein Treffen zugestanden, kaum daß er – eine zufällige Gelegenheit ausnutzend – ihr eines Tages gestanden hatte, er müsse unbedingt unter vier Augen mit ihr sprechen? Warum nur? Sie fragte es sich selbst und wunderte sich über ihr Verhalten, so als müßte sie über eine fremde Person urteilen. Nicht einen Augenblick hatte sie gezögert, auch nicht den Hauch eines Zweifels verspürt. Man hätte meinen können, sie habe nur auf diese Gelegenheit gewartet und sich sogar schon einen Plan zurechtgelegt, die Unterredung als zufällige erscheinen zu lassen und trotzdem die erwünschte Heimlichkeit zu wahren.

Heimlich war sie dann tatsächlich, obwohl sie im Freien stattfand; und wer zu der Zeit dort vorbeigekommen wäre, hätte sie mitanhören können. Aber es kam am frühen Morgen dort niemand vorbei, und niemand merkte, daß Julita auf dem Weg zur Kirche – mit dem Schleier über dem Gesicht und dem Gesangbuch in der Hand – mitten auf dem kleinen Platz am Eingang zur Sakristei mit dem Fremden zusammentraf, stehenblieb und ein Weilchen mit ihm redete.

«Also, was wolltest du mir sagen?» fragte sie ihn gleich.

«Ich wollte dich fragen, was du denn eigentlich in diesem Dorf hier verloren hast. Kennst du die Fabel von der Perle im Misthaufen nicht?» erwiderte er.

«Das hier ist kein Misthaufen, und ich bin auch keine Perle», gab sie sofort entrüstet zurück.

Aber Vicente achtete nicht auf ihre Widerrede. Ohne darauf einzugehen, fuhr er fort: «Schau, ich fahre in wenigen Tagen ab. Wenn nichts dazwischengekommen wäre, hätte ich mich längst auf den Weg gemacht. Ich fahre in wenigen Tagen ab, und du kommst mit mir.»

«Was? Wovon sprichst du? Bist du verrückt geworden?»

«Vielleicht bin ich verrückt geworden; aber

verrückt oder nicht, du kommst mit. Zuerst nach Paris: Da wirst du Augen machen! Und wenn uns das Geld ausgeht, weiter nach Deutschland: Dort kann man leben wie ein Fürst mit seiner lieben Frau.»

«Du bist ja verrückt!» folgerte sie und schaute ihn verdutzt an. Sie hätte eigentlich entrüstet sein sollen, beleidigt; aber sie fing an zu lachen und wiederholte nur: «Du bist ja verrückter als eine Ziege.»

«Du wirst schon sehen, Kind, wie glücklich wir sein werden. Mehr sage ich nicht. Und jetzt, Kleines, Lebwohl! Auf zur Messe!»

Das war alles; die Angelegenheit von ein paar wenigen Augenblicken. Während Julita sich mit halbgeschlossenen Augen zurücklehnte, fraß der Wagen Kilometer um Kilometer, um das Schäfchen wieder in den Pferch zurückzubringen, aber die ganze Fahrt über fand sie keine Erklärung, wie Julia Martínez derart leichtfertig zu einer so abgeschmackten Dummheit hatte ja sagen können.

Selbstverständlich gab es nach diesem verrückten Gespräch mehrere verstohlene Briefchen und hastige Absprachen, um die Einzelheiten der Flucht festzulegen. Aber die Flucht selbst war bei ihr beschlossene Sache seit dem Augenblick, da Vicente ihr auf dem kleinen Platz hinter der Kirche so unverfroren und dreist mit dem Vorschlag gekommen war. Vielleicht widerstrebte ihr die Aussicht, im trostlosen Dorf hängenzubleiben, nachdem der Motorradheld dann wieder verschwunden war, und da ihr dies unannehmbar vorkam – warum also sich bei Gedanken über die Folgen aufhalten?

Jetzt nach dem Reinfall brachen alle diese Folgen schlagartig über sie herein. «Kannst du dir vorstellen, in was für einem Zustand sich deine arme Mutter befindet», hatte ihr ganz erschüttert ihr Vater vorgehalten. Natürlich stellte sie sich das vor! Wenn nur diese Rückreise nie enden würde! In ihrer Vorstellung wünschte sie sich sogar, ein Unfall verhelfe ihr zu einem tragischen Ende. Sie sah den Wagen schon an einem Baumstamm zerschellt und sie beide drin zermalmt; währenddessen aber fuhr das Auto unaufhaltsam weiter, und es verdroß sie, daß ihr Vater in Anbetracht des Seelenzustandes, in dem auch er sich befinden mußte, mit unglaublicher Geistesgegenwart und Ruhe am Steuer sitzen konnte. Ja, ein Unfall zur rechten Zeit würde ihr vieles ersparen, was sonst unvermeidlich war ...

Aber es gab keinen Unfall. Unbeirrt erreichte der Wagen das Reiseziel; es war schon ganz dunkel, als er ins Dorf einfuhr und vor dem Haus hielt; Julita blieb keine andere Wahl, sie mußte sich der Trauerstimmung stellen – Trauer ohne Zweifel um ihre vernichtete Jungfräulichkeit und

Totenwache für ihre geschändete Ehre –, sie mußte die Augen niederschlagen vor den sehnsuchtsvollen Blicken, die ihre Mutter mit geröteten kummervollen Augen auf sie heftete.

Eiligst und möglichst behutsam suchte Señor Martínez seine besorgte Gattin zu beruhigen, was ihn einige Mühe kostete. Als er die arme Frau überzeugt hatte, daß die Tochter trotz allem unversehrt heimkomme, und sie deren Unberührtheit in diesem Punkt gesichert sah (so sind nun einmal die Dinge in dieser Welt!), fühlte sich ihr Mutterherz so erleichtert, daß sie Julita an sich drückte, mit Küssen und Freudentränen überschüttete und sich gleich eilfertig daranmachte, dem armen Geschöpf ein Nachtmahl aufzutragen, das dieses zwar beschämt, aber mit Heißhunger verzehrte.

Zu guter Letzt beschloß das Ehepaar Martínez Alvar, daß Mutter und Tochter am andern Tag abreisen und eine Zeitlang in Madrid bleiben sollten – wie sonst auch, aber diesmal vielleicht etwas länger.

Don Lucio Martínez war, wie sich leicht feststellen läßt, nicht nur ein vorbildlicher Vater, sondern auch ein Mann mit gesundem Menschenverstand. Um nicht den schwerfälligen Polizei- und Justizapparat in Bewegung zu setzen, sah er davon ab, den Schmuckdiebstahl anzuzeigen, und ließ alle wissen, die es hören wollten, er gebe gern alle Wertgegenstände und alles Geld der Welt hin und verzeihe obendrein dem gemeinen Halunken das niederträchtige Bubenstück angesichts der Tatsache, daß er das Mädchen respektiert hatte und es somit heil und unversehrt wieder heimgeholt werden konnte; den einzigen Schaden – und der war keineswegs gering – hatte sie sich mit ihren kindischen Phantasien und Schwärmereien, wie sie verwöhnte ungezogene Mädchen in ihren Mußestunden ausbrüten, also selbst eingebrockt.

Ohne weiteres hätte der Abenteurer ihren Leichtsinn ausnutzen können, und wenn er es nicht getan hatte (wozu sich etwas vormachen), so bestimmt nicht aus Gründen der Ehrbarkeit und des Mitgefühls. Er mußte wohl zurückgeschreckt haben, das war das Wahrscheinlichste; und ohne Zweifel tat er gut daran, zurückzuschrecken, denn andernfalls wäre er von Señor Martínez ohne Nachsicht gesucht und gejagt worden, notfalls bis unter die Erde; auf diese Weise hingegen war der dreiste Dieb alles in allem recht gut weggekommen, hatte er doch mitgehen lassen, was für den Hungerleider, der er war, immerhin ein kleines Vermögen bedeutete.

Diese Sicht der Dinge, man muß es zugeben, war überaus einleuchtend. Das ganze Dorf übernahm sie und machte sie sich zu eigen, während sich gleichzeitig der angestaute Groll gegen den Eindringling Vicente de la Roca in unbändigem Zorn entlud. Die Zugeknöpften, die sich in irgendeiner Weise gedemütigt fühlten oder neidisch waren, kosteten die Stunde der Vergeltung genießerisch aus: keine Einzelheit, die böswillig ausgelegt oder sonstwie bekrittelt werden konnte, die nicht ans Licht gezerrt wurde; man rief sich seine Worte, seine Gesten, seine Versäumnisse in Erinnerung; man wies auf seine vorhandenen oder vermuteten Fehler und Mängel hin – und wer behauptete nicht alles, vorausgesehen zu haben, daß die Geschichte böse enden würde!

Das alles bildete einen Quell kleiner Freuden für die Mehrzahl der Leute, die zwar nicht eigentlich mißgünstig waren, aber es sich dennoch nicht entgehen ließen, die zweifelhafte Genugtuung auszukosten, etwas zusammenbrechen zu sehen, was sie als unerreichbar und fremdartig erlebt hatten. Vicente de la Roca herunterzumachen, auf ihm herumzutrampeln und ihn erst noch zu bespucken, bedeutete gleichzeitig ein köstliches Vergnügen und eine Rache an der hochnäsigen Julia Martínez und sogar am Reichtum ihres Erzeugers. Was für eine Wonne, die tonangebenden Leute zu bemitleiden, mit den Wichtigtuern Erbarmen zu haben! Aber in all dem Taumel milder und schnöder Gefühle bedeutete das Geschehene für mindestens zwei Personen (und der Zusatz «mindestens» will heißen, daß sie vermutlich nicht die einzigen waren) einen schrecklichen Schlag, von dem sie befürchteten, sie würden sich davon vermutlich nie mehr erholen. Diese zwei Personen waren, wie leicht zu erraten ist, Julitas Verehrer.

Fructuoso Trías mit seinem aufbrausenden Temperament und entschlossenen Charakter wollte in der ersten Aufwallung die Verfolgung der Flüchtigen aufnehmen und rücksichtslos mit den beiden abrechnen; aber wo sie suchen? Als dann bekannt wurde, das entlaufene Schäfchen sei in Begleitung des Herrn Vater wieder heimgekommen, wollte er sie aufsuchen, um ihr – wie er sagte – unverblümt die Wahrheit ins Gesicht zu sagen; doch als er sich dem Herrn Vater gegenübersah (Mutter und Tochter waren ja schon nach Madrid abgereist), ließ dieser, Don Lucio, ihn hereinkommen und breitete seine Überlegungen vor ihm aus, bis er ihn schließlich überzeugen konnte, daß es in einem solchen Fall besser sei, nicht zu sehr in der Sache herumzuwühlen, ruhig Blut zu bewahren, den Schnabel zu halten, die Zeit wirken und Gott walten zu lassen. Woraufhin sich Fructuoso wieder nach Hause begab und sich seinen Obliegenheiten zuwendete – Gift und Galle speiend zwar, aber dennoch begnügte er sich damit, seinem Unmut mit Faustschlägen auf den Tisch und Grobheiten seinen Untergebenen gegenüber Luft zu machen.

So viel zu Fructuoso. Patricio Tejeras Wesensart war friedfertiger, nachdenklicher, schwermütiger. Nicht einen Augenblick fiel ihm ein, es könnte an ihm liegen, etwas Zweckdienliches zu unternehmen. Er war wie betäubt. Grund für seine Fassungslosigkeit war hauptsächlich seine Einsicht, daß er ja selbst – wenn auch ohne Absicht und in gutem Glauben – dazu beigetragen hatte, die Ereignisse loszutreten, die nun wie Peitschenhiebe auf ihn zurückschlugen und ihn so grausam verletzten. Er schalt sich selbst einen einfältigen Tropf, dachte daran, wie viele Male er diesen Vicente de la Roca in den höchsten Tönen gelobt und gepriesen hatte, nicht nur vor Krethi und Plethi (die lachten ihn wahrscheinlich jetzt alle miteinander im Chor aus), sondern auch vor Julita selbst. Vielleicht hatte er sogar den ersten Funken in ihrer jugendlichen Phantasie entfacht und so die närrische Verblendung bewirkt, die dann zum verrückten Abenteuer führte; denn nur im Zustand schwärmerischer Träumerei läßt sich so etwas bei einem derart klugen Geschöpf erklären, das sich in allen Belangen durch Zurückhaltung und Urteilsvermögen auszeichnete und – was noch dazukommt – mit stolzer Erhabenheit auf seine Würde achtete. Ein Anfall von Wahnwitz mußte es demnach gewesen sein, und womöglich war er der Schuldige, der ihn ausgelöst hatte …

Neben solchen und ähnlichen qualvollen Grübeleien mischten sich in die Demütigung des niedergeschlagenen Patricio der Schmerz über das Unglück seiner Dulcinea (wie jener elende Kerl sie gewöhnlich nannte) und die brennende Scham, daß er sich auf so schändliche Weise von einem Nichtsnutz hatte täuschen lassen, dem er – welche Dummheit! – freundschaftlichen Umgang zugestanden hatte (unverdienterweise!, darin bestand das Unheil; das war sein Versagen); und unter dem Vorwand, ihn zu umarmen, hatte das erbärmliche Subjekt ihm daraufhin mit unerhörter Arglist den Dolch in den Rücken gebohrt. In den nächsten drei oder vier Tagen, da er sich in seinem Haus verkroch und es nur für die allerdringlichsten Obliegenheiten verließ, bedrückte und verwunderte ihn am allermeisten die blitzartige Erkenntnis, daß zwei Menschen mit so unterschiedlichen und weit entfernten Grundsätzen, wie er sie bei Julita und Vicente vermutet hatte, auf einmal so familiär miteinander umgehen konnten. Julitas Verhalten ließ sich immerhin noch als momentane Verblendung erklären; etwas anderes konnte es ja nicht sein: die Verkörperung göttlicher Vollkommenheit, die sich kaum so weit herabließ, die Erde flüchtig zu berühren, lief wie eine billige Hure mit dem Erstbesten, der vor ihr das Rad schlug und ihr seinen Jahrmarktsflitter unter die Augen hielt, Hals über Kopf davon ...! Aber hatte er, Patricio, sich denn nicht selbst vor allen andern von den Verführungskünsten dieses Gauklers mitreißen lassen? Wie einen Bauerntölpel hatte ihn der Scharlatan und Taschenspieler umgarnt, und jetzt, da alles plötzlich mit einem schrillen Theatercoup aufflog, trat er durch die Hintertür ab und ließ sein teuflisches Gelächter nachhallen – ihm blieb somit nur, als völliger Trottel die Schelmenposse zu verdauen.

Die Zeit, die Balsam auf alle Wunden träufelt und nach jedem Schlag die blauen Flecken allmählich ausbleicht, würde bald auch – ohne jeden Zweifel! – die verwundeten Herzen der beiden verschmähten Liebhaber heilen. Im Moment fühlten sich Fructuoso und Patricio, deren alter Freundschaft der Rivalenkampf um die Angebetete nichts hatte anhaben können, aufgrund ihres gemeinsamen Mißerfolgs und Unglücks wieder neu zueinander hingezogen.

Und so schulterten sie an einem Sonntagmorgen – wenige Tage nach dem höchst bedauerlichen Ereignis – ihre Jagdflinte, für den Fall, daß ein Kaninchen über den Weg hopste oder ein Rebhuhn aufflog, und gingen zum Dorf hinaus, um – unter dem Vorwand, jagen zu wollen – reichlich Zeit zu haben, miteinander über ihre in Unordnung geratenen Gedanken zu reden. Verschämte, stockende Sätze und zögernde Anspielungen räumten den Weg frei für das heikle Gespräch, während sie feldeinwärts marschierten.

Aber als sich dann der kalte Nebel, durch den hindurch sie das Thema anpeilen mußten, zwischen ihnen aufgelöst hatte, suchte sich jeder der beiden Jäger einen Felsbrocken, sie setzten sich einander gegenüber, und unter den Augen ihrer Hunde, die sich ihnen zu Füßen gelegt hatten, wie um ihnen zuzuhören, überließen sich Patricio und Fructuoso – in weinerlichem Ton der eine, verächtlich und zornig gestimmt der andere – ausgiebig der Klage über ihre Enttäuschung.

Verzagt brachte Patricio in einsichtsvollen Worten vor, ihn kränke vor allem der Verrat eines Menschen, den er für seinen Freund gehalten hatte («So etwas kann ein menschliches Hirn einfach nicht begreifen!» wiederholte er immer und immer wieder), aber ebenso dauere ihn die arme Julita, die wie er Opfer der arglistigen Verführungskünste des niederträchtigen Kerls geworden war; dem allem hielt Fructuoso entgegen, er habe von allem Anfang an den Eindringling stets mit einem gewissen Mißtrauen betrachtet und im Grunde die allzu offene Haltung mißbilligt, die manche Leute – er sagte es so, um nicht persönlich werden zu müssen – dem Unbekannten gegenüber an den Tag gelegt hatten, und deshalb zeige er wenig Verständnis; er neige nicht zur Nachsicht dem Mädchen gegenüber, denn schließlich wäre sie als Frau und mit Rücksicht auf die Stellung ihrer Familie verpflichtet gewesen, ein bißchen umsichtiger und besonnener zu handeln. Um sich von den Verführungskünsten umgarnen zu lassen, meinte er, war es nötig gewesen, verwegen auf die Fallen loszugehen, die der schlaue Jäger ihr heimlich stellte – war es nicht so? –, und auf diesen einleuchtenden Befund konnte Patricio nur mit einem tieftraurigen Seufzer antworten, auf dessen Grund sich die leidvolle Erkenntnis verbarg, daß er selbst, ohne auf die Gefahr zu achten, sie in die Grube gestoßen hatte, wo sie am Ende allesamt hineinpurzelten; womit er die ganze Verantwortung für Julitas Leichtsinn auf seine eigene Kappe nehmen mußte.

Klagen ist ein Mittel, den Schmerz zu lindern, und das Wissen, daß der Mitmensch ihn teilt, hilft mit, ihm standzuhalten. Als unsere beiden Jünglinge einander ihr Herz bis zur Neige ausgeschüttet hatten und nichts mehr zu klagen und zu sagen übrigblieb, stand Fructuoso von seinem harten Sitz auf, klopfte Patricio auf die Schulter und schlug ihm vor: «Also, komm, kehren wir wieder um. Die Sache ist nicht mehr zu retten, und die Menschen wie die Tiere lernen nur durch Stockhiebe.»

So marschierten sie also stillschweigend zurück, und da sie beide bereit und gewillt waren, wieder ins tröstliche Grau des Alltagslebens einzutauchen, schien das zu bedeuten, daß der leidvolle Zwischenfall damit für immer besiegelt war.

Gleichwohl war der Zwischenfall damit noch nicht abgeschlossen: Die kleine Geschichte hat noch ein Nachspiel.

Zwei oder drei Wochen später brachte der Postbote unter anderen Briefschaften einen ziemlich dicken Umschlag für Patricio Tejera – mit deutscher Briefmarke, und als der Empfänger ihn öffnete, hielt er in seinen zitternden Händen einen endlos langen Brief ... Von wem? Von wem sonst als von ... Vicente de la Roca, der es mit einer Schamlosigkeit sondergleichen noch wagte, ihm zu schreiben.

Leichenblaß las Patricio ein ums andere Mal und immer wieder und noch einmal die sechs eng beschriebenen Blätter des Briefs. Vicente schrieb folgendes:

Patricio, lieber Freund!

Mäßige, bitte, den Zorn, den Du sicher gegen mich empfindest, bis Du diesen Brief zu Ende gelesen hast. Vielleicht verwandelt sich bis dahin Dein Zorn in Verständnis, und in Deinem Herzen nimmt das Wohlwollen wieder überhand, das ich glaube, von Deiner Seite verdient zu haben.

Du hast von mir eine Enttäuschung zugefügt bekommen, das ist wahr. Und ziemlich sicher hat sie Dich getroffen wie ein Faustschlag in die Magengrube. Aber wenn Du genau hinsiehst, wirst Du verstehen, ohne daß ich es Dir näher zu erläutern brauche: Dieser Faustschlag, diese Enttäuschung, so grausam sie gewesen sein mögen, befreien Dich von gefährlichen Illusionen und zwingen Dich, die Augen für die Wirklichkeit zu öffnen. Du hast Dich endlich selbst überzeugen können, daß im Falle eines Falles Deine angebetete Dulcinea kein bißchen besser ist als alle andern. So ist nun einmal die Natur der Frauen: Sie verschmähen den, der sie liebt, sie lieben den, der sie verachtet.

Ich höre schon den Protest in Deinem Herzen: Verräter und hinterhältiger Freund! Nun, ich gelobe und schwöre Dir, lieber Patricio, es schmerzt mich genau wie Dich und sogar mehr als Dich, daß ich Dir dieses Leid zufügen mußte, um Dich zu heilen. So verblendet warst Du, daß Du es mit eigenen Augen sehen und am eigenen Leib spüren mußtest, eine andere Möglichkeit, Dich eines Besseren zu belehren, gab es nicht, und Vernunftgründe hättest Du erst recht nicht gelten lassen. Jetzt, armer Patricio, lieber Freund, hast Du es mit eigenen Augen gesehen ... Nur zu Deinem Wohl, nur von der Freundesliebe zu Dir getrieben, konnte ich mich entschließen, zu tun, was ich getan habe: Eine Operation, und wäre sie auch noch so schmerzhaft (wie müßtest Du mich dafür loben!), war für Deine Heilung unvermeidlich.

Damit Du meine Absichten nicht verkennst

und auch nicht der leiseste Zweifel bleibt, welche die tatsächlichen waren, habe ich, nachdem bewiesen war, was ich mit der Entführung der armen Kleinen beweisen wollte, darauf verzichtet, ihr das Kleinod zu rauben, das, einmal verloren, keine Hoffnung läßt, es je wieder zurückzugewinnen. Wie sie wahrscheinlich nicht müde wurde, überall hochgemut herumzuerzählen: Es ist in der Tat wahr, so unberührt, wie sie von zu Hause weggegangen ist, so unberührt habe ich sie sitzenlassen – ich hatte eben kein Interesse daran ... Die andern Schmuckstücke und sonstigen Wertgegenstände, die ich hingegen mitgenommen habe, sind immer noch in meinem Besitz, und wenn Du noch ein bißchen Geduld hast, will ich später darauf zurückkommen. Jetzt möchte ich noch auf dem Gesagten beharren, denn es ist mir wichtig, daß Du auch nicht den geringsten Schatten eines Zweifels über die Beweggründe meines Benehmens hegen kannst: Mein Verrat, oder was auf den ersten Blick wie ein solcher ausgesehen haben mag, ist weder ein Verrat noch ein Faustschlag in die Magengrube noch sonst etwas dergleichen, und zwar allein schon deshalb, weil ich nie nach der Lust gesucht und sie auch nie verspürt habe, sondern im Gegenteil einen schalen Geschmack und eine große Beklemmung im Bewußtsein, daß Du meinetwegen tödlich verletzt bist; alles nur dafür, daß Du Dein schädliches Hirngespinst aufgeben und aus der Täuschung herausfinden mögest, die Dich wie ein Zauber gefangenhält.

Außerdem muß ich Dir gestehen, daß die «Operation» an sich mich nur geringe oder gar keine Mühe kostete. Es war das Einfachste von der Welt. Wenn ich Dir diese Einzelheit hiermit kundtue, so nicht – stell Dir vor! – wegen des böswilligen Vergnügens, Dir den Dolch – oder das Skalpell? – noch tiefer in die Wunde zu bohren, sondern um vorzubeugen, daß sie sich mit einer Kruste neuer Täuschungen überziehe oder daß Du sie mit der Salbe lindernder Illusionen bestreichst. Besser sie heilt ein für allemal ab, wenn nicht in der reinigenden Flamme, so doch wenigsten im rauhen Wind der nackten Wahrheit. Die nackte Wahrheit – besser ich sage es Dir, damit Du im Bilde bist: Ich brauchte kaum einen Finger zu rühren, und Deine Herzdame lief mir nach wie eine Hündin. Natürlich merkte ich schon bei den ersten Worten, die ich mit ihr wechselte, als Du sie mir vorstelltest, daß es so kommen mußte. Darum war sie mir unausstehlich (erinnerst Du Dich an meine ungeduldigen Sätze, den Spott, der mir manchmal entfuhr, ohne daß ich es vermeiden konnte, und die Auseinandersetzungen, die wir manchmal deswegen hatten?); ich hielt es nicht aus, ich wiederhole, daß mein armer Freund Patricio in einem solchen Pfuhl von Gewöhnlichkeit festsaß und daß ein Mann mit Deinen Fähigkeiten in der Tretmühle des Dorflebens jämmerlich verkommen mußte.

Am meisten empörte mich, zu merken, daß nichts Dich mit solcher Kraft an die Dumpfheit eines farblosen Daseins fesselte wie die lächerliche Verliebtheit in ein langweiliges albernes Mädchen. Als ich versuchte, Dich mit freundschaftlichem Nachdruck zu bewegen, den Staub von den Füßen zu schütteln und die Spinnweben aus den Augen zu wischen und, um wenigstens etwas Neues zu wagen, aus Deinem Winkel zu kriechen, Dich in der Welt umzusehen und eine andere Lebensweise kennenzulernen, was bei Deinen Begabungen und materiellen Mitteln eine glänzende Verheißung gewesen wäre, da hast Du als mögliches Hindernis nie familiäre Verpflichtungen oder geschäftliche Interessen angeführt, sondern immer nur die ewige Julita, immer Julita, nichts anderes als Deine Gans von Julita, die Dich schließlich an die Kandare genommen und einen vollendeten Dorfgekken aus Dir gemacht hätte. Aber ich war nur auf Dein Wohl bedacht, konnte mich nicht mit der Vorstellung abfinden, Dich als eine solche Ruine zu sehen, und beschloß darum, die Göttin mit einem Fußtritt vom Sockel zu stoßen und Dir als Scherbenhaufen auf dem Boden zu präsentieren.

Es war, wie ich Dir bereits gesagt habe, das Einfachste der Welt. Ich brauchte ihr nur den Köder zu zeigen, mit Schellengerassel und ein paar Maurenfinten zu schmeicheln, und schon sitzt die unvergleichliche Dulcinea auf dem Rücksitz des Motorrads und folgt dem Kavalier ins Abenteuer auf den Landstraßen der Welt – und die Satteltaschen sind erst noch gut gefüllt mit Schmuck und einem hübschen Sümmchen Geld. Eine höchst einfache Operation. Es tut mir von Herzen leid! Doch jetzt, lieber Patricio, liegt das Idol in Scherben auf dem Boden: Du kannst es mit Deinen Händen berühren und Dich selbst von dem brüchigen und groben Lehm überzeugen, aus dem das kostbare Figürchen geknetet war. Nur das hatte ich mir vorgenommen. Nur, was ich Dir hier erklärt habe, war meine Absicht – verzeih mir also den Schaden, den ich Dir zufügen mußte, um sie auszuführen. Ich bin sicher, Du hast mir im Grunde Deines Herzens mittlerweile bereits verziehen, mehr noch, Du mußt mir sogar dankbar sein, daß ich Dich vor dem Abgrund bewahrt habe, auf den Du mit verbundenen Augen zugesteuert bist. Was für einem Unglück bist Du entronnen, armer Patricio, dank mir, diesem Deinem Freund Vicente, dessen Namen Du in Deiner schmerzhaften Enttäuschung mit unzähligen Verwünschungen und Beschimpfungen belegt haben magst!

Jetzt zum Schluß noch zwei Worte zum Inhalt der Satteltasche, die ich mitnahm und dadurch die dumme Gans ohne Geld sitzenließ. Ich tat es, zum ersten, damit sie nicht einfach heimkehren und ein

Märchen erzählen konnte, das dann alle bereitwilligst geglaubt und sich zufriedengegeben hätten mit «Es ist ja gar nichts passiert» – und zum zweiten, um Dir folgenden Vorschlag zu unterbreiten.

Patricio: Wenn Du Dich – wie ich hoffe und von Herzen wünsche – von der erlittenen Schmach schon etwas erholt hast, wenn diese Demütigung Dir etwas genützt hat und Du mein Schreiben als Beweis für die Aufrichtigkeit meiner Gefühle annimmst, so komm mich hier besuchen, ich beschwöre Dich. Wir werden uns aufrichtig und eingehend aussprechen. Wenn Du Dich dann nachher doch lieber wie ein Frettchen in der Höhle Deines Dorfs verkriechen willst, kannst Du die Schmuckschatulle und das Geld Deiner Angebeteten mitnehmen und alles ihrem Vater so unberührt zurückbringen, wie er zuvor sein Tugendkleinod Julita zurückbekommen hat. Die Beutetruhe, das Auslösen der Schätze, deren Nutznießung ich auch nicht beanspruche, wären mehr als genug Rechtfertigung für Deine Reise und eine angemessene Entschädigung für die aufgewendete Zeit, mich zu besuchen.

Entschließe Dich also, lieber Patricio, ohne lange hin und her zu überlegen. Ungeduldig erwarte ich Deinen Bescheid. Hoffentlich enttäuschst Du mich nicht wieder – es wäre das letzte Mal, ich versichere es Dir.

Allzeit der Deine, Vicente

Viele Male wieder und wieder las Patricio diesen Brief und saß lange Zeit tief in Gedanken versunken wie versteinert da, dann steckte er ihn sorgfältig zurück in den Umschlag, stopfte ihn in die Jakkentasche und suchte Fructuoso auf.

«Fructuoso», überfiel er ihn, als er sein Büro im Geschäft betrat, «mach dich auf etwas gefaßt: Es wird dich umhauen.» Er schloß die Bürotür, streckte ihm den Brief entgegen, nahm auf der andern Seite des Schreibtisches Platz, um zu warten, bis der andere ihn gelesen hätte.

«Was ist das?» fragte Fructuoso seinen Freund.

«Schau auf die Unterschrift», antwortete Patricio, «und du landest auf dem Hosenboden.»

Und der andere: «Nein! Das ist doch nicht möglich! Verdammt ...!»

«Lies.»

Fructuoso las, unterbrach sich immer wieder mit Zwischenrufen gleicher Tonart oder schaute überrascht und entrüstet seinen regungslos dasitzenden Freund an – bis zum Schluß. Als Fructuoso fertig gelesen hatte, ließ er die Faust auf den Tisch niedersausen.

«Das ist doch unerhört, Patricio. So etwas hätte ich nie und nimmer für möglich gehalten. Wenn du kommst und es mir erzählst, so glaube ich es nicht.» Und nach einer Pause: «Weißt du, Patricio, was ich an deiner Stelle tun würde? Als einzige Antwort – denn hier steht ja die Anschrift dieses

Hundsfotts – würde ich in den Zug steigen und mich unangemeldet vor ihn hinstellen, um ihm zu verabreichen, was er verdient, damit der elende Schuft bekommt, was er sucht. Das würde ich an deiner Stelle tun.»

Patricio antwortete nicht. Er war nachdenklich geworden.

Fructuoso brummte noch eine ganze Weile Beschimpfungen vor sich hin, schließlich fragte er ihn: «Also, was gedenkst du zu tun? Sag es mir.»

«Nun ... ich weiß nicht. Vielleicht das», antwortete Patricio mit erloschener Stimme.

«Was?»

«Das. Vielleicht tu ich, was du sagst.»

Unser Garten

In der Mitte unter der Balustrade mit den blühenden Topfpflanzen das runde Wasserbecken mit dem Springbrunnen knapp über dem Boden; daneben, auch auf dem Boden, der rot und blau bemalte Spielzeugreifen, den ein Mädchen eben hat fallen lassen. Zwei Kreise, der Reifen und der Brunnen, einer ziemlich klein und der andere recht groß, liegen im Sand. Ich sehe sie als Kreise und weiß gleichwohl, daß es eigentlich Ovale sind; die Hand, die sie auf die Leinwand malte, verstand es, auf diese Weise – eine Frage der Perspektive – Kreise vorzutäuschen.

Die Zeit steht still in unserem Garten. Nach einer Ewigkeit habe ich ihn kürzlich wieder einmal gesehen. Jetzt hängt das Bild bei einem meiner Brüder am andern Ufer des Ozeans; als ich ihn neulich besuchte, habe ich es wieder gesehen: das Bild unseres Gartens in seinem zeitlosen Frieden. Ich habe es in aller Muße betrachtet (ich habe jetzt immer alle Muße, denn ich bin auch schon auf der andern Seite), genau wie ich es damals als Kind mit dem ganzen Leben vor mir in aller Muße angeschaut hatte. Im Hintergrund die Balustrade mit den Geranientöpfen darauf, einer dicht neben dem andern; in der Mitte das Becken mit dem grünlichen Wasser und dem kleinen Springbrunnen; auf der rechten Seite neigt sich ein Mädchen mit einem gürtellosen Kleid, einer Art Ärmelschürze, über das Brunnenbecken; links plaudern oder lesen zwei Frauen in Korbsesseln.

«Wer ist dieses Mädchen? Sag es mir, Mama.»

«So oft habe ich es dir schon gesagt, Kind: Dieses Mädchen ist deine Cousine Laura. Das Gesicht kannst du zwar kaum sehen, denn sie steht gebückt da, aber schau einmal ihren blonden Zopf an.»

«Die Cousine Laura hat keinen Zopf. Die Cousine Laura ist eine Frau; und das hier ist ein Kind.»

«Wie halsstarrig du bist! Wie oft muß ich dasselbe wiederholen? Als ich das Bild malte, war Laurita etwa so alt, wie du jetzt bist, und du, mein Herzkäfer, warst noch nicht einmal auf der Welt.»

Es war aber nicht Halsstarrigkeit meinerseits; ich hatte es einfach gern, wenn sie mir Sachen erklärte, und zu diesem Zweck mußte ich es in Kauf nehmen, ihre Geduld auf die Folter zu spannen. Ich wollte immer und immer wieder das gleiche von ihr hören. Ich ließ ihr ein bißchen Zeit und machte eine Pause, denn ich fürchtete, sie zu verdrießen, aber dann hakte ich von neuem ein: «Sag mir, war dieser Reifen wirklich mit roten und blauen Streifen bemalt, wie man es hier sieht? Es war ein großer Reifen, nicht wahr? Ich will die Cousine Laura fragen, ob sie ihn immer noch zu Hause hat. Es kann ja sein, daß sie ihn aufbewahrt; und wenn sie ihn noch hat, dann schenkt sie ihn mir vielleicht.»

«Sei nicht so einfältig! Wieso soll sie ihn noch haben! Laurita ist jetzt eine Frau, und sie denkt doch nicht mehr an Spielzeugreifen.»

Aber ich ließ nicht locker: «Ich möchte gern wissen, wo dieser schöne Reifen hingekommen ist.»

«Wer weiß, mein Kind. Alles geht verloren. Ich habe dir schon gesagt, daß unser Haus verkauft wurde, als dein Großvater starb. Der Reifen! Wer soll das wissen!»

Unseren Garten hatte ich immer nur auf diesem Bild gemalt gesehen. In Wirklichkeit gesehen habe ich ihn nie; aber wie oft habe ich in meiner Umgebung gesprächsweise Anspielungen auf diesen Garten gehört! Fast immer, um seine Vorzüge gegenüber unserem jetzigen herauszustreichen, der viel kleiner, enger und weniger fröhlich ist. Ich hatte mir so sehnlich gewünscht, einmal hineingehen zu dürfen, nur ein Weilchen, oder wenigstens einen Blick hineinzuwerfen, in unseren Garten!

«Mama, sag mir: Könntest du mich nicht einmal zum Garten mitnehmen, damit ich hineinschauen kann?»

«Wozu willst du ihn sehen?» scherzte sie. «Damit du siehst, was alles falsch ist auf dem Bild, und du mich dauernd mit deinen Fragen bestürmen kannst?»

«Etwas möchte ich dich noch fragen, Mama: Du hast doch gesagt, eine von den Frauen, die da sitzen, die mit dem Buch in der Hand, seist du. Aber wie konntest du dich selbst beim Lesen malen? Von wo aus maltest du denn? Ich verstehe das nicht. Wie konntest du dich selbst sehen, um dich mit dem Buch in der Hand zu malen?»

«Ich habe dir ja gesagt, daß ich mich aus dem Gedächtnis malte. Als ich mich selbst malte, saß niemand auf dem Stuhl. Deine Cousine Laura und Esperanza hatte ich schon gemalt. Dann malte ich noch mich selbst aus dem Gedächtnis ... Außerdem, Dummerchen, sind das gar keine Porträts: Das sind einfach drei Frauen. Es sind einfach drei kleine Figuren auf dem Bild. Drei Frauengestalten, einfach irgendwelche.»

Eine Weile schwieg ich, dann fing ich wieder an: «Könntest du mich nicht einmal mitnehmen, damit ich den Garten sehen kann?»

«Aber du weißt doch, Kind, daß der Garten und das Haus jetzt andern Leuten gehören. Wir können nicht einfach hingehen und fremde Leute belästigen.»

Ich muß wohl ein so untröstliches Gesicht gemacht haben, daß sie schnell hinzufügte: «Immerhin, vielleicht bietet sich einmal eine günstige

Gelegenheit, und wir können um Erlaubnis fragen, ob wir einen Blick in den Garten werfen dürfen.»

Die Gelegenheit bot sich nie. Eines Abends kamen wir von einem Ausflug in die Umgebung zurück, als die Kirschbäume schwer mit Früchten behangen waren. Ich rannte hinter meinem Reifen her, einem ganz gewöhnlichen unbemalten Reifen, aber er rollte gut, und ich trieb ihn geschickt und schön regelmäßig immer wieder an, als ich auf einmal aus der Gruppe der Erwachsenen die Stimme meiner Mutter hörte: «Komm, schau, das ist unser Garten» – und sie zeigte auf eine hohe dicke Umfassungsmauer, die von einer Balustrade gekrönt war.

Hier also befand sich unser Garten? So nahe dem Ort, wo wir wohnten? Ich hielt meinen Reifen fest und schaute ganz aufgeregt in die Höhe; aber ich konnte nichts sehen: eine sehr hohe Mauer und oben eine Balustrade. Ich ging so weit zurück, wie ich konnte, um hineinzuschauen, aber ich sah nichts. Ich sagte: «Dort sind die Geranien.» Denn auf der Balustrade standen einige Blumentöpfe. Tatsache ist, daß sie überhaupt nicht so aussahen wie auf dem Bild. Außerdem waren es gar keine Geranien. Einen Augenblick vermutete ich – wie unsinnig –, daß zwischen den Töpfen das blonde Mädchen im blauen Kleid hervorschaue.

«Mama», bettelte ich, «könnten wir nicht, da wir schon hier sind, um Erlaubnis fragen, den Garten zu sehen?»

«Heute ist es schon zu spät, und wir sind alle müde vom Ausflug. Es ist viel zu spät. Ein andermal.»

Aber dieses andere Mal kam nie. Als ich nun vor kurzem – vielleicht zum letzten Mal – wieder vor dem Bild stand und unseren unsterblichen Garten lange betrachtete, kam mein Neffe, der mich schweigend beobachtet hatte, und fragte mich: «War das Mädchen, das den Reifen vom Boden aufhebt, nicht eine Cousine von Papa und von dir? Und ist die Frau dort nicht die Großmutter? Papa hat den Garten des Urgroßvaters nie gesehen? Hast du ihn einmal gesehen, Onkel?»

Die Schwalben vom Vorjahr

So geht's: Als wir letztes Jahr wieder einmal in das Restaurant essen gehen wollten, das mir immer so gut gefallen hatte – weißt du noch? –, und feststellten, daß es dieses Restaurant nicht mehr gab, daß das Lokal geschlossen war und an den Mauern die Spuren des Brands noch zu sehen waren, der es zerstört hatte, da bedeutete das an jenem Tag keine große Betrübnis; wir suchten uns einen anderen Ort, an dem wir essen konnten, und ich dachte nicht mehr daran.

Aber jetzt, da du nicht bei mir bist, steht auf einmal das Bild jenes Restaurants mir wieder vor Augen, in das du mich immer zum Essen hinführst, und beim Gedanken, daß es nicht mehr existiert, fühle ich mich auf eigenartige Weise tieftraurig und untröstlich. Wie gut gefiel es mir doch dort! Wie gern las ich in deinen Augen die Freude, wenn du sahst, daß es mir so gut gefiel! Wir bestellten immer das gleiche: einen trockenen Wermuth mit Eis und dann das gegrillte Fleisch, das ihre Spezialität war. Wir hatten unsern Wagen nebenan geparkt oder gegenüber, und fast immer mußten wir eine Weile an der Garderobe warten, ehe ein Tisch frei wurde. Die Blicke der Leute an den Tischen richteten sich alle für einen Augenblick auf dich und begegneten dann den meinen: Es war nur ein Augenblick. Vielleicht machte ich während des Wartens zum Zeitvertreib dir gegenüber auch einmal eine Bemerkung über die stämmige Figur der Geschäftsführerin, wenn man sie so nennen konnte, die mit ihrem rundlichen, Zufriedenheit ausstrahlenden Gesicht und den hellen Augen ganz auffallend – nicht wahr? – einem beleibten deutschen Politiker von damals glich; und du sagtest, ja, das stimme tatsächlich ... Jetzt ... wie der Schnee vom Vorjahr, wie die Früchte der Äcker ... wo ist unser Restaurant geblieben? Was ist daraus geworden?

Es wird andere geben; wir werden andere schöne Lokale finden und – für immer vereint, eng beisammen, deine Hand in der meinen, werden wir neue Augenblicke süßen Glücks erleben. Aber dieses Restaurant, von dem ich den Namen nie wußte, nicht einmal, an welcher Straße es stand, denn du hast mich immer in deinem Wagen hingefahren und ich brauchte mich nie darum zu kümmern, dieses Restaurant wird, wie die Schwalben vom letzten Sommer, nie mehr Zeuge sein, wird nie mehr unser Glück in seinen Mauern beherbergen ... Es hatte rot tapezierte Wände und glänzende lackierte Ablagen in der Garderobe.

Der Kopf des Lammes

Ausgeruht und fröhlich verließ ich an diesem strahlenden Morgen das Hotel und hatte vor, gemütlich durch die Stadt zu spazieren, die ich gestern nacht im Mondschein auf der verwirrenden Busfahrt durch Hauptstraßen und über Plätze vom Flughafen her kommend kaum wahrgenommen hatte; sobald ich aus dem dämmrigen Flur trat und nach rechts und links schaute, kam auch schon ein zerlumpter Maure auf mich zu – irgendein Bettler, der auf dem Gehsteigrand saß – und umschmeichelte mich mit gewundenen Höflichkeitsfloskeln in einem kaum verständlichen Französisch. Belustigt und irgendwie neugierig machte ich die unvermeidliche Münze bereit, die, kaum gesehen, auch schon verschwunden war; aber meine Gabe genügte nicht, den Zugang zu öffnen oder die Litanei zu beenden. Noch bevor aber ein Hauch Verärgerung meine strahlende Laune trüben konnte, kam der Hotelportier, der bei den blitzblanken Blumenständern am Eingang das Geschehen beobachtet hatte, mit der Mütze in der Hand auf mich zu und teilte mir mit: Dieser Mann warte hier schon seit dem frühen Morgen auf mich, fast schon seit sieben Uhr, und er wolle mir eine persönliche Botschaft von meinen Verwandten überbringen.

Von meinen Verwandten? Wie aberwitzig! Das mußte ohne jeden Zweifel ein Irrtum sein. Ich kannte niemanden in Fez, und ich war auch noch nie in Marokko gewesen. Selbstverständlich war das ein Irrtum; und so sagte ich es ihm auch: «Fragen Sie ihn, wen genau er sucht.» Nein, nein; er suche mich; ganz sicher, er suche mich; der Portier hatte sich nicht getäuscht, als er hinter dem Rücken auf mich zeigte (wie er es sicher getan hatte), sobald ich herauskam. Ob ich denn etwa nicht Don José Torres sei ...? «Ist der Herr denn nicht – Entschuldigung! – Don José Torres aus Almuñecar in Spanien, gestern abend mit dem Flugzeug aus Lissabon angekommen?» Nun gut; Yusuf Torres schicke mir diesen Boten und bitte mich, sein Haus zu beehren und seine Huldigungen entgegenzunehmen.

Vergeblich schaute ich den Portier aus forschenden Augen an: Er war ganz untertänige Verschlossenheit, würdige, achtungsvoll lächelnde Zurückhaltung – ich kenne ja die Verschlagenheit, die sich hinter solcherlei Uniformen mit großen Messingknöpfen und goldenen Streifen verbergen! –, aber sogleich dachte ich selbst an die Zusammenhänge mit diesem Ort. Wie amüsant! Sicher war ich mit einem heimwehkranken Mauren zusammengetroffen, der sich in seiner Sehnsucht nach Spanien die müßigen Stunden damit vertreibt, Familienstammbäume ausfindig zu machen. Stutzig machte mich, wie er so schnell meinen Namen, meinen Heimatort und meine Ankunft in Fez herausgefunden hatte ...

Es war Feiertag, und da ich nichts weiter vorhatte, beschloß ich, einmal zu sehen, was für eine Art Vogel mein Verwandter Yusuf sein mochte. Im schlimmsten Fall würde etwas Erzählbares dabei herausschauen; ich dachte sogar – wer weiß? –, diese wunderliche Begegnung könne für mich vielleicht von Nutzen sein. Ich versuche ganz gezielt, neue Beziehungen anzuknüpfen, wann immer sich eine Möglichkeit dazu bietet; wenn man auf Geschäftsreise ist, kann auch etwas ganz Unvorhergesehenes zu einer vorteilhaften Verbindung führen, manchmal gleich, manchmal später. Vorläufig kannte ich ja hier noch niemanden: Ich kam nach Marokko, um die Möglichkeit zu prüfen, für Radio M. L. Rowner und Son Inc., Philadelphia, eine Radiostation aufzubauen, und war erst spätabends nach einem unruhigen Flug in Fez gelandet; mir war übel, ich hatte Kopfschmerzen und hatte darum nur eine Tasse Tee und ein Aspirin zu mir genommen, mich ins Bett gelegt und gehofft, gut zu schlafen. Tatsächlich schlief ich mehr als zehn Stunden durch und erwachte frisch und munter. Im Bad ließ ich mir nach Lust und Laune Zeit, frühstückte gemächlich, überflog «La Dépêche» aus ich weiß nicht woher, die auf dem Tisch lag, und während ich bei alldem verweilte, versprach ich mir selbst einen schönen Spaziergang durch die Stadt. Beim Rasieren kurz zuvor hatte ich nämlich im Badezimmerspiegel bemerkt, daß rosarote und weiße Häuschen durch das offene Fenster hereinschauten, und ihre frischen Farben, zusammen mit den Zypressen, Granatapfel- und Orangenbäumen in den Gärten unter dem kristallklaren Himmel, hatten mich heiter gestimmt. Alles sah wie frisch gewaschen aus: Sicher hatte das Gewitter, dessen Schwärze unsern Flug über das Meer so unruhig gemacht hatte, sich mittlerweile über der Stadt entladen, damit sie uns bei unserer Ankunft strahlend sauber empfangen könne. Jetzt wünschte ich, ziellos und in aller Gemütlichkeit durch die unbekannten Gassen zu schlendern, wie ich es jedesmal tue, wenn mich ein glücklicher Zufall an einem Feiertag in eine neue Stadt führt und ich mir ohne Gewissensbisse wegen der verlorenen Zeit diesen Luxus leisten kann. Wenn ich dann genug hatte, würde ich mir ein landestypisches Restaurant suchen – landestypisch, versteht sich, soweit vertretbar –, und am Nachmittag wollte ich dann anhand des Telefonbuchs und eines Geschäftsberichts nützliche Angaben zusammentragen, meine Papiere durchsehen und mich auf den Arbeitsbeginn am andern Tag vorbereiten; falls ich noch Lust darauf hätte, würde ich einen oder zwei Briefe schreiben und dann essen gehen – oder vielleicht im Hotel essen und den Kaffee auswärts trinken und noch ein wenig Zeit in einem Vergnügungslokal zubringen.

Das waren meine Pläne. Aber die merkwürdige Begegnung gleich am Hotelausgang, als ich zum beabsichtigten Spaziergang aufbrach, änderte alles.

Ich schaute die beiden Männer an, die vor mir auf dem Gehsteig standen und an meinen Lippen hingen. «Ist es weit?» fragte ich immer noch unschlüssig den Zerlumpten.

Der uniformierte Portier übersetzte die umständlichen Erklärungen in die knappe Anweisung: «Etwa zehn Minuten zu Fuß, Señor.»

Ich überlegte nicht länger und folgte meinem unstandesgemäßen Führer.

In einem verwinkelten gepflasterten Gäßchen brachte er mich zu einem Haus, dessen Fassade mit den zwei vergitterten Fensterchen ganz hoch oben in seltsamem Gegensatz zum prunkvollen Holztor mit dem glänzenden Türklopfer und den fein gearbeiteten Beschlägen stand. Mein Begleiter öffnete eine Pforte darin, trat hinter mir ein, und ich stand verloren in einem fast völlig abgedunkelten Vorraum, wo drei Lichtstrahlen im

Hintergrund die Umrisse einer weiteren Tür erkennen ließen. Mit Hilfe der tastenden Hand konnten meine Augen nach und nach einen Tisch an der Wand ausmachen, auf dem eher der Duft als die fahle Helle eine Vase mit Lilien und Hyazinthen verriet; auf der andern Seite mußte der Absatz einer Treppe liegen, die der Zerlumpte hinaufgestiegen war, bis ich seine Fersen aus den Augen verlor. Ich mußte nicht lange warten: Bald hörte ich, daß er mich von oben auf der Treppe rief, und ich stieg hinauf. Oben empfing mich Yusuf, der Hausherr.

Ich muß gestehen: Die Spiellaune, Spottlaune eher – ja, Spottlaune in Wahrheit –, womit ich mein Abenteuer begonnen hatte, war noch nicht ganz verflogen, als ich im Vorraum stand und in den zwei oder drei Warteminuten mit den Fingern auf den Tischrand trommelte; aber als ich mich jetzt dem tiefernsten jungen Mann gegenübersah, der mit heiterer Miene und höflich gemessenen Schritts auf mich zukam, war von dieser Laune nichts mehr übrig: So als wäre sie zu Boden gesunken und die Treppe hinuntergekullert, stand ich mit leeren Händen völlig wehrlos da. Ich hatte meine Fassung verloren und wußte nicht mehr, was ich tun sollte. Jetzt erst merkte ich, wie leichtsinnig ich gehandelt hatte: Wer kommt schon auf die Idee, ein fremdes Haus zu betreten, ohne eine Ahnung, was für Leute dort wohnen! Bevor ich mich auf das Abenteuer einließ, sie zu Hause zu besuchen, hätte ich unbedingt Erkundigungen über sie einholen müssen; warum hatte ich denn nicht daran gedacht, daß ich natürlich jemand anderem als dem zerlumpten Boten oder dem unpersönlichen Hotelportier gegenüberstehen würde …? Dieser Jemand umarmte mich nun und lud mich ein, neben ihm Platz zu nehmen, sagte aber kein Wort. Er betrachtete mich und lächelte und sagte kein Wort. So mußte also wohl ich das Gespräch eröffnen, und ich sagte schließlich: «Wie groß war meine Überraschung …!»

Mein Zögern nach dieser Feststellung hing noch in der Luft, aber er beeilte sich nicht, es aufzufangen: Er schien nicht gewillt, den Faden zu ergreifen, den ich ihm hingehalten hatte. Endlich erklang seine ruhige und trotzdem vibrierende Stimme und erfüllte den Raum: «Ich bedanke mich, Señor, daß du gekommen bist, dieses armselige Haus mit deiner Gegenwart zu beehren und als sein Besitzer darüber zu verfügen.» Die Phrase war natürlich einstudiert und auswendig gelernt; aber sie war in sicherem Ton vorgetragen, und die Pausen wirkten nicht als Zögerlichkeit, sondern verliehen ihr einen Schatten Natürlichkeit, gleichzeitig milderte der leicht fremdländische Akzent das Unangenehme ihrer konventionellen Steifheit, die im übrigen allein schon durch das Übermaß an Gestelztheit gebrochen war. Mit der Zeit konnte ich feststellen, daß mein Gastgeber ein altertümliches literarisches Spanisch sprach, was ich nicht so sehr an einzelnen Wörtern merkte als an seinen verschlungenen feststehenden Wendungen; vielleicht aber ergab sich der Eindruck einer allzu gesuchten Ausdrucksweise auch deshalb, weil viele Begriffe, Bezeichnungen für moderne Dinge – Wörter englischen Ursprungs sprach er französisch aus, und französische Wörter ließ er im Übermaß in seine Rede einfließen –, von seinen Lippen in auffälligem Gegensatz zu gewissen kastilischen Bezeichnungen standen, die heute in Spanien kaum noch in Gebrauch sind, weil sie für viele Erfordernisse und Dinge des modernen Lebens durch Wortneuschöpfungen in Anlehnung an Fremdwörter ersetzt worden waren, anstatt die herkömmlichen heimischen Begriffe – wie es die Puristen fordern – den neuen Gegebenheiten anzupassen ...

Vorerst lähmte mich seine übertriebene Höflichkeit noch mehr, als ich es ohnedies schon war; ich zweifelte nicht mehr im geringsten daran, daß meine übermütige Anwandlung, mich in die Sache einzulassen, ganz und gar abwegig war: Ich hatte entschieden zu leichtfertig gehandelt! Und jetzt, Hals über Kopf zum Improvisieren gezwungen, mußte ich eine seriöse, schickliche, angemessen entgegenkommende Haltung einnehmen, verfiel in abgedroschene steife Verbindlichkeiten und kam mir lächerlich vor. Der junge Mann, der hier behaglich in seinen Polsterkissen lehnte, bewies eine Lagebeherrschung, die mir mit meinen siebenunddreißig Jahren und meiner Welterfahrung abging; ja, sie fehlte mir gänzlich.

Ich beschloß, mich trotzdem nicht von der endlosen Kette der Höflichkeitsbezeugungen mitreißen zu lassen, bei denen er sich immer im Vorteil befand; fürs erste drückte ich meine Verwunderung über seine Bemühungen aus, mich ausfindig zu machen; ich fragte ihn, wie er von mir und meiner Ankunft in der Stadt erfahren hatte, und bat ihn, mir den Grund für sein Augenmerk auf meine Person zu erklären: «Vermutlich», meinte ich, «wird es Neugier wegen unserer identischen Familiennamen gewesen sein ...»

An dieser Stelle beschloß ich, zu schweigen und zu warten – und sollte es eine Stunde dauern –, bis er das Wort ergriff. Er tat es nach einer kurzen Pause ... Ich versuche nicht, seine Sätze genau wiederzugeben; ich könnte es nicht ebenso wortgetreu wie beim ersten, der sich mir tief eingeprägt hat, und ich könnte auch die Mischung aus altertümlichen oder papierenen Satzgebilden mit modernen französischen Wendungen nicht nachmachen, seine amüsante Verbindung von «dannzumal» mit «Aerodrome», von «office» mit «Verlaub». Zusammengefaßt sagte er mir etwa folgendes: Mit Hilfe eines der Familie bekannten

Angestellten in den Büros der «Compagnie de Navigation Aérienne» hatten sie im voraus von der Ankunft eines Spaniers in Fez mit dem Namen Torres erfahren, der aus Almuñecar stammte, welches auch der Herkunftsort seiner eigenen Familie war; aufgrund der Vermutung, mehr noch, fast schon Gewißheit, daß diese Übereinstimmung auf zwei Linien aus dem gleichen Stamm hindeutete, hatten sie sich überlegt, ob sie mit ihm – mit mir also – Verbindung aufnehmen sollten, um ihm ihre Dienste anzubieten. Er verschwieg mir nicht, daß sie lange gezögert hatten, bevor sie diesen Schritt wagten: Mehr noch, da er Familienoberhaupt war und somit letztlich die Verantwortung trug, hatte er sich bei den Gesprächen über das Thema am hartnäckigsten widersetzt, schließlich aber nachgegeben – darüber freue er sich jetzt –, und zwar auf Drängen seiner Mutter, deren weibliche Neugier den Wunsch übermäßig heftig beförderte, die denkbaren, wahrscheinlichen, fast sicheren Blutsverbindungen mit dem Fremden in Erfahrung zu bringen.

«Immerhin ist der Name Torres in Spanien so weit verbreitet», wagte ich einzuwerfen, «daß es ein großer Zufall wäre ...»

Genau das habe er dem Ansinnen seiner Mutter entgegengehalten: ein viel zu häufiger Name in Spanien und auch in Marokko! Aber sie gab zu bedenken: «Torres aus Almuñecar, Sohn und Gebieter; aus Almuñecar!»; und vielleicht mangelte es ihr nicht an Gründen für ihre Beharrlichkeit. Denn sie stammten aus Almuñecar; das wußte man ganz gewiß, und so gaben es die Väter an die Söhne weiter, so daß diese Tatsache zum Kern der Familiengeschichte gehörte. «So sehr», bekräftigte Yusuf ganz angeregt, «daß ich vermutlich sogar öffentliche Gebäude in Almuñecar finden würde, falls ich einmal dorthin käme: den großen Nutzgarten, die Weinpresse, wo Jahr für Jahr karrenweise rote Trauben gestampft wurden.» Ob ich die berühmte Weinpresse der Torres und die großen Obst- und Gemüsekulturen nicht kenne?

Ich lächelte über seine kindliche Einfalt, aber nicht ohne zu spüren, daß darin ein schöner Anteil spielerischer Poesie, vorgeblicher Harmlosigkeit steckte. «Vielleicht», antwortete ich, «aber es gibt da so viele Weinkeltern, so viele Gärten, so viele Torres! Überhaupt ist es schon zu viele Jahrhunderte her, daß Sie von Almuñecar fort sind; und sogar ich selbst, obwohl ich dort geboren bin ...» (Es stimmte; seit ich mit achtzehn Jahren zusammen mit meiner Mutter nach Granada übersiedelt war, hatte ich das Dorf nie mehr besucht; und das lag nun auch schon bald zwanzig Jahre zurück.) «Kurz», fügte ich hinzu, «meine Erinnerungen an Almuñecar sind auch nicht die frischesten. Auch wenn ich mich genau an unser Haus erinnere, an das geschnitzte Familienwappen über dem Eingang, an den Geflügelhof, an die weiß getünchten Umfassungsmauern unter den Kirschbäumen und die Bewässerungsgräben darunter, so ist mir das alles nur in unzusammenhängenden Splittern in Erinnerung geblieben ...»

Ich war abgeschweift. Der junge Yusuf hörte zu, nachdenklich, besorgt, gelangweilt vielleicht. Nach einer Pause fragte er mich, ob ich denn nicht doch Heimweh nach jenem Land verspüre, nach dem sich schon Generationen von mohammedanischen Torres hier in Fez gesehnt hatten. Er, gestand er mir, verspüre eine Art ererbtes und verpflichtendes Heimweh, eine Heimwehgewohnheit, einen Heimwehkult. «Denn wir haben in Spanien das Beste unserer Grandezza zurückgelassen. Und von damals bis heute haben wir immerzu nur verloren; heute sind wir arm ...» Er erklärte mir, daß eben diese Armut einer der gewichtigsten Gründe für die Meinungsverschiedenheiten von gestern abend gewesen sei, ob sie mich einladen sollten oder nicht. Seine Schwester – er hatte eine Schwester – hätte es lieber nicht getan: «Wozu denn auch?» fragte sie. Aber die Mutter, die am meisten darauf erpicht war, warf ein: «Wenn es sich herausstellen sollte, daß er nicht mit uns verwandt ist, kann es uns gleichgültig sein. Wenn er aber, und dessen bin ich sicher, von unserem Blut ist, kommt es überhaupt nicht darauf an, ob wir reich oder arm sind: Auch wenn wir ihm nur eine Blume schenken oder ein Glas Wasser reichen, es genügt.»

Während ich ihm zuhörte, zweifelte ich meinerseits ganz erheblich an der gerühmten Blutsverwandtschaft. Es konnte zwar durchaus sein; aber bei Lichte besehen wirkte das alles doch sehr romanhaft. Ausgeschlossen, so ganz und gar ausgeschlossen war es ja nicht: Wer weiß denn, was für Verzweigungen so ein Stammbaum im Laufe der Jahrhunderte bilden kann? Diese Leute versicherten, daß sie aus Almuñecar stammten; sie hießen Torres wie wir. Wer sollte es wissen! Mir war nie etwas zu Ohren gekommen, auch nicht die leiseste Andeutung, daß unsere Familie maurische Vorfahren hatte, nichts dergleichen; ich glaube, meine Mutter wäre beim bloßen Gedanken daran in Ohnmacht gefallen ... Aber das hatte auch wieder nichts zu sagen: Zu Hause redete man ohnehin nie über solche Themen; niemand hatte Lust, in der Familiengeschichte zu graben; niemand verspürte Interesse oder Neugier. Oder wollte man vielleicht lieber nicht darüber reden? Wer weiß! Offen gesagt, sprach eigentlich nichts dagegen; wenn ich mich innerlich dagegen sträubte und mich weigerte, es als denkmöglich anzunehmen, so war es nicht wegen irgendwelcher Vorurteile, denn ich habe keine, sondern höchstens, weil mir eine Verwandtschaft mit diesen Mauren, und sei sie auch noch so entfernt und unwahrscheinlich, allzu extravagant, ja sogar komisch vorkam. Wie es oft der Fall ist, wollte nicht eine begründete Überlegung, sondern ein beliebiger, aber eben doch mächtiger Eindruck den Zugang zu dieser unvorhergesehenen, doch nicht undenkbaren Verwandtschaft verschließen, und ich meine, er hätte sich sogar gegen die klare Augenfälligkeit zur Wehr gesetzt.

Klare Augenfälligkeit lag sicher nicht vor, aber immerhin muß man einräumen, daß es auch nichts Unerhörtes, noch nie Dagewesenes bedeutet hätte. Natürlich erinnerte ich mich in meiner Familie nicht im entferntesten an etwas, was auf eine solche Wahrscheinlichkeit hingedeutet und dem Verdacht einer alten mohammedanischen Linie Nahrung gegeben hätte – außer vielleicht gerade dieses mangelnde Interesse, was die Vorfahren betrifft. Mangelndes Interesse wiederum nicht durchgehend, wie ich nach kurzer Überlegung sofort feststellte, denn mein Onkel Jesús – allerdings nur er allein, der älteste unter den Geschwistern, ein Kerl nach altem Schrot und Korn, unnachgiebig und streitlustig, sehr traditionsbewußt, was ihm zu einer gewissen Zeit den Spitznamen «Höhlenmensch» eingetragen hatte – fand eines Tages Gefallen an alten Papieren und Pergamenten; er sammelte sie und las gelegentlich darin; er prahlte auch damit, sich gründlich in den adligen Wurzeln unserer Familie auszukennen. Ja, er schon, mein Onkel Jesús, hatte den Hang zur «Grandezza», wie er dem Landadel eigen ist. Für ihn waren unsere Ahnen bei der Gründung der Stadt mit dabei, noch bevor Don Rodrigo Spanien zugrunde richtete (somit also vor der Ankunft der Mauren!). Wie sich doch der Gute aufplusterte mit solchen Phantasien! Er ließ sich von seinen adligen Höhenflügen richtig berauschen; er hörte sich selbst reden, seine Augen funkelten; wir, die Neffen und sogar seine eigenen Kinder, ließen das Gerede über uns ergehen wie Regengeplätscher. Wir hörten ihm gerne zu, es war lustig; aber wir glaubten ihm nicht, spöttelten bisweilen sogar. Was hätte wohl Onkel Jesús zu diesem Abenteuer hier gesagt? Wie hätte er es aufgenommen? Stolz und freudig? Oder eher indigniert, weil es sich um «Ungläubige» handelte ...? Auf jeden Fall wäre er Feuer und Flamme gewesen, selbstverständlich hätte er die Geschichte mit der Verwandtschaft sofort geglaubt; wie einen Glaubenssatz hätte er sie genommen. Niemand wäre so sehr befähigt gewesen wie er – wenn man seine Phantastereien außer acht läßt –, die Sache aufzuklären ... Er war der einzige in der Familie, der auf solche Dinge Wert legte; und jetzt, wo er tot war ...

Jedenfalls heftete ich – bei aller Skepsis – meinen Blick unentwegt auf den jungen Yusuf: Ich empfand Neugier ihm gegenüber, und während ich ihn beim Reden betrachtete, hoffte ich, irgendeine Regung seiner Gesichtszüge verrate mir unversehens die behauptete Verwandtschaft. Innerlich forderte ich ihn heraus, es zu tun; ich stachelte ihn an: Es war eine Art Spiel oder kurzweiliger Zeitvertreib ohne bestimmte Überzeugung oder Absicht, trotzdem haftete ihm eine unwiderstehliche Erwartungshaltung an. Am Anfang konnte ich in seinen Zügen natürlich überhaupt nichts lesen. Im Gegenteil: Alles kam mir fremd, irgendwie pittoresk vor – fremd der Glanz in seinen dunklen, gelblich schimmernden Augen; fremd die hohe und doch fliehende Stirn; die feine, gebogene Nase, die ebenfalls dünnen Lippen – einer der beiden Mundwinkel zitterte immer leicht, wenn er einen Satz anfing, so als zögere er, ihn auszusprechen ... Aber als ich nach einer Weile – sagen wir es so – das Fremde an diesem Kopf einigermaßen verdaut hatte, wollte mir scheinen, daß darauf flüchtige Linien sichtbar wurden, Gesten aufblitzten, die «die unseren» sein konnten, die mir auf einmal Zeichen gaben, mir zuzwinkerten, sich aber gleich wieder verflüchtigten wie das Zittern auf der Wasseroberfläche, von dem man nicht weiß, ob es einem Lufthauch zuzuschreiben ist, unserem eigenen Atem, oder ob es einfach den Betrachter täuschen will, der sich zu beharrlich darein vertieft.

Aber nein, es war keine Täuschung meinerseits: Hier in diesem jugendlichen Gesicht, aus dem er mich gefaßt und in sich gekehrt, unerschütterlich und beinahe unbeteiligt an seinen Aussagen anschaute, drängte etwas von uns nach außen, wollte zu mir sprechen. Zu sagen, daß ich familiäre Vertrautheit darin fand, wäre sicher übertrieben; aber eine gewisse Ähnlichkeit, gewisse Entsprechungen waren nicht zu verkennen. Ich will erklären, wie ich ganz allmählich, aber mit wachsender Bestimmtheit – also, warum die Dinge nicht beim Namen nennen? – Übereinstimmung entdeckte. Eine wahrhaftige Ähnlichkeit, keine umfassende zwar, sondern nur eine in gewissen Einzelheiten, war das, was ich letzten Endes im jungen Yusuf Torres entdeckte. Nicht mit mir selbst allerdings (ich war auch nicht das passende Muster, um Vergleiche anzustellen: Ich war es satt – und fand es allmählich auch lästig –, andauernd hören zu müssen, daß ich ganz nach der mütterlichen Linie geraten war; daß ich von Kopf bis Fuß ein kleiner Valenzuela war – Valenzuela ist der Familienname meiner Mutter –, im Unterschied zu diesem oder jenem Cousin, die getreu dem Torres-Schlag entsprachen, wie sie behaupteten); somit also nicht mit mir selbst, nicht mit meinen eigenen Gesichtszügen; unter den Familienmitgliedern auch vielleicht nicht mit jenen, die mir am nächsten standen und mit denen ich am häufigsten verkehrte, und überhaupt mit keinem im besonderen, am ehesten vielleicht mit den Porträts von Vorfahren auf Leinwand oder Holz, die die Wände meines Hauses, vor allem aber die der Häuser meiner beiden Onkel in Almuñecar zierten – lauter mittelmäßige Bilder; um ehrlich zu sein: in der Mehrzahl richtig schlechte, von reinem Sentimentalitätswert; ich kannte sie in- und auswendig, obwohl die Zufälle des Lebens mich zum Glück lange von diesen sogenannten Kunstwerken ferngehalten hatten, denen ich wenig abgewinnen konnte – vielleicht aus Abneigung gegen die Wertschätzung, die ihnen meine beiden Onkel, vor allem Jesús, entgegenbrachten –, und schließlich sind sie wohl, wie so vieles sonst, in den Wirren des Bürgerkriegs verlorengegangen. (Das heißt: Ich weiß nicht, ob alle verlorengegangen sind oder ob mein anderer Onkel, Manuel, einpackte, was er konnte, als er sich einschiffte; in diesem Fall ist es möglich, daß sie noch irgendwo in seinem Besitz im Umlauf sind: Fast neige ich dazu, letzteres zu glauben.) Also gut, das eine oder andere Profil aus diesen Porträts könnte man vielleicht im Gesicht dieses Jünglings entdecken, der zu mir sprach: Vor allem die feine kurze Braue, die in der Mitte buschig ansetzte und im Bogen zur Schläfe hin dünn auslief, eine harte, ungestüm wilde Pupille, das alles stammte ohne Zweifel aus dem Porträt meines Urgroßvaters als Kind, aus dem mit dem getigerten Samtkragen. Ja, und auch aus dem meines Großvaters in Uniform. Wenn man sich die dicken Wangen wegdachte, den großen Schnurrbart, der auf die kindlichen Lippen fiel, das stolze Kinn, diesen mächtigen Kopf ganz einfach, der so gut mit der breiten Brust samt schrägem Band darüber harmonierte, so würde man feststellen, daß die Brauen dieselben waren wie die des melancholischen Jünglings mir gegenüber; die Brauen mit ihrem besonderen Schwung, auch die Stirn, die den massigen Körper dieses älteren Mannes krönte –, sie hatte mit ihrem gebieterischen Ausdruck den unbeholfenen Maler sichtlich beeindruckt – verlor sich in der Gewöhnlichkeit eines zu dicken und überladenen Gesichts; aber hier im nackten Antlitz des schmächtigen nervösen Jünglings beherrschte sie mit ihrem Anflug kaum gezügelter Unruhe seinen Ausdruck völlig ... Aber ach!, wie unsicher sind doch solche Dinge! Kaum hatte ich jene Ähnlichkeiten wahrgenommen, entmutigte mich schon wieder die Ahnung, daß alles herbeiphantasiert und beliebig und bloßer Wunsch von mir war ... Aber wenn – warum sollte ich diesen Wunsch empfinden?

Und er selbst, Yusuf, war er tatsächlich überzeugt, glaubte er allen Ernstes, daß die Torres in Marokko und wir aus Almuñecar blutsverwandt waren? Aus seinem Gesprächston konnte man auf keine allzugroße Gewißheit schließen. Oder anders herum: Es war nicht eigentlich Überzeugung, was seinen Worten fehlte, sondern – wie es nennen? – Begeisterung für die Sache, Gefallen … Mit seiner undurchdringlichen Höflichkeit musterte er mich nun schweigend.

«Und Sie?» fragte ich ihn sodann (ich brachte es nicht fertig, ihn zu duzen: das Duzen der Mauren wirkt irgendwie peinlich, bis man sich daran gewöhnt hat), «sind Sie wirklich überzeugt, daß wir derselben Familie angehören?»

«Ich», antwortete er, «schließe aus dem, was meine Mutter als Begründung anführt, daß wir zusammengehören müssen.»

«Dürfte ich in diesem Fall nicht um die Gunst nachsuchen, Ihrer Mutter meine Ehrerbietung zu bezeugen?» fragte ich weiter. Und fügte noch hinzu: «Es wäre für mich ein großes Glück.» Fast ohne es zu merken, hatte ich die weitschweifige Höflichkeit meines Gesprächspartners angenommen, so übertrieben, daß mir mein eigener Satz ganz falsch in den Ohren klang; aber dessenungeachtet übertrieb ich bei dieser Gelegenheit bewußt, denn mir war bekannt, daß nach maurischen Gepflogenheiten sich die Frauen den Besuchern nicht zeigen und ich deshalb etwas Außergewöhnliches forderte. Es war mir unversehens eingefallen, und ich hatte mich vorgewagt, ohne groß darüber nachzudenken: teils, weil ich fest entschlossen war, dieses Erlebnis in meine Sammlung aufzunehmen, und ich mir dadurch jedwede Kühnheit oder Ausschreitung leisten konnte, wohl wissend, daß ich als Ausländer, der die Sitten nicht kennt, entschuldigt wäre; teils auch, weil ich den Verdacht hatte, daß uns die Dame, auf die ich mich bezog, in irgendeinem Versteck zuhörte. Dieser höchst lebhafte Verdacht – so lebhaft, daß ich jede Wette darauf eingegangen wäre – gründete nicht nur auf ganz einfachen Schlußfolgerungen (war denn nicht sie die Anstifterin zu all dem gewesen? Hatte nicht ihr Sohn selbst von ihrem unbedingten Verlangen geredet?), er konnte dazu auf eine mächtige gefühlsmäßige Verstärkung zählen: Niemand hätte mir nämlich ausreden können, daß höchstens zwei Schritte von hier hinter einem Vorhang – trotz dessen unbeweglicher Schwere – eine, vielleicht auch zwei Personen lauerten und unser Gespräch belauschten.

Ich bekräftigte mein Anliegen noch mit weiteren Höflichkeiten, weniger aus Lust an der Übertreibung, als um ihn zu nötigen und es ihm zu erleichtern, mir den Gefallen zu tun. Es war nicht nötig: Kaum vernahm der Jüngling mein Begehren, das ich in viele Floskeln gekleidet hatte, erhob er sich ganz selbstverständlich von seinem Sessel – ohne Anzeichen von Verärgerung oder Bedenken, wie ich erwartet hatte – und ging wortlos mit gemessenen, sogar, wie ich meine, feierlichen Schritten, hinaus; sein Gesichtsausdruck war fröhlich, und seine Haltung ließ erahnen, daß er dies vorhergesehen, ja von Anfang an gewünscht hatte.

Ich war also allein in dem Raum. Ich schaute auf die Uhr: Es war schon elf Uhr vorbei. Während ich wartete, schaute ich mich um, und eine Menge Gegenstände, die ich zuvor nicht bemerkt hatte, fielen mir auf: kupferne Tabletts, Tischchen mit achteckigen Metallplatten, ein riesiges Wandbarometer, Teppiche, Kissen mit Goldquasten, Schatullen, was weiß ich …

Yusuf kam bald wieder herein, um mir zu sagen, daß wir uns unten im Obstgarten mit seiner Mutter und seiner Schwester treffen könnten: ein Beweis für das Vertrauen und die Liebe einem Verwandten gegenüber. «Gott steh mir bei!» dachte ich und folgte meinem Gastgeber die Treppe hinunter. Wir durchquerten die Eingangshalle, und nun stand die kleine Tür vis-à-vis vom Hauseingang offen, durch die man in den besonnten Innenhof mit Bäumen im hinteren Teil sehen konnte. Dorthin gingen wir und setzten uns an ein Eisentischchen unter einer Weinlaube; kaum hatten wir es uns aber bequem gemacht, mußten wir uns schon wieder erheben, um eine Dame gesetzten Alters zu begrüßen, der halb verdeckt, wie um hinter ihr Schutz zu suchen, ein Mädchen folgte; kaum waren sie in der Türöffnung erschienen, fing die Dame schon zu reden an, lächelte, ging immer wieder um mich herum, nahm mich bei den Händen, hob den Kopf, um mein Gesicht genau zu besehen: «Komm! Zeig her! Laß mich dich anschauen, mein Sohn! Laß mich sehen, ob ich dich erkenne, Jasmin und Lorbeer meiner Gärten!» Das und tausenderlei derartige Dinge sagte sie zu mir. Ich ließ die Musterung geduldig und gefaßt über mich ergehen. «Ach, welche Freude! Welche Freude!» verkündete sie schließlich und ließ sich erschöpft in einen Korbsessel sinken, während die Tochter hinter ihr stehenblieb und der Sohn sich wieder mir gegenüber an den Tisch setzte.

Wie vorhin fand ich es angezeigt, das Gespräch zu eröffnen. «Ist die Dame also ganz sicher, daß wir zur gleichen Familie gehören?»

«Wie denn nicht! Wenn man weiß, wie du heißt und woher du kommst, genügt es, dein Gesicht zu sehen.»

Unterdessen musterte ich das ihre – es war rundlich, fröhlich und wechselte ständig den Ausdruck – und hoffte stets, wenn ihre Gesten lebhafter würden, entdecke ich vielleicht plötzlich den einen oder andern unveränderlichen Gesichtszug alter Familienporträts bei ihr, so wie ich vorher geglaubt hatte, gemalte Gesichtszüge im fast regungslosen Gesicht des Jungen festzustellen. Zu meiner großen Überraschung, denn ich hatte es nicht erwartet, hatte zumindest nicht so viel erwartet, weil meine Beobachtungen von vorhin ja zu vage gewesen waren und jeglicher Gewißheit entbehrt hatten, entdeckte ich in der Leidenschaft, mit der die gute Dame sprach, in ihren heftigen Bewegungen, der Hände, des Kopfes, der Schultern, in der Art, wie diese ihre Worte begleiteten, auch in einer gewissen Sprunghaftigkeit und Willkür ihrer Gebärden, nicht zuletzt, wie unsicher und unglücklich sie jedesmal am Schluß ihres Redeschwalls, dessen Wirkung sie nicht abschätzen konnte, für eine Weile mit gesenktem Blick dasaß und wartete – da meinte ich zu entdecken, ich habe es schon gesagt, daß sie meinem Onkel Manolo auffallend ähnlich sah. Die Entdeckung war für mich, um die Wahrheit zu sagen, höchst unangenehm, denn diesmal war in der Tat die Ähnlichkeit so ausgeprägt, daß sie, statt eine beruhigende Bestätigung unserer vermuteten Verwandtschaft zu sein, mir über die Maurenfamilie hinweg auf einen Schlag meinen Onkel Manolo in Erinnerung rief, den ich wer weiß wie viele Jahre nicht mehr gesehen hatte, wozu ich auch nicht die geringste Lust verspürte, denn von ihm trennte mich nicht nur ein Ozean, sondern auch Meere von Blut … Das lebhafte Temperament, das Gestikulieren, das sprunghafte Reden, diese Art, zu begründen und zu urteilen, verknüpften sich in meinem Gedächtnis mit aufreibenden politischen Gesprächen, die oftmals in Beschimpfungen und Türknallen endeten – und daran erinnere ich mich nur ungern … Ich nahm mich zusammen, schüttelte den unangenehmen Eindruck ab, kehrte vom längst Vergangenen in die Gegenwart zurück, und es blieb mir nichts anderes übrig, als mich tief innerlich für überzeugt zu erklären, daß irgendeine Verbindung zwischen unserer Familie und diesen Torres in Fez bestehen mußte.

Ich fand mich mit dieser Vorstellung ab, konnte aber nicht sagen, ob sie mir gefiel oder mich eher bedrückte, als ich auf einmal und ohne jeden Anlaß in Gelächter ausbrach. Da mußte die gesprächige Dame ihren Redefluß unterbrechen, um mich verdutzt und verständnislos zu fragen, warum ich denn lache.

«Da sehen Sie», antwortete ich nach eine Weile, «da sehen Sie, wie es mit diesen Ähnlichkeiten und Familiengemeinsamkeiten und dergleichen Dingen bestellt ist. Ich will Ihnen den Grund meines Gelächters erklären: Beeindruckt von der Vorstellung unserer gemeinsamen Herkunft und begierig, diese bestätigt zu finden, bemühte ich mich, in den Gesichtern Anzeichen unserer Blutsverwandtschaft zu finden. In dem Augenblick, da ich die Ehre hatte, die Señora zu sehen, glaubte ich, bei ihr eine verblüffende Ähnlichkeit mit dem jüngsten Bruder meines Vaters, meinem Onkel Manuel, zu erkennen, der heute irgendwo in Amerika lebt; schon war ich ganz selig und beglückt, diesen lebenden Beweis zu finden, ganz …

Aber unversehens war all meine Freude im Eimer, denn es fiel mir ein, daß unsere Verwandtschaft, wenn es sie denn gab, nur über die männliche Linie lief, auf die Señora also nicht zutreffen konnte. Somit kann es sich bei dieser vermeintlichen Ähnlichkeit nur um eine Einbildung von mir handeln. Meine Leichtgläubigkeit hat mich zum Lachen gebracht», fügte ich hinzu und fing wieder an zu lachen, diesmal aber mißlaunig: «Was doch die Einbildung alles zuwege bringt!»

«Gemach, gemach!» antwortete sie eiligst und streckte mir die Handfläche entgegen. «Immer langsam, Freund! Ich bin nämlich auch eine Torres; mein Gemahl und ich waren Cousins ersten Grades, somit floß bei unsern Kindern ein doppelter Strom Familienblut zusammen.» Sie strahlte vor lauter Siegesgewißheit.

Ich suchte also Zuflucht bei ihren Kindern. Abwechselnd schaute ich die beiden Geschwister an, und als ich die Kette unserer Verwandtschaft genau an dem Punkt gefestigt sah, wo ich sie für unterbrochen gehalten hatte, fand ich bei ihnen jetzt eine bestechende Ähnlichkeit mit meinen Cousinen, den Töchtern meines Onkels Manolo, ebenso mit Gabrielito und erst recht mit denen des unglücklichen Onkels Jesús.

In der Zwischenzeit hatte das Mädchen ihren rundlichen Kopf über die Schulter der Mutter gebeugt – so konnte ich ihr schwarzes glattes Haar mit dem Mittelscheitel sehen –, um Anweisungen entgegenzunehmen, die sie ihr halblaut gab. Es waren keine Geheimnisse: Sie trug ihr auf, ein Erfrischungsgetränk zu bringen; sogleich richtete sie sich auf, ging um unsere Gesellschaft herum zum Ziehbrunnen, nahm von den Zitronen dort auf der Brüstung, schlug sie in ihre Schürze ein und verschwand damit im Haus, kam wenig später mit einem großen Krug wieder heraus und stellte Trinkgläser, peinlich sauber, dazu auf den Tisch.

Inzwischen hatte die Señora ihr leidenschaftliches Geplauder wieder aufgenommen. Sie erklärte mir umständlich die Eheschließungen, Lebensumstände und Schicksale ihrer ganzen Verwandtschaft. Ein schwerer Zwist mit tödlichen Kränkungen hatte sich offenbar an ihrer Hochzeit mit Muley Ben Yusuf Torres, dem Vater dieses Jünglings, entfacht, der in Gegenwart seiner Mutter jetzt schweigend dasaß und zerstreut an einem Rosenstiel kaute, den er kurz zuvor im Vobeigehen von einem Strauch gepflückt hatte. Bei den Streitereien, die sich immer weiter verzweigten, kam es zeitweise auch zu Gewaltausbrüchen und Interessenskonflikten, wie man sich zusammenreimen konnte, und es mußten da wohl Leute aus der Familie wie auch Außenstehende eingegriffen haben; erst das Geschick und die Verständigkeit eines gelähmten Urgroßvaters waren dank dessen reicher Lebenserfahrung schließlich in der Lage, den Groll zu besänftigen – wenn auch nicht zu tilgen ... Aber ich konnte der Frau nicht recht durch diesen Irrgarten folgen: Es ging um zu viele Personen, von denen ich zum ersten Mal hörte, und ich brachte sie dauernd durcheinander. Wie hätte ich also in diesem Sog meine Aufmerksamkeit auf einzelne Wirbel lenken können? Während sie ihre verworrenen Geschichten vor mir entfaltete, bemühte ich mich, in ihrem Gebaren, in ihren Gesten und auch in ihren Gesichtszügen Entsprechungen im Gebaren, in den Gesten und in den Gesichtszügen meiner Onkel zu entdecken. Tatsächlich enthüllten sich mir nun auf unverhoffte Weise noch weitaus deutlicher als jene von Manuel, der bei all seiner Leidenschaft umsichtig und beherrscht gewesen war, jene von Jesús, dem unglücklichen Onkel Jesús, dessen naiv-unschuldige Heftigkeit, ein wenig auch seine Dummheit oder sein Eigensinn, wenn man es lieber so nennen will, oder Verblendung, ihn in den wirren Tagen des Bürgerkriegs auf ganz törichte Weise das Leben gekostet hatte. Armer Onkel Jesús! Ich meinte ihn vor mir zu sehen, wie er bald mißtrauisch und zornig die Augen verdrehte, dann wieder demütig, als wolle er den Himmel zum Zeugen anrufen; das ständige Spiel seiner Hände; das Beben in seiner Stimme und seine inbrünstige Sprache, und dann plötzlich wieder das trockene spöttische Lachen; alle diese opernhaften Gebärden, wie ich sie damals bezeichnete, denn er war ein Opernliebhaber, und sogar ein glühender (aber was war bei ihm nicht glühend?), obwohl er in seinem Leben kaum mehr als vier oder fünf Vorstellungen besucht hatte, wenn ich mich recht erinnere ... In gemäßigtem Ton und mit einer Spur liebevollem Spott wiederholte diese Frau hier das ganze Theaterrepertoire, für das ich als Kind und Jüngling meinem Onkel Jesús oftmals als Zuschauer gedient hatte. Um die Wahrheit zu sagen, verschaffte mir diese neue Entdeckung kaum größere Befriedigung als am Anfang die augenfällige Ähnlichkeit, die ich unversehens zwischen dieser Señora und meinen Onkel Manolo festgestellt hatte. Wie ich sie in überschäumender Begeisterung daherplaudern sah, fragte ich mich, wie mir zuvor Jesús' Persönlichkeit hinter der von Manuel verborgen bleiben konnte. Vielleicht, dachte ich, weil ihr rundliches Gesicht letzterem eher glich, wenn auch nur oberflächlich und in groben Zügen? Vielleicht auch hatte sie zu Beginn unseres Gesprächs ihrem Ungestüm eine gewisse Zurückhaltung auferlegt – aus taktischer Klugheit –, die sie hinterher gänzlich ablegte, und so blieben von Onkel Manuel nur vereinzelte Funken ironischer Boshaftigkeit, die Jesús' feuriger Unbefangenheit nicht Paroli bieten konnten.

Aber mit einem Mal verstummte die gute Señora und schaute mich irgendwie erwartungsvoll an: Sie hatte mich etwas gefragt, Donnerwetter! Nicht ihren Worten war ich gefolgt, sondern ihren Gebärden, ihren Handbewegungen, den Färbungen ihrer Stimme, dem leichten Beben ihrer Augenbrauen – auf diese Sprache hatte ich geachtet, und sie sagte mir wirklich etwas, nicht die andere, die ihr so sprudelnd und leichthin über die Lippen kam. «Wie bitte? Entschuldigung! Wie haben Sie gesagt?» fragte ich sie. Ein Funken sanfter Mißbilligung blitzte in ihren Äuglein, als sie mir wiederholte, was sie soeben vergeblich zu mir gesagt hatte: Ob ich ihnen nicht von meiner Familie in Spanien erzählen wolle, damit wir uns gegenseitig kennenlernen könnten.

Ich wiederholte meinerseits als Antwort meine Frage von vorhin: «Aber sind Sie denn so sicher, daß wir alle der gleichen Familie angehören? Wie können Sie sich denn da so sicher sein?»

«Seit ich dich gesehen habe, mein Sohn, habe ich nicht mehr daran gezweifelt«, sagte sie mit Nachdruck und zeigte mit ihrem dicklichen, ringgeschmückten Finger auf mich. «Seit ich dich gesehen habe, denn du kannst dir ja vorstellen, daß wir dich andernfalls nicht so vertrauensvoll hier empfangen hätten. Aber es genügte mir, dich zu sehen, und das Herz sagte mir: ‹Worauf wartest du? Warum läufst du nicht hin und umarmst ihn?› Trotzdem hielt ich mich zurück, denn ich dachte: ‹Und wenn es ihm unangenehm ist?› Ich hatte

Angst vor dir» – wenn sie je Angst vor mir gehabt hatte, so war diese jetzt ganz sicher verflogen; ich lächelte –, «ich hatte Angst vor dir, nicht, weil ich Zweifel hatte, sondern wegen deines Blicks; du wirkst so düster, so trocken, so stolz ... das gilt für die Torres ganz allgemein. Übrigens ... willst du ein Porträt von dir sehen? Einen Moment!»

Sie ging eilig hinein, ohne abzuwarten, und ich blieb ein wenig verärgert über ihre Sprunghaftigkeit sitzen; nach einer Weile betretener Stille kam sie wieder heraus – man hätte meinen können, die beiden jungen Leute seien überhaupt nicht anwesend; der Sohn saß immer noch regungslos mit der Rose zwischen den Lippen da, aber vielleicht war er innerlich unruhig und fühlte sich im Grunde unbehaglich; das Mädchen hatte bislang nicht einmal ihre metallene Stimme hören lassen und stand immer noch hinter dem leeren Stuhl ihrer Mutter. Ich warf ihr einen flüchtigen Blick zu und stellte fest, daß ihre Augen auf einen entfernten Punkt im Garten gerichtet waren, wo – ich hatte schon gar nicht mehr auf seine Gegenwart geachtet – der zerlumpte Bote, der mich zum Haus geführt hatte, sich über eine Blumenrabatte beugte und mit einer kleinen Hacke die Erde lockerte; von dort aus beobachtete er mich. Ein Esel war an einem Baum in seiner Nähe festgebunden und graste ... Die Señora kam also ziemlich schnell wieder heraus, hielt ein Medaillon mit einem Farbporträt in der Hand und streckte es mir in theatralischer Erwartung entgegen: das Bildnis eines Mannes in meinem Alter, der mir ein bißchen oder – warum soll ich es leugnen? – ziemlich stark glich; nur war sein Haar heller als meines (vielleicht meines, so dachte ich, als ich zwanzig Jahre alt war; später dunkelte es nach und ist jetzt kastanienbraun) und sein Blick (das könnte durchaus der Vorstellung des Künstlers zuzuschreiben sein) sanft und entrückt …

Die Señora wartete, musterte mich, lauerte unbeweglich wie eine Katze, selbstsicher, ein wenig spöttisch. Als sie sah, daß ich den Blick vom Bildnis emporhob, erkundigte sie sich mit siegesgewissem Nachdruck: «Was meinst du? Wer ist das? Das bist nicht du, nein; das ist mein Urgroßvater Mohammed Ben Yusuf, der größte Mann der ganzen Familie; ihm gelang es, ihr hier in Afrika wieder die Bedeutung zu verschaffen, die sie einst in Andalusien gehabt hatte. Nun, damit du es weißt, dieses Haus hier, das heute ärmlich ist, war einmal eines der mächtigsten in ganz Fez. Ja, obwohl wir uns heute so eingeschränkt sehen; denn mit der Ankunft der Franzosen und all den früheren Schicksalsschlägen kamen nichtswürdige Leute leicht zu schnellem Erfolg, richtige Thronräuber, eine Meute von Intriganten der schlimmsten Sorte, die sich ohne jegliche Skrupel einnisteten, während …» Und schon steckte sie wieder im Labyrinth. «… Erzählst du mir, wie es den Torres in Andalusien ergangen ist?»

Die Frage rüttelte mich mit einem Schlag aus meinen Gedanken auf. Sie drang im endlosen Redeschwall, der mich einlullte, wie eine verschwommene Bleistiftnotiz zu mir durch, und nur mit allergrößter Mühe brachte ich einigermaßen die Wörter zusammen, die mir noch in den Ohren geblieben waren; sie hatte also gesagt: «Und ihr in Almuñecar? Erzählst du mir, was die Torres dort für ein Schicksal hatten?» Eine lange, verworrene und verwirrende Erklärung, die diesem Satz vorausgegangen war, konnte ich schlicht und einfach nicht verstehen; aber der besondere Tonfall der Frage, die an mich gerichtet war und wegen der nachfolgenden erwartungsvollen Stille noch mehr Gewicht bekam, riß mich aus meiner Versenkung heraus, in die mich das Bildnis gestoßen hatte, das verstörend in meiner Hand lag. Das Bildnis einer Person, die mir bis dahin völlig unbekannt gewesen war, eines Mannes, der schon vor langer Zeit gestorben war, da ich noch nichts davon gewußt hatte, je einmal auf die Welt zu kommen, und der trotzdem mit unabweislicher Deutlichkeit meine Züge zeigte, so daß es als ein erst gestern gemaltes Porträt von mir hätte durchgehen können – dieses Bildnis hatte nun auf einmal die Macht, bei mir ein Unwohlsein hervorzurufen, ein in den Eingeweiden gründendes

Verlangen, aus mir selbst herauszuschlüpfen, meiner Gestalt und meiner Körperlichkeit zu entkommen, meinen Gesichtszügen, die mich langweilten, auch meinem Namen, den Worten José Torres, den ich aufgeklebt trug wie ein Etikett und mit dem ich mich nicht mehr einverstanden erklären konnte. Das – klar! – war nur Sache eines Augenblicks, eine Art Taumel. Ich befreite mich daraus, indem ich mich einer anderen Erinnerung überließ, vielleicht geweckt von einer entfernten Assoziation: Es war mir ein weiteres Porträt in den Sinn gekommen, wie und warum, weiß ich nicht, eine Fotografie meines Onkels Jesús, als er schon recht alt war und einen weißen Bart hatte – aber trotz seines gebieterischen Ausdrucks stand er in lächerlicher Maurenverkleidung in einer Kartonkulisse der Alhambra. Nie hatte ich begreifen können, wie ein würdiger, angesehener Herr, ein Richter oberster Instanz im Ruhestand, auf die Idee kommen konnte, sich derart lächerlich zu verkleiden, sich mit einem Turban auf dem Kopf, in Pantoffeln und mit einem altertümlichen Vorderlader in verblaßten Seidenkissen zu räkeln und vor der Kartonansicht eines maurischen Säulenfensterchens herausfordernd ins Objektiv eines Fotografen zu blicken. Immer hatte es mich entrüstet, daß er sich darin gefiel, dieses verflixte Stücklein Karton in einem eben auch «arabischen» Rahmen so eitel zur Schau zu stellen. Nun, wie gesagt, kam mir auf einmal diese lächerliche Fotografie in den Sinn, die ich schon seit ich weiß nicht wie vielen Jahren vergessen hatte und mit dem Porträt vor mir überhaupt nicht zu vergleichen war: Das Bildnis des jungen Mannes ohne jeglichen Putz zeigte mit sparsamen Strichen ausschließlich den Kopf und war sichtlich um Realitätstreue bemüht ... Was aus unserer Familie geworden war? So groß war mein Ärger bei der Erinnerung an jenes lächerliche Porträt mit der unentschuldbaren Kostümierung, daß es diesmal weder Mitleid noch Wut in mir weckte wie sonst in schöner Regelmäßigkeit, wenn ich mir den toten Onkel Jesús mit einem Genickschuß als eine Leiche unter vielen vorstellte, wie sie reihenweise auf dem Boden lagen, gleich feilgebotener Ware auf dem Jahrmarkt. Scharenweise suchten verängstigte Menschen die Reihen nach vermißten Angehörigen ab, Schaulustige (solche gibt es überall) machten ihre makabren Bemerkungen, mal witzige, mal grausam-herzlose, abstoßend waren sie immer. Jetzt mischte sich bei mir das Entsetzen über die unauslöschliche Szene mit der Entrüstung über die lächerliche Fotografie, und die Mischung wirkte wie ein seltsames Betäubungsmittel, dämpfte den Schmerz, beseitigte ihn aber nicht – eher im Gegenteil: Er bohrte sich tiefer hinein, bis er unerträglich wurde, aber nicht als akuter Schmerz, sondern auf andere Weise. Ja, was war aus uns geworden! Meine ausgezeichnete Laune, mit der ich den Tag begonnen hatte, war endgültig verdorben und zunichte gemacht. Gott steh mir bei! Was war aus uns geworden!

Ich schaute auf die Uhr, sah, daß es schon mehr als halb eins war, und erhob mich. «Es ist schon zu spät», sagte ich zur Entschuldigung, «das verschieben wir auf die nächste Gelegenheit.»

«Es ist zu spät? Dann kommst du heute abend zum Essen zu uns», verfügte die Señora, «nicht wahr, mein Sohn?» erkundigte sie sich bei Yusuf. «Rede ihm doch zu, er soll die Einladung annehmen.»

Ich mußte einwilligen. Meine neuen Verwandten baten mich so inständig und höflich, mit so gekonnten Feinheiten, daß ich ihren verschlungenen Pfaden nicht hätte folgen können, auch wenn ich über die Ruhe und Gelassenheit verfügt hätte, die mir zum jetzigen Zeitpunkt fehlten. Um dem unerquicklichen Wortgefecht ein Ende zu setzen, machte ich dem Ganzen ein Ende: «Gut, gut denn; ich komme zum Abendessen zu Ihnen, aber nur unter der Bedingung, daß Yusuf mich jetzt begleitet: Wir werden miteinander zu Mittag essen und den Nachmittag mit Gesprächen verbringen.»

Die Mutter willigte lächelnd ein, und der Sohn machte sich bereit, mit mir zu gehen.

Kaum fand ich mich auf der Straße wieder, die im Sonnenlicht ganz weiß dalag, sog ich die Luft in vollen Zügen ein. Ich wandte mich meinem Begleiter zu und hatte den Eindruck, auch er habe allein mit dem Durchschreiten der Haustür seine Würde abgestreift, sei erleichtert und fröhlich und wie durch Zauberkraft ein ganz gewöhnlicher unbeschwerter Junge geworden, fast noch ein Kind. Ich bat ihn, mir ein gemütliches Restaurant zu zeigen, und nachdem wir eine Viertelstunde oder zwanzig Minuten gegangen waren, ließen wir uns in einem geräumigen, gepflegten Speisesaal mit Blumen auf den Tischen und mit Kellnern in weißen Jacketts nieder. Wir hatten einen Tisch an der Fensterseite mit Blick auf eine schöne Allee gewählt – das helle Grün der Decke und der Wände harmonierte angenehm und erfrischend mit dem Weiß der Tischtücher, und das Surren der Ventilatoren wirkte beruhigend. Wir nahmen uns die Zeit, in aller Ruhe zu speisen, und während wir einander gegenübersaßen, fragte ich ihn hinsichtlich meiner Geschäfte über Einzelheiten in der Stadt und der Umgebung aus. Wenn ich die Wahrheit sagen soll: Seine Auskünfte waren kaum zu gebrauchen. Er war sehr nervös, denn meine Einladung war etwas Neues für ihn, nervös allerdings, ohne seine Selbstbeherrschung aufzugeben: Der Glanz in seinen Augen, seine Gesprächigkeit mochten sein Behagen verraten, und er benahm sich mir gegenüber eher herzlich als anteilnehmend. Er bombardierte mich mit Fragen zum Radio, wofür er sich zu interessieren schien. Er kannte die Marken und ihre Besonderheiten, und im Laufe des Gesprächs erklärte er mir sogar, er habe jahrelang Lust verspürt, Radiotechnik zu lernen, es sei ihm sogar gelungen, einen kleinen Empfänger zu basteln, den sie zu Hause benutzt hätten, bis er dann schließlich den Dienst versagte. «Er liegt jetzt noch irgendwo im alten Gerümpel herum ...» Als ich ihm zuhörte, bekam ich Mitleid mit diesen armen Leuten, und ich beschloß bei mir, ihm einen «Rowner» zu schenken, und wenn es nur das kleine Modell wäre; das würde ihnen allen sicher Freude machen und kostete mich eine Kleinigkeit. Ja genau, beschloß ich, das will ich ihnen schenken ...

Es war eine Pause entstanden, die sich schon zu lange hinzog. Um sie zu beenden, kam mir der Einfall, herauszuplatzen mit: «Was Sie mir doch da für eine Überraschung beschert haben, hier so entfernte Verwandte zu finden! In welcher Epoche sind denn Ihre Vorfahren aus Spanien ausgewandert? Bei der Vertreibung der Mauren, klar. Wie schrecklich! Von einem Tag auf den andern das Land, die Freunde, den Besitz, einfach alles zurückzulassen und nur gerade mit dem, was man auf dem Leib trägt, ein neues Leben in einem fremden Land aufzubauen. Es heißt, daß viele ihre Schätze versteckt haben in der unbestimmten Hoffnung, später einmal zurückzukommen und sie heimlich nachzuholen. Vielleicht haben eure Vorfahren auch irgendwo einen Schatz vergraben», versetzte ich kühn und lächelte.

Er schaute mich einen Augenblick lang unsicher an und bestätigte dann: «Ja, so etwas erzählt man sich tatsächlich. Aber schließlich behaupten ja alle Familien, die hierherkamen, irgendwelche Schätze vergraben zu haben.»

«Nun, ich kann dir meinerseits sagen, daß Andalusien, ja ganz Spanien voll von solchen Geschichten ist; es ist beinahe eine Besessenheit: Die Leute hoffen auf nichts anderes, als Schätze zu entdecken. ‹Es wäre doch seltsam, wenn es hier nicht einen vergrabenen Schatz gäbe. Ein Bauer stieß da oder da beim Pflügen auf ein Gefäß mit Goldstaub. In diesem uralten Haus muß doch irgendwo ein Schatz versteckt sein ...› Hie und da kommt es dann bestimmt wieder einmal vor, daß ein derartiger Fund solche Phantasien von neuem nährt. Ich selbst habe direkte Kunde von einem Fall, der meinen Großvater betrifft – nicht den Vater meines Vaters und meiner Onkel, den Torres, sondern meinen Großvater mütterlicherseits, Valenzuela, Don Antonio Valenzuela, der schon nicht mehr lebte, als ich zur Welt kam. Möchtest du wissen, wie sich die Sache abspielte? Es ist eine lustige Geschichte. Stell dir vor, da ging er eines Tages ein menschenleeres Gäßchen hinunter – ich schätze, daß es gegen Ende des vergangenen Jahrhunderts gewesen ist –, er ging also, wie gesagt, ein menschenleeres Gäßchen hinunter, als er ein dringendes Bedürfnis verspürte, sich einen Mauervorsprung suchte und dort im Winkel niederkauerte. Während er sein Geschäft erledigte, stocherte er mit seinem Stock Gipsstücke aus der Mauer, stocherte weiter und weiter, und … plaff! kollerten auf einmal Goldmünzen in den Straßenstaub; erst zwei oder drei, dann immer mehr … Der Mann steht auf, bindet rasch seine Hose fest und steckt eiligst die glänzenden Münzen in die Tasche. Mit größter Sorgfalt stocherte er weiter in der Mauer. Freund! Das schien gar kein Ende mehr zu nehmen! Als all seine Taschen in der Hose, in der Weste, im Überrock voll waren, stopfte er das Loch in der Mauer wieder zu, so gut es ging, und schüttete zu Hause alles in eine Waschschüssel. Ohne irgend jemandem gegenüber etwas verlauten zu lassen, kehrt er an den Ort zurück und füllt nochmals sämtliche Taschen, dazu den Jagdranzen, den er vorsichtshalber mitgenommen hatte. Noch ein drittes Mal konnte er ihn füllen, bis der Schatz erschöpft war.» Yusuf hörte mir mit großem Ernst in den leuchtenden Augen zu. «Er war ein seltsamer Mensch, dieser Großvater», fuhr ich fort. «Er lebte getrennt von seiner Frau, meiner Großmutter, und seinen Töchtern in einem großen verwahrlosten Haus. Kurz nach seinem so glücklichen Fund lag er eines Morgens tot in seinem

Bett, und man hat nie herausgefunden, wem man die Schuld hätte zuweisen können. Wahrscheinlich sind es seine eigenen Bediensteten gewesen! Aber es ist nie aufgeklärt worden. Und vom Maurengold nirgends eine Spur! Daran kann man wieder einmal sehen, daß Reichtum nicht immer glücklich macht.»

Wir plauderten noch lange über verschiedenste Dinge. Dem jungen Yusuf schien mehr daran gelegen zu sein, über die Gegenwart etwas zu erfahren als über den Kram aus längst vergangenen Tagen; eher etwas über die Vereinigten Staaten von Amerika als über Spanien. Er erzählte mir von den Eindrücken, Hoffnungen und Ängsten seiner Leute während des letzten Kriegs; vom großen Widerhall, den die Konferenz von Casablanca ausgelöst hatte, als der gebrechliche Roosevelt aus Washington bis nach Nordafrika flog, um sich mit Churchill und den Franzosen zu treffen[1]; er gab tausenderlei Geschichtchen über amerikanische Soldaten zum besten … Endlos hatten wir unser Tischgespräch im Restaurant ausgedehnt, aber nun standen wir auf, gingen in ein Kaffeehaus, wo wir es uns auf einem roten Samtdiwan bequem machten, und verbrachten dort den weiteren Nachmittag.

Yusuf war klug genug, das Gespräch während der drückend heißen Mittagsstunden nicht erzwingen zu wollen; das Lokal war gestopft voll mit Leuten, dem buntscheckigen Publikum marokkanischer Kaffeehäuser, die Luft war mit Rauch geschwängert, die Gesprächsrunden der Stammtische vervielfachten sich in den Spiegeln, aus der elektrisch betriebenen Musikbox dröhnten mit den Münzen, die die Kundschaft einwarf, von den wenigen Schallplatten, womit er bestückt war, immer wieder die gleichen Ohrwürmer. Trotz Lärm und Trubel fühlte man sich wohl hier. Etwas schläfrig – ich zumindest, ich muß gestehen, war ein wenig schläfrig – warfen wir einander von Zeit zu Zeit freundschaftliche Blicke zu oder wechselten belanglose Sätze. Yusuf wollte von mir die eine oder andere Einzelheit aus diesem oder jenem Land erfahren, meistens kindliche Dinge, aber sie bewiesen seine brennende Neugier auf die unbekannte Welt. Das war typisch für sein Alter; ich antwortete ihm geduldig, trotzdem wurde mir allmählich langweilig. Aber was hätte ich sonst in Fez, wo ich niemanden kannte, an diesem langen, freien Tag tun sollen? Ich lehnte mich bequem ins Sofa, hatte die zweite Tasse Kaffee und ein noch halbvolles Glas Cognac vor mir und fand es ganz gemütlich, die Siestastunden mit Yusuf neben mir zu verbringen.

Als ich ihn so kindlich ehrerbietig und willfährig an meinen Lippen hängen und genießerisch seinen Kaffee schlürfen sah, kam mir die Erinnerung an meinen kleinen Cousin Gabrielillo, als ihn sein Vater einmal nach Málaga mitgenommen hatte und ich ihn zu einem Eisbecher in ein Café an der Larios-Straße einlud. Er war fünf oder sechs Jahre jünger als ich und damals noch ein Kind in kurzen Hosen; ich erinnere mich, wie er mich bewunderte, wie beflissen er darauf achtete, sich immer richtig zu benehmen und in kein Fettnäpfchen zu treten, ich erinnere mich, wie sorgfältig er mit dem geraden Rand des Eislöffelchens die Pyramide abschabte und das zerfließende Haselnußeis in den Mund schob – den noch kindlichen Mund in einem Gesicht, das vom Flaum auf der Oberlippe bereits dunkler wirkte. Ich wollte einen Spaß machen, einen alten Witz zum besten geben und fragte ihn kameradschaftlich: «Komm, sag mir, was ist der Gipfel eines Eisbechers?» Er wurde ganz ernst, dachte angestrengt nach, hielt das Löffelchen in die Luft, als hätte ihn sein Mathematiklehrer dabei ertappt, daß er einen Lehrsatz nicht wußte. «Ich weiß nicht, ich komme nicht drauf», gestand er mir bekümmert und lustig zugleich. «Nein? Donnerwetter! Du bist aber dumm: Du schabst jetzt gerade den Gipfel deines Eisbechers ab und weißt nicht, was das ist!» Er wurde rot bis hinter die Ohren, und beinahe wäre er in Tränen ausgebrochen vor Beschämung. «Komm, Gabriellillo, iß jetzt den Gipfel deines Eisbechers!» sagte ich lächelnd und tätschelte sein nacktes Knie … Ich glaube, ich habe ihm mit diesem dummen

Witz die ganze Einladung verdorben, ohne es zu wollen. Armer Bub! Armes Geschöpf!

«Ich will dir das traurige Schicksal eines meiner Cousins erzählen; Gabriel Torres hieß er, und er ist mir eben jetzt in den Sinn gekommen», sagte ich zu Yusuf, nachdem ich an meiner Zigarre mehrere Züge hintereinander genommen hatte. Ich machte eine Pause, trank mein Gläschen bis zum letzten Tropfen leer und begann: «Dieser Junge, weißt du, fiel ganz jung im Bürgerkrieg; die unsinnige Verblendung seines Vaters richtete ihn zugrunde, trieb ihn in den Tod. Ich muß dir sagen, daß sein Vater, mein Onkel Manuel, immer irgendwie verstiegene Ansichten vertrat; während der Republik war er ganz aufgeplustert, steigerte nach und nach seine kirchenfeindliche Haltung bis ins Maßlose – nichts als redselige, gehässige Angriffslust mit Vorwürfen, die längst ‹démodés›[2] waren. Zuletzt beschlossen wir, den Umgang mit ihm ganz einzustellen, denn jedes Gespräch artete wegen seiner Dummheiten in einen Wortkrieg aus. Dabei war er nicht etwa ein schlechter Mensch: Überspannt, das schon, aber aller Tatendrang entlud sich über den Mund. Ach, was für einen Schaden in der Welt richtet doch zu viel Reden an! Natürlich vertrat der Sohn die gleichen Ansichten wie sein Vater; und weil die Jugend die Worte gleich in Taten umsetzen will, meldete er sich – ich glaube, ohne daß man es zu Hause wußte; seine Mutter jedenfalls wußte sicher nichts davon –, schrieb er sich, sage ich, bei der ‹Sozialistischen Jugend› ein, kurz bevor der Bürgerkrieg ausbrach. Was er getan hätte, wenn er durch Zufall in der ‹Roten Zone›[3] gewohnt hätte wie ich, weiß ich nicht – ich vermute, er hätte bei den Grausamkeiten mitgemacht … Aber da die Familie in Granada wohnte und Granada von Anfang an im Machtbereich der nationalistischen Kräfte war, landete der Junge gleich im Gefängnis. Aber stell dir vor, was für ein Pech er hatte! Normal wäre gewesen, daß der Junge nach einer gewissen Zeit ins Heer eingegliedert und in einem Strafregiment an die Front geschickt worden wäre, wie es mit so und so vielen festgenommenen jungen Burschen gemacht wurde: Er war in einem speziellen Jugendgefängnis, wo keiner älter als achtzehn Jahre war. Das wäre normal gewesen. Aber es kam anders. Hör zu, was geschah: Eines Morgens entdeckt ein Wachsoldat, daß jemand zum Vergnügen Hammer und Sichel auf das Futter seiner Uniformjacke geschmiert hat, und – klar! – er meldet den Vorfall umgehend; niemand will sich doch mit solchen Spuren auf den Kleidern zeigen; in solchen Fällen bedeutet Schweigen, sich zum Mittäter machen. Nach den entsprechenden Nachforschungen nahm man es als gegeben an, daß der Urheber des Streichs einer der dreiundzwanzig Häftlinge sein mußte, die im Kerker meines Cousins Gabriel gefangen waren. Einer nach dem andern wurde verhört, alle bestritten, etwas von der Sache zu wissen: Wer bezichtigt sich schon einer solchen Tat, selbst wenn er unter Druck gesetzt wird? Aber man konnte den Vorfall auch nicht auf sich beruhen lassen. So wurde verfügt, daß jeder täglich eine Tracht Prügel bekäme, bis der Schuldige ermittelt sei. Wie beschlossen, wurde mit der Durchführung begonnen. Wenn die Häftlinge dann jeden Morgen nach der entsprechenden Anzahl an Hieben im Kerker wieder zusammenkamen, aus der Nase, aus den Ohren, aus dem Mund bluteten und die Striemen am ganzen Körper schmerzten, berieten sie untereinander und redeten sich gegenseitig ins Gewissen, der Urheber des Streichs, den sie alle so teuer bezahlten, möge doch gestehen. Acht, zehn, vierzehn Tage vergingen, sie waren am Ende ihrer Kräfte, einige waren schwer verletzt, andere erbrachen Blut, und sie begriffen, daß das nicht eher aufhöre, als bis der Schuldige sich gemeldet habe. Aber der Schuldige gab sich nicht zu erkennen. Aus Angst, versteht sich! Oder vielleicht war es tatsächlich keiner von ihnen gewesen, wer weiß? Vielleicht ein anderer Wachsoldat des gleichen Blocks? Vielleicht – warum nicht? Bosheit! Ganz gewöhnliche Dummheit! – Der Zuträger selbst …? In ihrer Verzweiflung klagten sie diesen eines Tages an. Aber der Rettungsversuch mißlang; es war zu spät: Die

Wachmannschaft hatte schon mehrmals gewechselt, es gab keine Spur mehr vom fraglichen Soldaten, niemand wußte etwas, einzig der Befehl, sie jeden Morgen zu prügeln, bis der Schuldige gefunden sei, blieb in Kraft. Sie ihrerseits waren zur Überzeugung gekommen, daß der Urheber der verwünschten Schmiererei nicht aus ihrer Gruppe stammte; aber da es besser war, daß nur einer starb, auch wenn er unschuldig war, als daß die Prügelei weiterginge, bis alle tot waren, beschlossen sie, das Los zu werfen, und wen der Zufall bestimmte, der sollte sich schuldig bekennen. Die Auslosung fand also statt, und du wirst es mir nicht glauben, es traf meinen Cousin Gabrielillo! Als sie am andern Morgen in aller Frühe wie gewohnt gefragt wurden, wer Hammer und Sichel auf die Uniformjacke des Soldaten geschmiert hatte, sagte Gabriel: ‹Ich war es.› Er wurde hinausgeführt und im Hof erschossen, während seine Kameraden dasaßen und weinten. Was für ein Pech hatte doch der arme Junge!»

«Und seine Angehörigen?» fragte nach einer kurzen Stille der junge Yusuf mit vorgeblichem Gleichmut.

«Seine Mutter hatte Glück: Sie starb, ohne von diesem Schicksal je erfahren zu haben. Seinem Vater und seinen beiden älteren Schwestern gelang es – ich weiß nicht, mit welchen Machenschaften oder Bestechungen –, kurz nach dem

Krieg aus Spanien herauszukommen, nach Amerika zu fliehen; seither habe ich keine Nachricht mehr von ihnen erhalten. Vielleicht geht es ihnen gut, sofern sie denn noch am Leben sind. Vermutlich ist mein guter Onkel Manuel jetzt gewitzter und läßt sich nicht mehr so leicht blenden. Auch er kam übrigens nicht drum herum, die Segnungen des Kerkers am eigenen Leib zu erfahren ... Aber sag mir, sollen wir nicht irgendwo anders hingehen?»

Die Luft im Kaffeehaus war nun fast nicht mehr zu atmen und der Lärm nicht mehr zu ertragen. Ich schlug Yusuf einen Spaziergang durch die Stadt vor, denn unterdessen war die ärgste Mittagshitze überstanden – und so machten wir es auch. Wir schlenderten gemächlich durch die Altstadt, aßen ein Eis, studierten das Kinoprogramm, hatten aber keine Lust hineinzugehen, und zu guter Letzt schlug mein Begleiter vor, was ich am allerwenigsten erwartet hätte und anfänglich auch gar nicht verstand: Wir könnten doch den Maurenfriedhof besichtigen. «Carnero», glaube ich, nannte er den Friedhof. Was für eine ausgefallene Idee, und was für ein ausgefallener Fremdenführer! Ich mutmaßte dann aber, es müsse da wohl etwas Besonderes zu bewundern geben oder vielleicht sei der Weg dorthin besonders reizvoll. Ich fragte ihn, ob es weit sei, aber noch bevor er mir überhaupt antworten konnte, willigte ich schon ein: «Gut, gehen wir dorthin!» Wir nahmen die Straßenbahn und fuhren hin – ohne weiteres Gespräch, mit Ausnahme der kurzen Erläuterungen zur Gegend, die Yusuf regelmäßig gab, ohne damit aufdringlich zu sein.

Als wir ankamen und ich keinerlei Sehenswürdigkeit wahrnahm, schloß ich daraus, daß er offenbar einfach die Absicht hatte, mir nach frommem Brauch die Gräber seiner Angehörigen zu zeigen, angefangen bei seinem eigenen Vater, Muley Ben Yusuf. Auf unserm Spaziergang unterhielten wir uns aufgeräumt und ruhig; von Zeit zu Zeit blieb er stehen – ich neben ihm –, und als ob der Zufall uns an diesen Ort geführt hätte, las er mir den Text auf einem Grabstein vor, wo der Name Torres aus der Lobeshymne herausleuchtete; er erzählte mir etwas über die Lebensumstände der betreffenden Person, und wir gingen weiter. Man wird verstehen, daß ich mich nach Strich und Faden langweilte. Die Art, wie er seine Erläuterungen gab, war nicht eben anregend und vermittelte den Eindruck, er langweile sich selbst, wie es einem Aufseher im Museum ergehen kann, der sein Sprüchlein hersagt und dabei an etwas völlig anderes denkt.

Ich hörte nicht genau hin, was er sagte, sondern ließ mich von der Schönheit der Landschaft hinreißen, die ein großartiger Sonnenuntergang für wenige Augenblicke in glühenden Purpur tauchte.

Während ich von der ruhigen Anhöhe aus den Feuerschein am Horizont betrachtete, fiel mir plötzlich ein: «Und deine Gebetsstunde? Ihr Mohammedaner betet doch bei Sonnenuntergang, nicht wahr?» Ich sagte es in fröhlichem, leicht boshaftem Ton und wartete ab.

«Ich müßte beten, ja, ich sollte es tun», war die Antwort. Er sagte es ganz ernst. Mit seinen wehmütigen Augen blickte er in den rötlich-goldenen Sonnenschleier und setzte dann seinen Spaziergang durch die Gräberreihen fort. Ich folgte ihm schweigend.

Nach einem guten Stück Weg wendete er sich zu mir um und sagte: «Hier in diesem Grab», und dabei zeigte er auf den Boden, «ruht Torres ‹der Flüchtige›, auch Torres ‹mit dem Engel› genannt. Anders gesagt, nur sein Körper ist hier begraben, ich meine Rumpf, Arme und Beine; denn sein Kopf wurde am Pranger zur Schau gestellt, und zur Abschreckung hätte er einen ganzen Monat lang dort bleiben sollen; die Raubtiere waren aber eher mit ihm fertig.»

«Es ist ein altes Grab?» bemerkte ich in fragendem Tonfall.

«Mehr als ein Jahrhundert, fast anderthalb; es stammt aus der Zeit des Königs Abdelahmed. Er befahl seine Enthauptung, und anscheinend nicht ganz ohne Grund. Mein Vorfahr mußte ein rechter Querkopf gewesen sein. Um seine Person ranken – oder rankten – sich allerlei Anekdoten, die eine und andere Legende.» Yusuf lächelte. «Unstrittig sorgte er für Unruhe und Aufregung beim König im Zusammenhang mit den Frauen an dessen Hof. Es war allgemein bekannt, daß ihn Allah mit außergewöhnlichen Gaben ausgestattet hatte, so daß ihm von daher ein weiterer Spitzname zukam, ein ziemlich unanständiger, der in ganz Fez die Runde machte und sogar die Neugier der Sultanin weckte. Ich weiß nicht, ob er es erreichte, sie zu beglücken; es wird allerlei Wollüstiges erzählt; Tatsache ist, daß er ins Gefängnis geworfen wurde. Und da spielt nun die Legende hinein: Es heißt, daß ihn eines Nachts ein Engel aus dem Schlaf weckte, als er schon mehr als ein Jahr im Kerker lag, und ihm mit Zeichen bedeutete, ihm schweigend zu folgen. Sie gingen durch Korridore und Gittertüren, ohne daß sich ihnen jemand in den Weg stellte, und am Morgen fanden die Wächter den Wasserkrug halb leer und die Schlösser unberührt ... Aber es fehlt auch nicht an Stimmen, welche die Legende mit dem Hinweis abtun, er habe sich zum Öffnen der Gefängnistüren wohl des gleichen mächtigen Schlüssels bedient, der ihm Zutritt zum Serail des Königs verschafft hatte.» Yusuf plauderte nun angeregt, richtiggehend gutgelaunt, und es war für mich ein Vergnügen, ihm zuzuhören. Auf einmal veränderte sich sein Gesichtsausdruck, und in anderem Ton und mit anderer Stimme setzte er hinzu: «Meine Mutter ist selbstverständlich der Ansicht, daß das alles Märchen sind und daß ‹der Flüchtige› seine grausame Strafe als Anstifter einer Verschwörung gegen den Thronräuber Abdelahmed erlitt, bei der er dessen Neffen, den verstoßenen König Abdalá, begünstigte; an dieser Verschwörung beteiligten sich übrigens auch einige gefangene Christen.»

Das ungefähr erzählte mir der junge Mann; oder vielmehr ist es die freie Übersetzung aus dem Gedächtnis von alldem, was er mir erzählte. Den Wortlaut könnte ich nicht wiedergeben: Angeregt und gutgelaunt hatte er nun mit mir geredet – ohne auswendig gelernte Floskeln –, und diese Vertraulichkeit ließ seine Erzählung ungemein plastisch werden.

«Aber die Episode der Flucht …?» fragte ich ihn dann.

«Die ist verbürgt: Er entkam aus dem Kerker, mit oder ohne Engel, floh in die schroffsten Felsen des Rif-Gebirges und zettelte dort die Kabylen zu einem Aufstand an, der im Ramadan ausbrechen sollte. Aber der Plan flog auf, ‹der Flüchtige› wurde nach Fez zurückgebracht und mußte auf einem Esel in die Stadt einreiten – mit auf dem Rücken zusammengebundenen Händen. Zwei Tage später wurde sein Kopf auf dem Marktplatz oben auf einem Pfosten zur Schau gestellt.»

Wir spazierten weiter und gingen nun allmählich wieder in Richtung Ausgang. «Yusuf, wo ist das Grab deines Großvaters oder Urgroßvaters, der mir so ähnlich sieht, der auf dem Bildnis?» wollte ich wissen. «Du hast es mir nicht gezeigt.»

«Der ist nicht hier begraben», war seine ganze Antwort.

Als wir zum Haus zurückkamen, dämmerte es schon; wir traten hinein – das Türchen war angelehnt –, im Vorraum am Fuß der Treppe hielt Yusuf an und fragte mich, um welche Stunde man in Spanien esse – so laut, daß es im leeren Raum widerhallte. Ich glaube, die plötzliche Neugier entsprang der Absicht, unsere Rückkehr zu melden, ohne daß sich jemand erkundigen mußte. Ich ließ mich bereitwillig auf das Spiel ein und gab ihm ebenfalls sehr laut und ausführlich Bescheid; derweil lehnte ich am Tisch und zerrieb zwischen meinen Fingern den gelben Blütenstaub, der von den Lilien in der Tonvase, wo sie in ihrem Verwelken genährt wurden, auf den Tisch gefallen war.

«Hier im Garten ist es gemütlicher, um auf das Abendessen zu warten.» Yusuf nahm mich an der Hand; wir gingen in den Garten; es war schon dunkel, und die weißgetünchte Mauer wirkte bläulich; die Blumen verbargen schon weitgehend ihre Existenz und lebten im Dunkel weiter, wenn auch in ihrer Lautlosigkeit nicht so auffallend wie die Vögel. Wir setzten uns in die Rebenlaube, auf den gleichen Platz wie am Vormittag; wir blickten uns an; ich dachte, daß meine Augen wohl leuchteten, so wie ich die seinen aus dem matten, erloschenen, verschwommenen Gesicht herausleuchten sah. Ich sagte, hier lasse es sich gut sein: Ein Haus und solch ein Garten mit seinen Obstbäumen und Rosensträuchern, ein paar Beeten mit Salat und Bohnen sei alles, was man sich für ein geruhsames Leben und ein angemessenes Glück wünschen könne; das ließe mich – er dürfe es mir glauben – sogar ein bißchen neidisch werden. Er stimmte zu, machte mich aber dennoch völlig zurecht darauf aufmerksam, daß all das gewiß sehr schön sein mochte und für jemanden, der sich mit einem vollen Sack an Erinnerungen, müde geworden vom Leben, zurückziehen wolle, vielleicht sogar erstrebenswert; er müsse allerdings lachen, daß ich ihn anscheinend um sein Schicksal beneide – warum also nicht tauschen? –, ich sei es ja, der es satt habe, in der Welt umherzureisen.

Unser Gespräch wurde von Geräuschen aus dem Haus übertönt, wo geschäftig das Mahl zu meinen Ehren zubereitet wurde. Yusuf saß mit dem Rücken zur Tür, aber ich konnte von meinem Platz aus seitwärts, ohne mich zu drehen, das vergitterte Fenster unten in der dicken Mauer sehen und im oberen Stock ein kleineres, wo von Zeit zu Zeit jemand im Lichtschein vorbeihuschte. Auch drangen mit den Küchengeräuschen Gesprächsfetzen auf arabisch an mein Ohr, die ich – überflüssig zu sagen – natürlich nicht verstand. Man war sehr bemüht, mich zu ehren, das war alles.

Schließlich erschien meine Tante im Patio, gefolgt von ihrer Tochter, nahm mich am Arm, drückte ihn zärtlich an ihre Brust, als wäre er ein kleines Kind, das es wert ist, liebevoll umsorgt zu werden. «Da seid ihr ja schon!» sagte sie. «Also, wir können essen, es ist soweit!»

Wir gingen in den Salon hinauf, wo wir am Vormittag gewesen waren, und da wartete auf dem niedrigen Tischchen der Braten, dessen Duft mir schon auf der Treppe in die Nase gestiegen war. Es war ein zerlegtes Lamm auf einer großen runden Platte aus getriebenem Metall. Die mächtigen Fleischstücke waren abwechselnd mit weißen Reishäufchen hübsch angeordnet, und in der Mitte thronte der aufgespaltene Kopf des Tieres.

Yusuf bat mich, einen Platz zu wählen, und setzte sich sogleich mir gegenüber. Die zwei Frauen blieben zu beiden Seiten stehen, und ich wußte weder, was tun, noch, was sagen. Eiligst und dienstbeflissen stand ich wieder auf, aber gleich kam mir in den Sinn, daß die islamischen Sitten die Frauen ausschließen; wie weit, das wußte ich nicht. Ich spürte, daß meine Gastgeber nicht weniger unsicher waren; sie zauderten errötend und lachten nervös. Ich kannte die Sitten und Gepflogenheiten dieser Leute nicht, aber ich merkte, daß sie bereit waren, von ihnen abzusehen, damit alles für mich so vertraut wie möglich ablaufe; und ich merkte auch, daß es ihnen nicht recht gelingen wollte.

Schließlich stammelte ich: «Aber Sie, meine Damen ... Ich weiß, daß es nicht üblich ist ... trotzdem ...»

«Ja, mein Sohn», kam mir die Mutter eilends zu Hilfe, «mit dir als Gast ist es angebracht, daß wir uns auch an den Tisch setzen. Aber da wir bedienen, müssen wir hie und da kurz aufstehen ... Setz dich, Mirjam!» befahl die Mutter, während sie selbst auf einem Hocker zu meiner Rechten Platz nahm und dem unterwürfigen Mädchen auf arabisch noch einige Anweisungen gab, die dieses mit gesenktem Blick entgegennahm.

Nun, da saßen wir also um das Lamm herum! Ich griff nach dem Messer und der Gabel, die mir gereicht wurden, und wollte vom zunächst liegenden Fleischstück abschneiden. Es kostete mich Anstrengung: Das Tischchen war zu niedrig und der Stuhl auch, ich saß so tief unten, daß meine Ellbogen die Knie berührten. Überdies hatte ich gar keinen Appetit: Es war noch früh, das Lamm war schon fast kalt, so daß die Fettschicht als fester Deckel auf der Oberfläche schwamm, und um die Wahrheit zu sagen, wirkten die Sehnen, die gelblichen Häutchen, die ausgetrocknete Kruste und das schwärzliche Fleisch nicht besonders verlokkend. Ganz offen gesagt, es widerte mich an. Am meisten der Kopf in der Mitte der Platte mit den leeren Augenhöhlen und den lachenden Zähnen im blanken Kiefer – das nahm mir noch den restlichen Appetit. Aber wie die Einladung zurückweisen? Ich würde mit dem weißen Reis vorliebnehmen, dachte ich, merkte aber sogleich, als ich ein wenig davon probierte, daß er mit dem gleichen Fett durchtränkt war. Ich nahm all meinen Mut zusammen, zögerte jeden Bissen so lang als möglich hinaus, hielt mich an meine Pflicht, ihnen das Fest nicht zu vergällen, während sie ihrerseits dem Lamm mit größter Lust zusprachen, die nicht gespielt sein konnte und die ich mir auf meine Weise zunutze machte: Aufmerksam nämlich, wie sie sich dem Braten widmeten, mit sich selbst beschäftigt und ohne ein Wort zu sagen, durfte ich annehmen, daß sie meinen Widerwillen nicht bemerken würden, sofern ich mich bemühte, den Gegensatz zu ihrer Gaumenfreude nicht allzu offenbar werden zu lassen.

«Hat dir Yusuf unsern Friedhof gezeigt?» fragte die Señora nach einiger Zeit und warf mir über ihr Fleischstück hinweg einen kurzen Blick zu.

«Ja», antwortete ich, «er hat mich hingeführt, mir die Gräber Ihrer Familienangehörigen gezeigt und erklärt, wer sie alle waren.»

Sie lächelte zufrieden.

Wieder nach einer Weile forderte sie mich auf,

ihnen doch von meiner Verwandtschaft zu erzählen, «vom Torres-Zweig, der in Spanien geblieben ist», und im besonderen wollte sie wissen, wer denn jetzt unser Geschlecht repräsentiere.

«Es ist nicht einfach», erklärte ich, «ich müßte sie Ihnen einzeln schildern wie in einem Roman, aber ich habe überhaupt kein Talent zum Erzählen, und außerdem gibt es zu wenig Erzählbares; so begnüge ich mich lieber mit einer Aufzählung, einer Art ‹Personenverzeichnis› wie bei Theaterstücken in Buchform, obwohl auch das nicht viel nützen dürfte.» Es war mir lästig, aber das einzige Mittel, das sich mir bot, um vom Essen abzulenken: Wenn ich von Zeit zu Zeit während des Redens ein kleines, sauber zurechtgeschnittenes Bröcklein von dem scheußlichen Fleisch in den Mund schob, so hatte ich meiner Pflicht Genüge getan. Zumindest kam mir die unerschöpfliche Fragerei der Señora sehr entgegen.

«Also, fang doch bei dir selbst an! Erzähl uns! Lebt dein Vater noch? Hast du Geschwister? Wie viele seid ihr?»

«Weder lebt mein Vater, noch habe ich Geschwister. Ich war ein Einzelkind und erinnere mich kaum an meinen Vater. Er starb, als ich noch ganz klein war. Meine Erinnerungen an das Elternhaus beschränken sich auf meine Mutter; aber meine Mutter ist für Sie nicht von Interesse, sie stammt ja aus einer andern Familie ...», begann ich meinen Bericht. Sofort erzählte ich, daß mein Vater der mittlere von drei Brüdern gewesen war – zwischen meinem Onkel Jesús und meinem Onkel Manuel; daß Onkel Jesús, der Älteste, die Richterlaufbahn eingeschlagen hatte, sich verheiratet und zwei Söhne gehabt hatte und während des Bürgerkriegs in Málaga ermordet worden war, weil seine beiden Söhne zum Feind übergelaufen waren und dort als Freiwillige in der Armee kämpften; Manolo, mein anderer Onkel, Arzt, Vater von zwei Töchtern und einem Sohn, «jenem Gabrielillo mit dem vielen Pech, von dem ich dir schon erzählt habe», erläuterte ich, Yusuf zugewendet. «Mein Onkel Manuel ist schon verwitwet und lebt mit seinen beiden Töchtern in Kolumbien, glaube ich, oder in Venezuela.» Ich ergänzte noch diese und jene genauere Angabe, einige Anekdoten, mehr oder weniger farbige oder aufgebauschte Details, die geeignet waren, die eine oder andere Person ins richtige Licht zu setzen, alles in der Absicht, mich vom Essen abzulenken und es hinter mich zu bringen, gleichzeitig aber mit erkünstelter Beiläufigkeit jedes Fleischbröcklein penibel-umständlich zurechtzuschneiden, ehe ich es in den Mund schob. (Alles in allem, stellte ich am Ende fest, hatte ich auf diese Weise doch ein mittelgroßes Stück Fleisch verzehrt.) Während dieser ganzen Zeit hörte die Señora höchst aufmerksam zu: ich redete, und sie saß gebannt da, mit zur

Seite geneigtem Kopf – gleich einem Vogel – und unbeweglichen Augen; sie ließ sich anscheinend kein Komma entgehen – aber am Ende brachte sie alles durcheinander, hängte den Charakterzug, den ich dem einen zugeschrieben hatte, einem andern an und bat zusammenhanglos um weitere Erklärungen, womit sie nur bewies, daß sie von meinen ausführlichen und geduldigen Schilderungen rein gar nichts verstanden hatte.

Dasselbe geschah dann nochmals – nach mehreren kleineren Irrtümern, die ich richtigstellte –, als sie mich fragte, wie ein so edler Mensch – sie bezog sich auf Onkel Manolo, von dem ich ihr soeben einigen Schabernack aus seiner Vergangenheit erzählt hatte –, wie denn ein solcher Mensch jemanden hatte dazu veranlassen können, ihn zu ermorden. Er war nicht ermordet worden – auch wenn nicht viel gefehlt hatte –; sie hatte etwas verwechselt. Aber was hatten damit die alten Geschichten aus seiner Jugend- und Studentenzeit und auch noch als verheirateter Mann zu tun, wenn er irgendeinen Streich – zum Beispiel jenen berühmten mit dem reumütigen Zigeuner – auf Kosten seines ältesten Bruders Jesús ausheckte, dem es seine Seriosität nicht gestattete, solche Kindereien zu begreifen, noch weniger, sie zu billigen? Ja, Manolo war zu seiner Zeit ein ausgelassener, lärmender Geselle gewesen, obwohl er auch seine andere uneinsichtige Seite hatte, wie sich später herausstellte, als er allmählich sein wahres Wesen zeigte; einfallsreich (vor lauter Einfallsreichtum eckte er manchmal ein bißchen an) und gutherzig – ‹edel›, wie die Señora gesagt hatte –, solche Eigenschaften konnte man ihm nicht absprechen, und wer weiß, ob sie ihm nicht zugute gekommen waren inmitten all der Not, seine Haut zu retten! Es war ja schließlich keine Kleinigkeit, zuerst aus dem Kerker zu fliehen und dann aus dem Land. Aber die gute Dame verwechselte ihn jetzt mit meinem Onkel Jesús, dessen entsetzliches Schicksal ich ihr kurz zuvor auch geschildert hatte, wenn auch nur nebenbei. «Nicht er wurde ermordet, sondern sein ältester Bruder», mußte ich berichtigen.

Ganz plötzlich fühlte ich mich müde, und die Augendeckel wurden schwer. Todmüde, ganz plötzlich! Es wurde still: Als ich wieder aufschaute und – keine Ahnung, warum – meinen Blick nach links wandte, sah ich, daß Mirjam ihre Augen auf mich gerichtet hatte, und merkte erst jetzt, daß ich ja noch kaum Gelegenheit gehabt hatte, dem Mädchen Beachtung zu schenken. Sogleich entzog sie sich und schaute hilfesuchend auf ihren Schoß hinab; aber ihr Antlitz konnte sie nicht verbergen: Es blieb mit den fleischigen, fettglänzenden Lippen meinen Blicken ausgesetzt. Ich schaute zu Yusuf hinüber, der sich zurückgelehnt hatte und mich mit gelassener Neugier betrachtete, dabei – vielleicht etwas gelangweilt – seine tabakfarbene Sandale auf der Fußspitze baumeln ließ. Unermüdlich trachtete die Mutter danach, sich mit weiteren Fragen vorzudrängen; aber klug und rücksichtsvoll, indem er mich aus reiner Höflichkeit aufforderte, doch noch ein Stück Fleisch zu nehmen, gab der Sohn ihr zu verstehen, daß es Zeit sei, den übriggebliebenen Lammbraten abzutragen. Die beiden Frauen standen auf, trugen die Platte hinaus und kamen gleich darauf mit einer anderen herein, wo um einen Topf Marmelade herum verschiedenerlei Gebäck und andere Süßigkeiten angerichtet waren. Auch ein großes Glas Limonade kam meinen Bedürfnissen entgegen, und mit Hilfe des eisgekühlten trüben Getränks und des Nachtischs ging ich daran, meinen mißhandelten Magen wieder ins Gleichgewicht zu bringen. Ich kostete also die Marmelade und lobte ihren feinen Geschmack. Woraus war sie hergestellt?

Aus Rosen, bekam ich zur Antwort.

«Rosen?» erkundigte ich mich befremdet. «Wie denn aus Rosen?»

«Ja, aus Rosen; ich habe sie eigenhändig zubereitet», ließ uns die Señora lächelnd wissen. Kaum erfuhr sie, daß ich so etwas noch nie gekostet, ja nicht einmal geahnt hatte, daß es so etwas gebe («eine so poetische Marmelade», sagte ich), da erklärte sie mir auch schon in aller Ausführlichkeit das Geheimnis ihrer Zubereitung: Man nehme frische Blütenblätter, die lasse man ziehen, und dann dies und dann jenes und so fort ... Der Geschmack war fein, aber nicht besser und nicht schlechter als bei andern Süßigkeiten; auch nicht besonders würzig, fand ich.

Zuletzt gab es Kaffee, guten Kaffee, aber leider in zu kleinen Täßchen; ich trank ihn in einem Schluck aus, lobte ihn und bekam ein zweites Täßchen ... Nach einer schicklichen Zeitspanne – der unerläßlich gebotenen, denn ich war erschöpft –, verabschiedete ich mich mit dem Hinweis, daß ich am andern Morgen früh aufstehen und konzentriert arbeiten müsse; Yusuf Torres versuchte vergeblich, mich zu längerem Bleiben zu überreden, und rief dann von oben den Diener, der mich zum Hotel zu begleiten hatte. Wir verabschiedeten uns mit Verbeugungen und Umarmungen, und nach dem letzten Gruß unter der Haustür folgte ich schweigend meinem Führer: Ich hatte keine Lust zu reden, ich folgte ihm einfach durch die Gassen und beobachtete ihn dabei – bald sah ich seine Gestalt in den Häuserschatten verschwinden, bald tauchte sie mit behenden Bewegungen wieder auf, fast, als tanze er mit dem Mondschein –, ich beobachtete ihn also, wie gesagt, nicht ohne ein gewisses Erstaunen, daß es sich bei ihm nicht, wie ich am Vormittag gemeint hatte (vielleicht wegen seines zerlumpten Aussehens), um einen alten Mann handelte, sondern vielmehr um einen jungen, einen sehr jungen sogar. Am Hoteleingang gab ich ihm etwas Trinkgeld, er verschwand mit einem Satz und sagte zum Abschied etwas, was ich später als «Merci, sieur» entschlüsseln konnte.

Vielleicht weil ich viel Kaffee getrunken, vielleicht weil ich in der Nacht zuvor ausgiebig und tief geschlafen hatte, ohne tagsüber etwas zu tun, was mich ermüdete, Tatsache ist, daß ich lange wach lag, was bei mir sonst nicht vorkommt. Ich war mit dem Vorsatz zu Bett gegangen, früh aufzustehen; und dann auf einmal, mitten in der Nacht – rums! – bin ich hellwach. Ich schaue auf die Uhr: fünf vor halb vier. Ich will wieder einschlafen, es gelingt mir nicht. In keiner Weise! Nichts hilft: aussichtslos! Als ich alle weiteren Anstrengungen aufgegeben hatte, überkam mich statt des ersehnten Schlafs – kein Wunder! – das unerwartete Abenteuer mit meiner maurischen Verwandtschaft, das seltsame Erlebnis – meine Phantasie hätte mir so etwas nie eingeben können! –, das mich hier in der Stadt Fez erwartete seit ... nun! wohl seit Jahrhunderten! – und mir nun ermöglichte, meinen Erinnerungsschatz mit einer ganz außergewöhnlichen Anekdote anzureichern. Ich malte mir schon die zweifelnde Neugier von Frau Soundso aus, die bissigen Bemerkungen von Herrn Dingsda, der aus jeder Kleinigkeit Kapital zu schlagen wußte; vor allem sah ich mich selbst mit einen Glas Whisky in der Hand im Freundeskreis das Ereignis auf anregende und spannende Weise zum besten geben: Beinahe hörte ich meine eigenen Sätze. Im Handumdrehen war mein Erlebnis vom Vortag – meines und das dieser guten Leute –, alles, was uns im Verlauf eines ganzen Tages in unserm Dasein widerfahren war, auf den Stoff einer flüchtigen Anekdote zusammengeschrumpft.

Trotzdem zeigte sich mir das Erlebnis als Ganzes jetzt, da ich es hellwach im Bett nochmals an mir vorbeiziehen ließ, nicht mehr von der heiteren und amüsanten Seite wie während seines Verlaufs, und es kam mir auch bei weitem nicht mehr so vergnüglich und aufregend vor – ganz im Gegenteil. Es ist erstaunlich, wie die Schlaflosigkeit alles verändert, Weiß in Schwarz verwandelt: Mit der Stille der Nacht verfärbte sich ein oberflächliches Ereignis, gut genug, um einen müßigen Sonntag in einer fremden Stadt auszufüllen, in finsteren Ernst, bekam einen ... schwermütigen, ja furchterregenden Anstrich, verdüsterte meine Stimmung und – weit entfernt von Spott und Hohn, weit entfernt auch von Zärtlichkeit, worin meine anfängliche Einstellung zuweilen mündete – lastete auf meinem Herzen wie eine neue Verantwortung, die, eben weil sie unerwartet war, um so schwerer wog, ja beinahe unerträglich wurde.

Einzelne Gesprächsfetzen, immer wieder dieselben, ohne jegliche Ordnung, peinigten in ihrem wilden Durcheinander meine Schlaflosigkeit, manchmal durch bizarr vergröbernde Verzerrung, manchmal allein durch das grelle Licht, das nun darauf fiel und in abscheuliche Erinnerung verwandelte, was zuvor freundlich, reizvoll neu oder einfach amüsant gewesen war. Da war zum Beispiel der heitere Zwischenfall, wenn man es so nennen kann, mit der Rosenmarmelade: «Ich habe sie eigenhändig zubereitet.» Nun, obwohl sie wie durchsichtiges, appetitlich karminrotes Gelee aussah – und so hatte ich sie in meiner Erinnerung, sobald ich daran dachte, auch immer vor mir –, heftete ich in meiner Vorstellung die Augen nun auf das Glastöpfchen, und nach einer Weile entdeckte ich darin vermoderte schwärzliche Blütenblättchen und dazwischen – was besonders abstoßend war – einen abgeschnittenen Fingernagel von derselben glänzenden Farbe, aber aufgrund seiner Konsistenz blieb er in dem klebrigen Gelee erkennbar. Absurd, nicht wahr? Doch konnte ich nicht verhindern, daß sich Speichel in meinem Mund ansammelte – Folge des eingebildeten Ekels; ich richtete mich auf, wollte aber nicht aufstehen und mußte also auf den Boden spucken, neben das Bett … Nun, wenn man nicht schlafen kann, werden sogar die allergewöhnlichsten Dinge unglaublich bedrohlich und damit abstoßend.

Nichts quälte mich allerdings so wie die Angelegenheit mit dem Bildnis, das meine Tante (ich nannte sie «meine Tante»; ich wüßte nicht, wie ich anders an sie denken sollte), das Bildnis also, das meine Tante mir gezeigt hatte, damit ich meine eigenen Gesichtszüge auf dem Antlitz eines Mannes erkennen könne, der vor langer Zeit gestorben war. Ich hatte es immer wieder angeschaut; trotzdem war es jetzt, als ich es mir in Erinnerung rufen wollte, ganz verwischt: Nur der Bogen der Augenbrauen zeichnete sich in meinem Gedächtnis in klaren Linien ab, darunter leuchteten die Augen des jungen Yusuf Torres traurig hervor und verschwammen im bleichen, undeutlichen Antlitz, als wäre ein Wassertropfen daraufgefallen und hätte Farben und Linien aufgelöst. Meine Tante hielt es mir hin und spottete mit boshaftem Gelächter: «Wer ist das? Das bist du und bist es nicht; das bist du, nachdem du gestorben bist.» Ich spürte sie das sagen, in Wahrheit hatte sie es nie ausgesprochen; ich wußte ganz genau, daß sie dies nie gesagt hatte. Aber plötzlich war es auch nicht mehr das Bildnis ihres Urahns, was sie mir da vor die Nase hielt, sondern die Fotografie meines verstorbenen Onkels Jesús, wie er in maurischer Verkleidung vor dem Kartonprospekt eines arabischen Säulenfensterchens saß. Verwünschte Fotografie! Als wäre der abgestandene ranzige Geschmack nicht genug, den sie mir auf den Gaumen legte, schien es, sie müsse – keine Ahnung, durch welchen unfehlbaren Mechanismus – immer von neuem das schreckliche Bild meines toten Onkels in mir aufleben lassen, wie er mit vielen andern Opfern auf der Erde lag, dem Ergötzen des Pöbels preisgegeben, dessen Kommentaren oder gar Fußtritten. Und ich stand daneben, tat, als ginge mich das nichts an, als sei ich nur ein weiterer Gaffer … Vergeblich versuchte ich, diese Vision abzuschütteln; vergeblich lenkte ich, um von der Szene loszukommen, meine Gedanken auf anderes, auf meine gegenwärtigen Sorgen, meine Geschäfte, meine Pläne zum Aufbau des Unternehmens und der Werbekampagne; was ich auch tat, im Nu driftete ich zurück und landete wieder bei meinen neugewonnenen marokkanischen Verwandten; sofort stand lebhaft das alte Bildnis vor mir, «das meines hätte sein können»; dahinter tauchte die Fotografie meines Onkels in maurischer Verkleidung auf und zuletzt, unvermeidlich, der entsetzliche kahle Platz, mein ermordeter Onkel und ich: Regungslos stand ich vor seiner Leiche, tat, als kenne ich ihn nicht, und warf ihm bei aller Trauer und all meinem Schmerz seine Unbesonnenheit vor, seine Wesensart, durch die ihm eine Opferrolle ohne jeden Ruhm vorherbestimmt war.

Ach, warum wird denn nachts, wenn man wach im Bett liegt, alles, was einem durch den Kopf geht, so bedrückend und beklemmend? Wann immer mir am hellichten Tag irgendein Zufall die verhängnisvollen Ereignisse von Málaga in Erinnerung rief (zum Glück nicht mehr allzu oft und im Lauf der Jahre immer seltener und immer weniger qualvoll, denn die mitleidige Zeit lindert, wie man so schön sagt, alle Schmerzen; oder vielleicht stirbt auch die Schmerzempfindlichkeit ab wie bei einer zu stark verätzten Wunde), jedesmal, wenn ich mich am hellichten Tag daran erinnerte, gelang es mir, der Erinnerung die Stirn zu bieten, mit kühlem Kopf mein eigenes Verhalten zu überprüfen und mich beruhigt und im Recht zu fühlen. Wer die Ereignisse von damals leidenschaftslos betrachtet, muß zugeben, daß mein Verhalten in jener aufgewühlten Zeit vernünftig war: das einzig Vernünftige, alles in allem. Was hätte ich denn tun können? Die Zahl der Toten um eine einzige Einheit erhöhen – um eine Einheit für die Welt; für mich war diese Einheit alles, sie war die ganze Welt, war ich selbst, José Torres (wie viele Individuen mit dem gleichen Vornamen José und dem gleichen Familiennamen Torres, wie viele andere José Torres hatte es wohl unter den Getöteten auf dieser und der andern Seite gegeben?) –, die Zahl der Opfer um eine unbedeutende Eins zu erhöhen, hätte niemandem etwas genützt: Das ist alles, was ich hätte tun können. Was hätte es meinem armen Onkel Jesús genützt, nachdem er tot war, wenn ich gestanden hätte, ihn zu kennen, Anstrengungen gemacht hätte, den Leichnam zu bergen und zu beerdigen? Ihm hätte es gar nichts genützt, mich hingegen hätte es in große Gefahr bringen können. Gar nicht zu reden davon, wenn ich mich von meinen Gefühlswallungen, die mich zu überwältigen drohten, hätte hinreißen lassen, wenn ich den Drecklümmel neben mir zur Rede gestellt hätte, der mit der Schuhspitze den Bart des Toten kraulte, wenn ich mich auf ihn gestürzt hätte und ... Aber wozu? Unter solchen Umständen genügt die geringste Unvorsichtigkeit. Wer weiß, für welche Bagatelle der arme Onkel Jesús eingesperrt worden war! Eine seiner Flunkereien, ziemlich sicher! Er war nicht der Mann, der sich auf die Zunge beißen konnte; ein lieber Kerl im Grunde genommen, aber sehr von sich eingenommen, der Arme ...! Ein eitler Schwärmer ...! Ich weiß wohl, daß das eine Frage des Charakters ist und daß er nicht schuld daran war, zu sein, wie Gott ihn geschaffen hatte; aber war ich vielleicht schuld? Mit irgendeiner Betrügerei gab er den Anlaß zu seiner Verhaftung, und dann – ja, dann! – erinnert er sich plötzlich an mich und schickt mir eine Nachricht; und dann war es an mir, der ich mit allen möglichen Eiertänzen mich hätte durchmogeln müssen, um voranzukommen, ausgerechnet an mir, Farbe zu bekennen, Bürgen für ihn zu suchen, seine Dummheiten auszubügeln und mein Leben aufs Spiel zu setzen, derweil seine beiden Söhne ihn sich selbst überließen, es sich auf der gegnerischen Seite bequem einrichteten und es am Ende des Kriegs zu Heereskommandanten gebracht hatten. Allzu bequem war es, später daherzukommen und mich zu belasten, mir sogar hinterhältig zu unterstellen, die gemeinen Hunde, ob ich ihn nicht vielleicht selbst verraten hatte, damit er aus dem Weg geschafft werde. Gemeines Hundepack ...! Ich tat, was ich konnte: Ich riet ihm, dem guten Alten, auf dem gleichen Weg, auf dem mir die Botschaft zugetragen worden war, zu Ruhe und Besonnenheit, vor allem aber zu Stillschweigen, und keinesfalls dürfe er sich auf mich berufen; denn sein Unvermögen, den Mund zu halten, konnte nicht nur ihn in Schwierigkeiten bringen, ganz nebenbei verwickelte er mich womöglich auch noch in die Sache. Meine Stellung war nicht gerade robust, in jenen Zeiten gab es keine Stellung, die robust und sicher war; jeder mußte sich abrackern, um seine Haut zu retten, es war kein leichtes Unterfangen. Kann man mir vorwerfen, daß ich mich duckte und abwartete, bis das Unwetter sich verziehe? Ich rettete meine Haut, und ich rettete außerdem so viel wie nur möglich im Interesse des Unternehmens. Was konnte man mehr von mir fordern? Wie gerufen kam es für den Geschäftsführer der Firma, daß ich, sein Speditionschef, unversehens vor ihm stand als Leiter des Arbeiterkomitees, das das Haus beschlagnahmte; immer noch muß ich lachen, wenn ich an das Gesicht des Engländers und an seine Augen so groß wie Wagenräder denke, als ich ihm als Obmann der Arbeiterschaft gegenüberstand: Mit meinem Gewerkschaftsausweis in der Tasche und der Pistole im Gürtel führte ich mich wie ein Anarchistenkönig auf, kommandierte nach Lust und Laune herum und behandelte ihn vor allen Leuten mit kaltschnäuziger Geringschätzung. Wohl war es mit Händen zu greifen, daß ich mit dieser Farce die Interessen des Unternehmens so gut wie irgend möglich wahren wollte, aber ganz begriff es der Einfaltspinsel doch nicht. Freilich, es gab da nicht viel zu wahren: Eine Exportfirma – und erst noch eine ausländische – konnte nicht viel Schaden leiden – abgesehen vom Niedergang infolge zum Erliegen gekommener Geschäfte (aber diese würden später mit Zins und Zinseszins wieder wettgemacht). Die Räumlichkeiten waren beschlagnahmt; aber wenn man sie nicht dem Erdboden gleichmachte ...! Wir bekamen die Lagerhäuser sogar in besserem Zustand zurück, denn sie waren für das Aufbewahren von Kriegsmaterial hergerichtet und instand gesetzt worden. Unsere vor Kriegsbeginn angelegten Vorräte verschwanden natürlich samt und sonders: Die feinen Weine und Liköre wurden getrunken wie Wasser. Außerdem mußten alle Löhne weiter bezahlt werden ... Bilanz: Ich war klug vorgegangen; mit viel Geschick, und – warum es leugnen? – ich hatte auch großes Glück. Hätte es sich hingegen statt um eine Exportfirma, deren Belegschaft fast ausschließlich aus Büroangestellten bestand, um einen Industriebetrieb gehandelt, wäre es für mich als einen ihrer Chefs recht heikel gewesen, mich zu tarnen und die Kontrolle über die beschlagnahmte Firma zu übernehmen, um so die gröbsten Ausschreitungen zu verhindern. Ich allein weiß, auf was für Eiertänze ich mich einlassen mußte. Aber im großen und ganzen kam doch alles recht gut heraus; um die Wahrheit zu sagen, sehr gut. Ich konnte mich bis ganz am Ende über Wasser halten, und später, als die Gunst der Stunde kam, kostete es mich überhaupt nichts, überstandene Gefahren und geleisteten Beistand zu übertreiben: Übertreiben und Lügen war jedermanns Sache; alle Leute wollten als Beinahe-Helden und Beinahe-Märtyrer gelten und bogen in eigenes Verdienst um, was auf Rechnung der Opfer ging, die es zuhauf gegeben hatte. Aber nicht alle konnten, wie ich, einen blutsverwandten Onkel vorweisen – armer Onkel Jesús! –, der von den roten Horden ermordet worden war. Auf der anderen Seite war da der Geschäftsführer: Er hatte gesehen, wie ich vorging, anfangs nicht ohne Beunruhigung, später gelassener; als er mir jetzt zuschaute, wie gewandt ich mich in den neuen Verhältnissen bewegte, kommt er doch und bittet mich um Rat und begibt sich mit dem Wunsch in meine Hände, ich möge die Verhandlungen bei der obersten Behörde führen, kaum daß die italienischen Streitkräfte Málaga erobert hatten. Es war ein rühmlicher Augenblick; verdorben wurde er mir nur dadurch ein bißchen, daß ich zusehen mußte, wie mehrere Angestellte des Hauses nacheinander abgeführt wurden – von den wenigen, die nicht schon das Weite gesucht hatten –, um dann an die Wand gestellt zu werden. Die armen Teufel wußten nicht, was es zu bedeuten habe und was sie denken sollten, als sie sahen, daß der «verantwortliche Genosse», mit dem sie tags zuvor Hand in Hand den Sherry und den Cognac der Firma getrunken hatten, jetzt wieder gemeinsame Sache mit der Geschäftsführung machte; Blicke warfen sie mir zu ... was für verängstigte Blicke! ... Aber wie hätte ich eingreifen können? Genau die richtige Zeit, um für jemanden einzustehen! Nein, nichts, gar nichts konnte ich für sie tun; nicht einmal den Naivlingen den Rat geben, der mir auf der Zunge lag – es wäre zu unbesonnen gewesen –, sich schleunigst zu verstecken ... Das allerdings verdarb mir die Ruhmesstunde. Das und später die Bosheit meiner Cousins, die die Verantwortung für das Unglück, das ihren Vater ereilt hatte, auf meinen Rücken laden wollten: Als ob ich an der selbstmörderischen Unbeherrschtheit ihres Alten schuld gewesen wäre oder auch daran, daß sie in ihrem Karrierestreben auf die gegnerische Seite gewechselt hatten und ihn bei seiner Wesensart mitten im Schlamassel sitzenließen. Wie konnte ich denn vorhersehen, daß sich die Ereignisse alsbald überstürzten, so daß ich nicht einmal Zeit hatte, darüber nachzudenken, wie ich ihm behilflich sein könnte? Ich hatte ihm zu Ruhe und Besonnenheit geraten; das war doch das Beste, was ich ihm raten konnte. Nur daß die Ruhe … dann zu einer endgültigen wurde. Ausgerechnet mir wollen sie sagen, was ich hätte versuchen können, um das zu verhindern. Was gab es denn Verwerfliches an meinem Verhalten? Was hätte ich denn anders machen können in meiner Lage, unter so schwierigen, so besonderen Umständen? Wer es nüchtern ansieht und nicht ein ausgewachsenes Hornvieh ist, wird mein Tun verstehen und gutheißen. Mir hat mein Gewissen, beim Lichte der Vernunft besehen, nichts vorzuwerfen.

Schlimm wird es in der Nacht: Wenn man das Pech hat, wach zu liegen, dann trübt sich die Vernunft, vernebelt sich das Urteilsvermögen, alles gerät durcheinander, verstrickt sich, zerfällt und verkommt zu einer unheimlichen Bedrohung. Die allergewöhnlichsten Dinge sehen anders aus, irgendwie verzerrt; sie verformen sich zu einem Alptraum, sind nicht mehr zu ertragen … Das erlebte ich in jener Nacht: Es gelang mir nicht, das entstellte Gesicht meines Onkels, wie er da ermordet auf dem kahlen Feld lag, aus meinen Gedanken zu verscheuchen; was ich auch versuchte, ich wurde sein Bild nicht los. Ich wälzte mich im Bett, wurde immer ungehaltener: Die Bettücher waren schon ganz zerknüllt, die Wülste drückten und wurden mir lästig; vergeblich versuchte ich, sie zu glätten, indem ich die Beine hin und her schob, es bildeten sich nur immer noch mehr. Ich konnte mich noch so oft drehen und wenden, auf den Rücken, auf den Bauch, auf die Seite am Bettrand, ich fühlte mich immer unbehaglicher ... Was zum Teufel war mit mir los? Was war das? Mein Mund war voll mit Speichel, im Magen drückte mich ein schwerer Klumpen ... entsetzlich. Das Essen ... Mehrmals hatte ich die Erinnerung an das Essen nicht wahrhaben wollen, jedesmal, wenn sie sich meldete, verschloß ich mich ihrem hinterhältigen Ansturm, kapselte mich ab, dachte an etwas anderes. Aber jetzt drängte sich auf einmal eine lächerliche Idee dreist in den Vordergrund. Eine bizarre Idee. Ich frage mich, wozu die Lichter des Verstandes gut sind, wenn eine ganz gewöhnliche Verdauungsstörung genügt, daß die wildesten Eindrücke Gestalt annehmen und sich mit unglaublichem Starrsinn gegen alle Vernunft durchsetzen. Folgender Unsinn war mir eingefallen: Der unerträgliche Klumpen in meinem Magen war nichts anderes als der Kopf des Lammes, ja, jener Kopf mit seinen weißen Zähnchen und den leeren Augenhöhlen. Es braucht mir niemand zu sagen, wie verquer das ist: Wußte ich etwa nicht ganz genau, daß den Kopf niemand angerührt hatte? Da lag er in der Mitte der Platte, und rundum klebte die festgewordene kalte Fettschicht. Wenn ich für einen Augenblick auch befürchtet hatte, er würde mir als das schmackhafteste Stück angetragen, Tatsache war, daß niemand ihn angerührt hat: Er ging, wie man ihn hereingetragen hatte, in der Mitte der Platte liegend wieder in die Küche zurück. Trotzdem – Widersinn der Übersättigung – war das Gefühl, der Magen sei mit dem sperrigen Brocken prallvoll, so offensichtlich und überzeugend, daß ich mir noch so lange einreden konnte: Der Kopf ging in die Küche zurück, ohne daß ihn jemand angerührt hat! Ich spürte dennoch den unappetitlichen schweren Klumpen von unten her gegen den Mageneingang drücken.

Ach, mein Gott: Die Mahlzeit lag mir bleischwer im Magen; ich hatte mich übersättigt, das war alles. Das war es also, nicht der Kaffee hatte mir den Schlaf geraubt und mich auf so trübe Gedanken gebracht. «Wenn ich mich wenigstens übergeben könnte!» dachte ich. Ich hielt es für ausgeschlossen; ich empfand Ekel, aber ich glaubte nicht, erbrechen zu können. Ich horchte in mich hinein, nahm meine fünf Sinne zusammen: Nein! Es würde mir nicht gelingen! Nun gut, es würde schon irgendwie vorübergehen: Ich mußte versuchen, mich abzulenken. Um diese Zeit konnte ich mich nicht dazu durchringen, eine Tasse Tee zu bestellen, obwohl ich Lust darauf hatte und es mir gutgetan hätte. Ich drehte mich also auf den Bauch, zog die Beine an, legte den Kopf seitlich auf das Kissen und fühlte mich ein wenig erleichtert.

Ich verwünschte mich jetzt, das dumme Abenteuer mit den neuen maurischen Verwandten eingegangen zu sein und erst noch die Einladung zu dem barbarischen Nachtessen angenommen zu haben, das mir so schlecht bekommen war. Wie mich die guten Leute doch bedrängt hatten! Wäre es nach ihnen gegangen, ich hätte das Lamm ganz allein aufessen müssen. Was für eine Aufsässigkeit ...! Auf einmal glaubte ich zu spüren, es sei am Abklingen. Ein schmerzhaftes Behagen durchströmte mich, und ich meinte, ich könne nun doch wieder einschlafen ... Ich sah mich in einer Türöffnung stehen, und meine maurische Tante gab mir wortreiche Empfehlungen; ich nahm ihre Rührung wahr, ihr Widerstreben, meine Hand loszulassen, die übertriebene Herzlichkeit, die mich vereinnahmen wollte – und ich schämte mich meiner selbst. Das alles hatte mich in frühere Zeiten zurückversetzt, in die sonnigen Kindheitstage einst in Almuñecar, als ich einmal bei meinem Onkel Manolo, dessen einfallsreiche Späße mir immer so gut gefielen, zum Essen eingeladen war; Doña Anita, seine Frau, mit Gabrielillo an der Hand oder am Rockzipfel, hatte mir zum Abschied mit tausenderlei Lobpreisungen und Empfehlungen einen Ölkuchen «als Kostprobe für meine Mutter» mitgegeben und mich mit Grüßen und Aufträgen richtiggehend überschüttet ... Die liebe Tante Anita war nun schon seit vielen Jahren unter der Erde, und tot war auch – auf tragische Weise umgekommen – jener Gabrielillo, der ihr immer, wie sie oft schimpfte, um die Beine strich und den Weg versperrte. Ob Onkel Manuel wohl noch lebte? Viel hatte der Unglückliche erleiden müssen, nicht nur durch die Mißhandlung im Kerker, wo er fast zwei Jahre saß, sondern auch, weil sein Kind ums Leben gekommen war, vor allem aber durch die Schande, der seine Töchter damals ausgesetzt waren. «Möglicherweise geht es ihnen in Amerika jetzt gut», dachte ich; ich hatte sie ganz aus den Augen verloren; vielleicht ging es ihnen gut.

Ach, ach! Wieder mein Magen! Nein, die Übelkeit war nicht vorüber; im Gegenteil, ich fühlte mich immer elender. Der Kopf des Lammes drückte und würgte mich nunmehr in unerträglicher Weise, die Zähnchen kratzten an den Magenwänden und verursachten mir Brechreiz. Ich sprang aus dem Bett, ging eiligst ins Badezimmer und versuchte, mich zu übergeben. Schnell, schnell, du verpaßt den Zug! Ay, ay, vielleicht erwische ich ihn noch! Mit Püffen und Stößen drängte er nach oben, war schon fast im Mund, quetschte sich wütend zum Ausgang, wollte fort. Komm, geh schon, heraus mit dir ...! Gott sei Dank ...! Tränen traten mir in die Augen, kalte Schweißperlen auf die Haut; ich glaubte zu sterben. Herr im Himmel! Wie sah ich aus! Ich spülte mir im Waschbecken sorgfältig den Mund aus, ließ Wasser in die Abortschüssel laufen, zog die Tür hinter mir zu, torkelte ins Bett zurück und schlief auf der Stelle ein.

Als ich am andern Morgen die Läden des Balkonfensters aufstieß, schien die Sonne schon mitten ins Zimmer herein. Ich war spät aufgewacht, aber mit klarem Kopf. Meine heitere Unbeschwertheit zeigte mir die Dinge in neuem Licht. Alle Schreckbilder der vergangenen Nacht waren verflogen; wie wohl fühlte ich mich nun, da ich befreit war davon! Ja, mein Denkvermögen war überraschend klar: Nicht nur hatte ich den drükkenden Nachtmahr abgeschüttelt, Folge meiner dummen Magenverstimmung, auch der Plan für meine Geschäftsreise, der bis jetzt noch ziemlich vage gewesen war, stand mir auf einmal zusammenhängend und einleuchtend vor Augen, mit scharfen Umrissen und vielversprechend wie nie zuvor. Klar wie Wasser sah ich vor mir, was es alles brauchte, um Radio M. L. Rowner in Marokko besser zu organisieren – ohne Zweifel wegen gewisser Einzelheiten, die mich hatten zögern lassen und deshalb noch in der Schwebe waren, und (was wichtiger ist) ohne die schwammigen Inhalte, die bestehengeblieben waren rein aus einer Art Denkfaulheit heraus, denn diese hatte mir heimtückisch geraten, an Ort und Stelle auf den Augenblick zu vertrauen und zu improvisieren. Jetzt war alles anders; an diesem strahlenden Morgen – man nahm die Luft überhaupt nicht wahr, und der Körper schien sich in seliger Schwerelosigkeit zu bewegen – hielt ich die Zügel für meine Unternehmungen wieder in meinen Händen. Es kam mir vor, als ob Gesichtspunkte und Überlegungen, die ich mir in der reisebedingten Mattigkeit gemacht hatte und die mir, ohne daß ich es wollte, immer wieder und hundertmal als Mischung aus schicksalhafter Fügung und belanglosen praktischen Alltagssorgen im Kopf herumgegangen waren, an diesem sonnenklaren Morgen sich plötzlich wie von selbst erledigten, so daß ich mich nun völlig selbstsicher an die Arbeit machen konnte.

Zuerst einmal: Was hatte ich mir eigentlich gedacht, als ich auf die Idee kam, eine Flugkarte nach Fez zu lösen? Nun ... eigentlich gar nichts! Um die Wahrheit zu sagen: Ich hatte mir keinerlei Gedanken gemacht. Fast wie von selbst hatte es sich ergeben, daß ich in die Hauptstadt Marokkos kam, um hier den Sitz einer Vertretung einzurichten, und ich hatte ganz übersehen, daß in solchen Angelegenheiten die Behörden wenig beizutragen haben, weder die örtlichen noch die des Protektorats. Wie ich nun darüber nachdachte, kam mir mein spontaner Entschluß immer unbedachter vor, und immer mehr wunderte mich, daß ich so voreilig gehandelt hatte. Was zum Teufel hatte ich in Fez zu schaffen, was hatte ich hier verloren? Das Wirtschaftszentrum des Gebiets ist Marrakesch, nicht Fez. Dorthin hätte ich mich wenden sollen. Und dorthin würde ich mich jetzt begeben. Alles in allem war nicht viel verloren …

Ich wollte den Portier anrufen, um mich zu erkundigen; da ich mit meiner Morgentoilette aber schon beinahe fertig war, fand ich es ratsamer, in die Halle hinunterzugehen, und da traf ich dann auch, wie gewohnt, auf die Uniform mit den großen Goldknöpfen. Die Auskunft lautete, daß der Zug nach Marrakesch um 19.25 Uhr fuhr; aber es gab auch alle zwei Stunden eine gute Busverbindung. Die nächste? Die nächste (er schaute auf die Uhr: viertel nach neun; dann auf den Fahrplan an der Wand hinter der Theke, neben andern kleinen Plakaten), der nächste Bus fuhr um 10.30 Uhr, also in eineinviertel Stunden.

Ohne sich darüber zu wundern, nahm er den Auftrag entgegen, mir telefonisch für ebendiesen ersten Bus einen guten Platz zu reservieren («Auf der Schattenseite wünscht ihn der Herr, nicht wahr?»); die Zeit reichte bequem, mein Gepäck abzuschließen – was ich im Handumdrehen erledige –, es zum Ausgang hinunterbringen zu lassen, meine Rechnung zu begleichen, in aller Ruhe zu frühstücken und ohne Eile zur Bushaltestelle zu gehen.

Ich ging frohgemut weg. An der Bushaltestelle angekommen, erledigte ich die üblichen Formalitäten, nahm meinen Platz im Autobus ein, der erst etwa zur Hälfte besetzt war, nahm Notizblock und Bleistift heraus und schrieb zum Zeitvertreib meine Ausgaben auf: die Hotelrechnung, die Ausgaben vom Vortag im Restaurant, im Kaffeehaus (der junge Yusuf hatte nur die Straßenbahn zum Friedhof bezahlt), einige Trinkgelder, die Fahrt nach Marrakesch (obwohl das schon nicht mehr dazugehörte); schließlich rechnete ich alles von Franc in Dollar um: genau 12,30. Das war nicht viel. Und was die verlorene Zeit betraf, so gut wie nichts.

Schon setzte sich der Fahrer ans Steuer und ließ den Motor an, als ich in einer Gruppe Mauren, die herumstanden, das Individuum zu erkennen glaubte, vom dem ich vor vierundzwanzig Stunden die Botschaft meiner seltsamen Verwandten überbracht bekommen hatte – den Diener meiner Tante, Gärtner oder Laufbursche oder was immer er sein mochte. Ich erschrak und (welche Dummheit!) schaute auf die andere Seite; im Augenblick, da ich den Kopf zurückdrehte, um mich zu vergewissern, ob er es tatsächlich war, sah ich, daß er mich ebenfalls entdeckt hatte und sich anschickte, näher zu kommen. Er tat es nicht – im Gegenteil, er lief mit abgewandtem Gesicht weg und war schon ein gutes Stück entfernt, als der verwünschte Omnibus anfuhr ... Kurz darauf bogen wir um die Ecke und waren außer Sichtweite.

ANMERKUNGEN

Der unbekannte Kollege

1 Einwohner der Provinz «Galicia» im Nordwesten der Halbinsel.

Ein Weihnachtsfest im Land der Ungläubigen

1 «La corte de Faraón» (1909) erlebte in Madrid siebenhundert Aufführungen und war die beliebteste Oper von Vicente Lleó (1870–1922).

2 Gräber wurden immer wieder geplündert. Tutanchamun soll sich mittels eines legendären Fluchs an denen gerächt haben, die seine letzte Ruhe störten, so daß Tutanchamuns Grab nie ausgeraubt werden konnte. Man vermutet aber, daß das Grab von Räubern aufgebrochen, jedoch neu versiegelt worden war.

3 Das Aga-Khan-Mausoleum in Assuan wurde 1957 bis 1959 erbaut, die Mohammad-Ali-Moschee in Kairo 1830 bis 1837.

4 Besonders beliebtes Touristenziel in Kairo ist die Kirche Abu Sarga (heiliger Sergius), da zehn Meter unter der Straße die Gruft liegt, in der sich die Heilige Familie auf der Flucht niedergelassen haben soll.

Der Kopf des Lammes

1 Auf der Konferenz von Casablanca im Januar 1943 einigten sich die Vereinigten Staaten, England und Frankreich auf Betreiben des amerikanischen Präsidenten auf die gemeinsame Forderung einer «bedingungslosen Kapitulation» der Achsenmächte.

2 Frz. «aus der Mode».

3 «Republikanisches Gebiet» im Unterschied zu den «Nationalen», den von den aufständischen Francotruppen beherrschten Gebieten.

NACHWORT

Die geschichtsträchtige Stadt Granada unter den schneebedeckten Gipfeln der Sierra Nevada im subtropischen Andalusien ist für Francisco Ayala, der dort geboren wurde und aufwuchs, zeitlebens Erinnerung an das verlorene Paradies der Kindheit geblieben, denn schon mit sechzehn Jahren verließ er die Stadt endgültig, um sein Universitätsstudium in Madrid aufzunehmen. Er hat danach nie mehr in Granada gewohnt und die Stadt in späteren Jahren nur noch sporadisch besucht, aber mit ihrer Überschaubarkeit, ihrer Schönheit und Besonderheit ist sie ihm Heimat geblieben. In Granada hat die Maurenherrschaft am längsten gedauert, und mit den Palästen der Alhambra und der Generalife und den üppigen Gärten mit den von Schneewasser gespeisten Brunnen und Bächlein hat sie uns eine besonders kostbare späte Blüte maurischer Baukunst hinterlassen. Anfang 1492 hatten die «katholischen Könige» Isabel und Fernando nach langer Belagerung dieses letzte maurische Königreich auf spanischem Boden eingenommen und damit die Epoche der Reconquista

(Rückeroberung) abgeschlossen; ganz Spanien war erstmals in der Geschichte unter der gleichen Krone vereinigt. Die «katholischen Könige» wurden in der Kathedrale von Granada beigesetzt, und ihr Enkel, Kaiser Karl V. von Deutschland, zugleich König Karl I. von Spanien, in dessen Reich die Sonne nicht unterging, baute sich seinen Renaissancepalast in die Gärten der Alhambra. Damit begann die große Zeit des spanischen Imperiums, das bis zur Französischen Revolution überdauerte.

Die Neuordnung Europas nach der napoleonischen Zeit, der aufkommende Nationalismus, die zeitweise scharfen Gegensätze zwischen konservativen und fortschrittlichen Kräften, die humanistischen Ideale Humboldtscher Prägung bestimmten das 19. Jahrhundert auch in Spanien. Zum gesellschaftlichen Leben gehörte ganz selbstverständlich die Pflege der «schönen Künste»: Hausmusik, Lektüre, Theaterbesuch. Es fällt auf, daß auch in kleineren Provinzstädten stilvolle Theaterbauten errichtet wurden, das Schauspiel (vor allem die Komödie), die Zarzuela (das spanische Gegenstück zur Wiener Operette) erlebten gegen Ende des Jahrhunderts ihre Blütezeit; die literarischen Zirkel, meist in Privatsalons veranstaltet, wurden wie im restlichen Europa auch besonders von Frauen geschätzt, sie waren eifrige Leserinnen. Der bürgerliche Roman (auch als Fortsetzungsroman in Zeitungen und Zeitschriften) wurde zur wichtigsten literarischen Gattung. Überhaupt spielten Zeitungen und Zeitschriften im öffentlichen Leben eine große Rolle: Alle bedeutenden Schriftsteller schrieben für Zeitungen – der Feuilletonartikel, der Essay entwickelten sich zur literarischen Gattung.

Die geistige Elite Spaniens war damals und bis weit ins 20. Jahrhundert hinein sehr stark auf Deutschland ausgerichtet: «Man» ging nach Deutschland, um seine Studien zu vervollständigen. Umgekehrt haben die deutschen Romantiker das in Spanien in Vergessenheit geratene Goldene Zeitalter wiederentdeckt und mit der Übersetzung des *Don Quijote,* der Dramen von Pedro Calderón und anderen auch das Interesse der Spanier an ihrer eigenen Barockliteratur neu geweckt. Die Spanier ihrerseits beschäftigten sich auffallend intensiv mit Goethe – sie sehen ihn allerdings tendenziell nicht als Klassiker, sondern als Romantiker.

Die Deutschlandbegeisterung der spanischen Intellektuellen wird am Beispiel des aus Málaga stammenden Philosophen und Essayisten José Ortega y Gasset (1883–1955) besonders deutlich. Während seiner Studienjahre in Deutschland (1905–07) wurde er in Marburg zum Neukantianer und hat mit seinem literaturtheoretischen Essay *La deshumanización del arte e idea de la novela* (1925; *Die enthumanisierte Kunst und Idee des Romans*) seine Epoche maßgeblich beeinflußt. Der Titel wurde zum Schlagwort, wie auch bei *La rebelión de las masas (Der Aufstand der Massen),* seinem 1930 erschienenen, international wohl bekanntesten Werk. Auch er hat mit seiner Schrift zum Goethejahr 1932 *Goethe desde dentro (Goethe von innen)* den deutschen Dichterfürsten den Spaniern nahezubringen versucht.

In diese Umbruchs- und Aufbruchszeit nach dem Ersten Weltkrieg fiel Francisco Ayalas Ausbildung und berufliche Orientierung. Als er 1906 in Granada geboren wurde, herrschte noch die Wertordnung des bürgerlichen 19. Jahrhunderts. Seine Vorfahren väterlicherseits waren Grundbesitzer in der Provinz Granada und gehörten dementsprechend zu den Konservativen. Die Vorfahren mütterlicherseits waren dem liberalen städtischen Bildungsbürgertum zuzurechnen, übten vorwiegend freie akademische Berufe aus und waren künstlerisch begabt. Seine Mutter Luz war eine achtbare Malerin, und der kleine Francisco war stolz auf ihre Bilder. Im Ersten Weltkrieg prallten dann die Gegensätze zwischen den deutschfreundlichen Konservativen und den franzosen- und engländerfreundlichen Liberalen hart aufeinander: Der Riß ging mitten durch die Familie Ayala. Das Ende des Krieges bedeutete auch das Ende des bürgerlichen Zeitalters und die Notwendigkeit einer geistigen Neuorientierung. 1921 übersiedelte die Familie nach Madrid, und ein Jahr später, nach seinem Abitur, folgte ihr Francisco nach. Er studierte an der Madrider Universität politisch-philosophische Soziologie, daneben auch Literaturwissenschaft.

Nach dem Staatsstreich von Miguel Primo de Rivera gründete Ortega y Gasset 1923 die *Revista de Occidente* mit dem Ziel, Spanien auf die europäische Kultur hin zu öffnen. Die lange Liste hervorragender Mitarbeiter aus Spanien und dem Ausland verschaffte der Zeitschrift hohes Ansehen und bemerkenswerten Einfluß. Bald schon gehörte Francisco Ayala zur berühmten «Tertulia de la Revista de Occidente», dem Freundeskreis, der sich auf Einladung Ortegas regelmäßig im Verlag zum Gespräch mit dem Meister zusammenfand. In diesem Kreis lernte er auch seinen Altersgenossen Max Aub (1903–1972) kennen, der gleich ihm schon in Jünglingsjahren mit literarischen Versuchen von sich reden machte. Max Aub war damals Reisender für das väterliche Geschäft in Valencia und benutzte seine Aufenthalte in Madrid, um seiner Liebhaberei zu frönen, dem Theater und der Literatur. Vor allem suchte er Kontakt zu Intellektuellen. Wie Francisco Ayala war auch er begeistert von der neuen Art zu schreiben, und beide setzten mit ihren Erstveröffentlichungen in den späten zwanziger Jahren Maßstäbe «enthumanisierter» Literatur: Max Aub mit *Geografía* (1927), *Fábula verde* (1932), Francisco Ayala mit *Tragicomedia de un hombre sin espíritu* (1925; *Tragikomödie eines geist-*

losen Mannes) und *El boxeador y un ángel* (1929; *Der Boxer und ein Engel*) – daraus sind für unsere Sammlung *Der Hahn in der Passionsgeschichte* und *Susanna steigt aus dem Bade* entnommen. Lebenslange Freundschaft verband die beiden Schriftstellerkollegen, auch wenn im Exil die persönlichen Begegnungen rar waren. Ihr Briefwechsel ist im Jahr 2001 in einem eigenen Band erschienen: *Epistolario 1952–72* (Fundación Max Aub, Segorbe/Valencia).

Es ist möglich, daß Ortegas Deutschlandbegeisterung Francisco Ayala bewog, 1929 ein Stipendium für einen Studienaufenthalt in Berlin anzunehmen. Er schrieb sich für Politische Philosophie und Völkerrecht ein, lernte Deutsch, las Fachliteratur und Belletristik und übersetzte unter anderem Werke von Rilke und Thomas Mann. Noch im hohen Alter bezeichnet er seine Erfahrungen während seines Berlin-Aufenthalts und seine Beschäftigung mit der deutschen Literatur und Kultur als fundamental und prägend.

1934 wurde Francisco Ayala zum Professor für Völkerrecht der Universität Madrid ernannt. Damit schien die zweigleisige Ausrichtung seiner beruflichen Laufbahn gegeben: Als Wissenschaftler und Hochschullehrer die gesellschaftliche Entwicklung zu beobachten und zu analysieren, als Schriftsteller Menschen und Schicksale zu gestalten. Kopf und Herz, Verstand und Gefühl sollten gleicherweise zu ihrem Recht kommen. Damit hätte er die Tradition seiner Vorfahren weitergeführt und in seinem Wirken das doppelte Erbe vereint – das eher der Scholle verhaftete, väterliche, und das eher weltoffen-künstlerische, mütterliche. Aber die weltgeschichtlichen Ereignisse ab 1936 – der Ausbruch des Spanischen Bürgerkriegs, dann der Zweite Weltkrieg und die faschistische Diktatur Francisco Francos in Spanien – zerstörten alle gewachsenen Strukturen und zwangen die intellektuelle Elite gerade der Generation Francisco Ayalas in die Emigration. Viele von ihnen begründeten ihr neues Leben in Übersee. Ayalas Vater und weitere Familienmitglieder waren in den Kriegswirren ermordet worden, er selbst konnte dank seines Diplomatenpasses ausreisen und sich nach Südamerika einschiffen. Er fand in Buenos Aires Zugang zur Universität und wirkte viele Jahre lang als Professor für Soziologie; in Buenos Aires schrieb er auch sein umfangreiches Lehrbuch *Tratado de sociología* (1947), das zum Standardwerk wurde. Daneben publizierte er ziemlich regelmäßig Zeitungsartikel, etwa in *La Nación* (Buenos Aires).

Als Erzähler trat er nach einer Schaffenspause von vierzehn Jahren erstmals 1944 wieder an die Öffentlichkeit: Die Erzählung *El hechizado (Der Verhexte)* bezieht sich auf den letzten spanischen Habsburgerkönig Karl II. (1661–1700); die Kritik lobt sie einhellig als eine der besten der spanischen

Literatur; wenn sie in unserer Anthologie fehlt, so nur, weil sie eine besondere Vertrautheit mit der historischen Figur voraussetzen würde. Zuerst als Einzelausgabe erschienen, nahm sie der Autor 1949 in das Erzählbändchen *Los usurpadores (Die Thronräuber)* auf: Schon mit dem Titel zeigt er an, daß er nicht an die literarischen Ideale der Vorkriegszeit anknüpft. Die Aufgabe des Schriftstellers ist für ihn nicht länger das schöne Sprachkunstwerk, sondern dieser muß als Zeuge die Wirklichkeit – auch und gerade von ihrer schrecklichen Seite – des menschlichen Daseins und des menschlichen Zusammenlebens darstellen. Im Vorwort schreibt er selbst, das zentrale Thema aller sechs Geschichten (die inhaltlich ganz verschieden sind und in verschiedenen historischen Epochen spielen) könne wie folgt umschrieben werden: «Die Macht, die ein Mensch über einen andern ausübt, ist immer widerrechtlich und somit eine Usurpation» (*Obra narrativa completa,* Madrid 1993, S. 342). – Im gleichen Jahr erschien ein weiterer Prosaband, *La cabeza del cordero,* dessen Geschichten bei aller inhaltlichen Verschiedenheit um ein einziges Thema kreisen: Bürgerkrieg. Sie greifen verschiedene Phasen des Spanischen Bürgerkriegs zwischen 1936 und 1939 auf, trotzdem stellen sie ihn nach Aussage des Autors im Vorwort «aus dem Blickwinkel der immer gleichen menschlichen Begierden dar, die ihn nähren; man könnte es Bürgerkrieg in den

Herzen der Menschen nennen ... Sie sind die Antwort auf meine Wahrnehmung des Bürgerkriegs; sie bieten eine Sicht – unter vielen möglichen – auf das erschreckende Ereignis (wie ich es erlebt habe), durch welches wir Spanier die gewaltige und gewaltsame Veränderung ausgelöst haben, welcher die Welt ausgesetzt ist» (ebd., S. 462 f.). In der Titelgeschichte *Der Kopf des Lammes* muß sich der Ich-Erzähler José Torres bei der Konfrontation mit entfernten Verwandten in Fez und deren Vergangenheit seinen eigenen Untaten während des Bürgerkriegs stellen und empfindet – ausgelöst durch den ungenießbaren Lammbraten und den Anblick des Schädels auf der Platte – Jahre nach Kriegsende endlich Ekel vor sich selbst. Ayala schildert den Bürgerkrieg also nicht aus einem politischen, sondern aus moralischem Anliegen heraus.

In die gleiche Linie der Veranschaulichung zerstörerischer menschlicher Leidenschaften gehört der Band *Historia de macacos* (1955). Die Titelgeschichte spielt in den zwanziger Jahren in Äquatorial-Guinea, das bis 1968 zu Spanien gehörte. Dazu inspiriert wurde Ayala von einem Onkel, der sich als Kolonialbeamter auf der Insel Fernando Poo finanziell sanierte, wie es damals in der bürgerlichen Oberschicht üblich war. In früheren Jahrhunderten hatten die spanischen Auswanderer in den Überseekolonien, «Las Indias», Aufbauarbeit geleistet und waren bei ihrer Rückkehr von ihren daheimgebliebenen armen Landsleuten als die reichen «Indianos» bewundert und beneidet worden. In Afrika hingegen sei nach Aussage Ayalas alles ziemlich korrupt gewesen; Auswanderer begaben sich dort auf eigenes Risiko mitten ins Herz der Finsternis. Das Thema der *Affengeschichte* ist denn auch die Amoral, die aus Langeweile und innerer Leere entspringt und bisweilen seltsame Blüten treibt. – Ebenfalls um die Frage persönlicher und gesellschaftlicher Werte, wenn auch ganz anderer Natur, geht es in der Erzählung *Der unbekannte Kollege* aus dem gleichen Bändchen. In einem scheinbar so begrenzten kulturellen Bereich des Romanschreibens und -lesens führt der Autor vor Augen, wie weit die Auffassungen über literarische Qualität, Erfolg, Berühmtheit, Selbstverständnis als Künstler usw. zweier sich zufällig begegnender Schriftsteller-«Kollegen» auseinanderdriften. Eine Verständigung ist nicht möglich, verbindliche Werte gibt es nicht mehr.

Die Thematik der Nachkriegsphase, von der die drei genannten Erzählsammlungen beherrscht sind, behandeln auch die beiden einzigen Romane Ayalas, *Muertes de perro* (1958; *Hundesterben*) und *El fondo del vaso* (1962; *Bodensatz*); eng aufeinander bezogen und dennoch eigenständige Werke, schildern sie den Zusammenbruch einer korrupten imaginären Diktatur in Lateinamerika. Auch hier geht es um gnadenlosen Egoismus, um das rücksichtslose Ausleben von Leidenschaften und Begierden, um Machtstreben, Neid – den ganzen Sumpf menschlicher Niedertracht in einer Gesellschaft ohne verbindliche Werte.

Der Band *El as de bastos* (1963; *Keulen-As* – «Bastos», Keulen, ist die niedrigste Farbe im spanischen Kartenspiel) bezieht sich zwar inhaltlich nicht mehr auf die überstandenen Kriege, gehört aber stimmungsmäßig noch zu den Nachkriegserzählungen. Die Ironie ist sogar gesteigert zum beißenden Spott und bitteren Hohn. – Die Humoreske *Ein Fisch* aus diesem Bändchen beruht laut Aussage des Autors auf einer Notiz in der *New York Times,* nur deren Ansiedlung im ärmlichen, sich bürgerlich wähnenden Polenviertel sei frei erfunden.

El rapto (1965; *Die Entführung*) nimmt eine besondere Stellung in Francisco Ayalas Erzählwerk ein: Sie ist der wohl einmalige Fall, daß eine barocke Kurzgeschichte zu einer modernen novellenartigen Erzählung ausgestaltet wird. Bei der *Entführung* handelt es sich um eine Variation auf das Abenteuer des heimgekehrten Soldaten Vicente de la Roca mit der schönen Leandra aus dem ersten Teil des *Don Quijote* (Kapitel LI). Wie aus dem Vorwort der Geschichte hervorgeht, soll diese provinzielle Liebesgeschichte die Aushöhlung der bürgerlichen Gesellschaft veranschaulichen. Jenseits davon ist für uns heute daran ablesbar, wie rasch der Autor gesellschaftliche Veränderungen erfaßt und wie zutreffend er neue Entwicklungen beurteilt hat. Als er die Erzählung schrieb, gab es noch kaum Erfahrungen mit der Auswanderung spanischer «Gastarbeiter» in die europäischen Industrieländer und den möglichen Folgen für die Daheimgebliebenen.

In den Jahren zwischen 1949 und 1965 hat Francisco Ayala also den Hauptteil seines Erzählwerks veröffentlicht, und obwohl es nicht umfangreich ist, festigte er damit seinen Ruf als einer der originellsten spanischen Schriftsteller seiner Generation. Dies ist um so erstaunlicher, als in Spanien seine Werke verboten waren – eine schmerzliche Tatsache für Ayala, der wie andere Exilautoren selbstverständlich vor allem für seine Landsleute schrieb, die wie er unter den Kriegswirren und der Diktatur litten und seine Botschaft gewiß verstanden hätten.

In den gleichen Zeitabschnitt fielen die wichtigen Etappen seiner Lehrtätigkeit im Exil: 1950 folgte er einem Ruf an die Universität Puerto Rico, verließ Buenos Aires endgültig und nahm nach einer Reihe von Gastdozenturen an nordamerikanischen Universitäten (Princeton, Rutgers University, Bryn Mawr College) 1962 eine Professur an der Universität New York an. Von 1966 bis zu seiner Emeritierung 1976 wirkte er als Professor für spanische Literatur an der Universität

Chicago, behielt aber seinen Wohnsitz in New York.

In den Jahren seiner Lehrtätigkeit in den Vereinigten Staaten trat Francisco Ayala auch mit umfangreichen Abhandlungen zu gesellschaftspolitischen Fragen, zum Verhältnis von Literatur und Gesellschaft oder zum Thema Literaturkritik an die Öffentlichkeit, darunter sind: *Tecnología y libertad* (1959; *Technologie und Freiheit*), *Razón del mundo* (1944/1962; *Sinn der Welt*), *El escritor en la sociedad de masas* (1956; *Der Schriftsteller in der Massengesellschaft*), *Breve teoría de la traducción* (1956; *Kurze Übersetzungstheorie*), *Realidad y ensueño* (1963; *Wirklichkeit und Traum*). Auch Ayalas Sachbücher sind Sprachkunstwerke und als solche eine genußvolle Lektüre.

Sein hohes internationales Ansehen hat schließlich möglicherweise dazu geführt, daß er als einer der ersten Exilautoren überhaupt wieder in Spanien einreisen durfte: Mitte der sechziger Jahre nahm er für die vorlesungsfreien Monate Wohnsitz in Madrid, nach seiner Emeritierung dann dauerhaft. 1971 überrascht Francisco Ayala seine Leserschaft mit einem neuartigen Erzählband *El jardín de la delicias (Der Garten der Lüste);* der Titel ist dem des Triptychons von Hieronymos Bosch im Prado-Museum entlehnt, und dessen beide Flügel *Diablo mundo (Teuflische Welt)* und *Días felices (Glückliche Tage)* sind die beiden Oberthemen seines Inhalts. Es handelt sich um rund vierzig ganz kurze, sehr persönliche Texte unterschiedlicher Entstehungszeit, die wie Spiegelscherben ein vollständiges Bild erahnen lassen. Ihre Zuordnung zu bestimmten literarischen Gattungen scheint nebensächlich, überhaupt verschwimmen nun die Grenzen zwischen autobiographischer Erzählung, lyrisch überhöhtem Stimmungsbild, sachlicher Abhandlung – zuweilen überschneiden sie sich auch; Fotos, Reproduktionen von Gemälden oder Stichen kommen ergänzend hinzu, sind Ausgangspunkt einer Erzählung oder rufen Assoziationen wach. Spätere Ausgaben (zuletzt 1999) sind im zweiten Teil *Días felices* um einzelne Texte erweitert, während der eher sarkastische erste Teil *Diablo mundo* unverändert bleibt – so nimmt der versöhnliche, innige Ton mit jeder Auflage zu, das kleine Werk wird zum abgeklärten beschaulichen Rückblick auf ein langes, erfahrungs- und erkenntnisgesättigtes Leben. In unserer Anthologie sind neun Prosastücke aus den *Glücklichen Tagen* zwischen die umfangreicheren Erzählungen gestreut: Sie zeigen den strengen Moralisten und kritischen Beobachter der Zeitläufte von seiner ganz persönlichen – milden – Seite.

Die jüngste Erzählung in unserer Anthologie, *Ein Weihnachtsfest im Land der Ungläubigen oder Sie sind wie die Kinder,* zugleich Ayalas letzter längerer Text, ist mit 1985 datiert. Sowohl inhaltlich als auch kompositorisch kann sie als eine Art Synthese seiner Erzählkunst gelten: Sie geht von einem singulären Erlebnis aus, je nachdem auch von einem Tatbestand, und ist schlicht und geradlinig in der Ichform erzählt. (Zum autobiographischen Hintergrund: Diese Ägyptenreise habe so stattgefunden, verrät der Autor, nur seien die unerfreulichen Vorkommnisse überbetont, tatsächlich sei es eine durchaus schöne Reise gewesen.) Der Ich-Erzähler steht – wie in vielen andern Erzählungen Ayalas – als mehr oder minder hämischer Beobachter am Rande des Geschehens; dadurch wird die Geschichte aufgebrochen, andere Ebenen, Brüche, Abgründe kommen ins Blickfeld, durch das Einzelereignis schimmert Allgemeingültiges und gesellschaftlich Bedeutsames durch. Der für Francisco Ayala so charakteristische Hohn und Spott ist in diesem Alterswerk deutlich milder als in früheren Erzählungen.

Die Weihnachtsgeschichte gibt überdies Einblick in Francisco Ayalas Verhältnis zur christlichen Überlieferung und zu seiner persönlichen Religiosität. In seiner Generation war eine religiöse Erziehung noch selbstverständlich, obwohl das liberale Spanien schon im 19. Jahrhundert auf Distanz zu den kirchlichen Institutionen ging und es immer wieder scharfe antiklerikale Strömungen gab. Er selbst sei nie ein gläubiger Christ gewesen, sagt er von sich, aber die europäische Kultur sei nun einmal durch und durch – bis in die Struktur der Sprache hinein – vom Christentum geprägt, und diese Überlieferung achte er als unverzichtbares Erbe sehr hoch. Gleichwohl zeigt er in seiner Weihnachtsgeschichte, daß auch das christlich-religiöse Erbe in unserer heutigen Gesellschaft wenig mehr als Dekorum und Hohlform ist, und weist damit auf die radikalen Umwälzungen im Laufe des 20. Jahrhunderts hin, nicht nur im gesellschaftlichen Zusammenleben, auch in der individuellen Lebensgestaltung des modernen Menschen.

1975 ging mit dem Tod Francisco Francos in Spanien die Diktatur zu Ende, die während fast vierzig Jahren die Bevölkerung in Sieger und Besiegte geteilt hatte. Durch die Neuordnung des spanischen Staates, die Festigung der demokratischen Strukturen und die ermutigenden Erfahrungen mit – dem noch von Franco zu seinem Nachfolger bestimmten – König Juan Carlos I. normalisierten sich auch für die spanischen Intellektuellen jedweder weltanschaulichen Ausrichtung die Lebens- und Arbeitsbedingungen. Für Francisco Ayala kam nun die Zeit der Ehrungen für sein Lebenswerk; die wichtigsten darunter sind die Wahl in die «Real Academia Española» (1983), der «Premio Nacional de Literatura» (1983), der «Premio Nacional de las Letras Españolas» (1988), der «Premio Príncipe de Asturias de las Letras» (1998) sowie mehrere Ehrendoktortitel, Ehrenmitgliedschaften und Medaillen verschiedener nationaler und regionaler Institutionen. 1991 wurde ihm die höchste Auszeichnung zuteil, die die spanische Welt zu vergeben hat: der «Premio Cervantes», und 2002 in Würdigung seines Beitrags für Freiheit, Demokratie und das Zusammenleben unter Spaniern der hochangesehene «Premio Fernando Abril Martorell». Mittlerweile befaßt sich die «Fundación Francisco Ayala» in Granada mit den Vorbereitungen zum hundertsten Geburtstag 2006.

Der Jahrhundertzeuge Francisco Ayala war somit als Exilspanier einerseits Opfer der revolutionären und kriegerischen Umwälzungen und hat unter schwierigen äußeren Bedingungen erfolgreich sein neues Leben in Übersee aufgebaut. Andererseits hat er schon als junger Intellektueller, erst recht in seinen reifen Jahren die gesellschaftlichen und geistigen Entwicklungen an vorderer Front mitgestaltet und hat seine vom Humanismus geprägten Überzeugungen unerschütterlich und unermüdlich in seine dichterischen und wissenschaftlichen Werke eingebracht. Daß er seine Befunde nicht sauertöpfisch vermittelt, sondern in spannende, mitreißende, durchaus vergnüglich zu lesende Geschichten zu packen versteht, erweist ihn als Meister seines Fachs.

Was die thematischen und stilistischen Orientierungen in Francisco Ayalas Prosaschaffen anbelangt – eines Schaffens, das sich über mehr als sechs Jahrzehnte hin erstreckt –, darf sich unsere Auswahl in deutscher Erstübersetzung mit guten Gründen repräsentativ nennen. Eine Reihung der Texte nach dem jeweiligen Entstehungsjahr hätte einer eher biographischen Sichtweise den Vorzug gegeben. Das vorliegende «Lesebuch» will dagegen das Interesse an einem inhaltlich und sprachlich überreichen Erzähler der spanischen Moderne wecken.

Erna Brandenberger

INHALT

Der Hahn in der Passionsgeschichte (1927) .. 5
Susanna steigt aus dem Bade (1928) 8
Jasminduft. Huldigung an Espronceda (1971) 10
Der Bernini-Engel, mein Engel (1971) 23
Eine Affengeschichte (1952) 26
Auch so ein blauer Vogel (1973) 104
Keine Literatur (1973) 106
An den Pforten Edens (1971) 108
Mehr über Engel (1971) 117
Nachahmung und Vergeltung (1989) 119
Der unbekannte Kollege (1952) 120
Ein Weihnachtsfest im Land der Ungläubigen oder Sie sind wie die Kinder (1985) 148
Ein Fisch (1963) 173
Die Entführung (1965) 185
Unser Garten (1971) 266
Die Schwalben vom Vorjahr (1987) 272
Der Kopf des Lammes (1948) 274

Anmerkungen 359
Nachwort 361

MANESSE BIBLIOTHEK DER WELTLITERATUR

Diese Buchausgabe der *Manesse Bibliothek der Weltliteratur*
wurde mit der Berthold Bembo gesetzt,
im Bogenoffset gedruckt und in Fadenheftung gebunden:
Alle verwendeten Materialien entsprechen alterungs-
beständiger Qualität, die Papiere sind
chlor- und säurefrei.

Bibliographische Information der Deutschen Bibliothek:
Die Deutsche Bibliothek verzeichnet diese Publikation
in der Deutschen Nationalbibliographie;
detaillierte bibliographische Daten sind im Internet über
<http://dnb.ddb.de> abrufbar.
Zürich: Manesse Verlag, 2003
ISBN 3-7175-2028-8 Gewebe
ISBN 3-7175-2029-6 Leder